若水文库

她说，说她
Her voice, her story

[德] 克里斯蒂安娜·霍夫曼 —— 著
王毅民 ———— 译

我们遗忘的一切

重走父亲逃亡之路

ALLES, WAS WIR NICHT ERINNERN

Zu Fuß auf dem Fluchtweg meines Vaters
Christiane Hoffmann

新 星 出 版 社　NEW STAR PRESS

Alles, was wir nicht erinnern: Zu Fuß auf dem Fluchtweg meines Vaters
by Christiane Hoffmann
© Verlag C.H.Beck oHG, München 2022
Simplified Chinese Translation copyright © 2024 New Star Press Co., Ltd.
All Rights Reserved.

图书在版编目（CIP）数据

我们遗忘的一切：重走父亲逃亡之路 /（德）克里斯蒂安娜·霍夫曼著；王毅民译. — 北京：新星出版社，2024.1
ISBN 978-7-5133-5375-5

Ⅰ.①我… Ⅱ.①克… ②王… Ⅲ.①纪实文学－德国－现代 Ⅳ.①I516.55

中国国家版本馆 CIP 数据核字 (2023) 第 219563 号

若水文库

我们遗忘的一切：重走父亲逃亡之路
[德] 克里斯蒂安娜·霍夫曼 著；王毅民 译

责任编辑	白华召
责任校对	刘 义
责任印制	李珊珊
装帧设计	董茹嘉

出 版 人	马汝军
出版发行	新星出版社
	（北京市西城区车公庄大街丙 3 号楼 8001　100044）
网　　址	www.newstarpress.com
法律顾问	北京市岳成律师事务所
印　　刷	北京美图印务有限公司
开　　本	880mm×1230mm　1/32
印　　张	9.875
字　　数	205 千字
版　　次	2024 年 1 月第 1 版　2024 年 1 月第 1 次印刷
书　　号	ISBN 978-7-5133-5375-5
定　　价	58.00 元

版权专有，侵权必究。如有印装错误，请与出版社联系。
总机：010-88310888　传真：010-65270449　销售中心：010-88310811

献给父亲

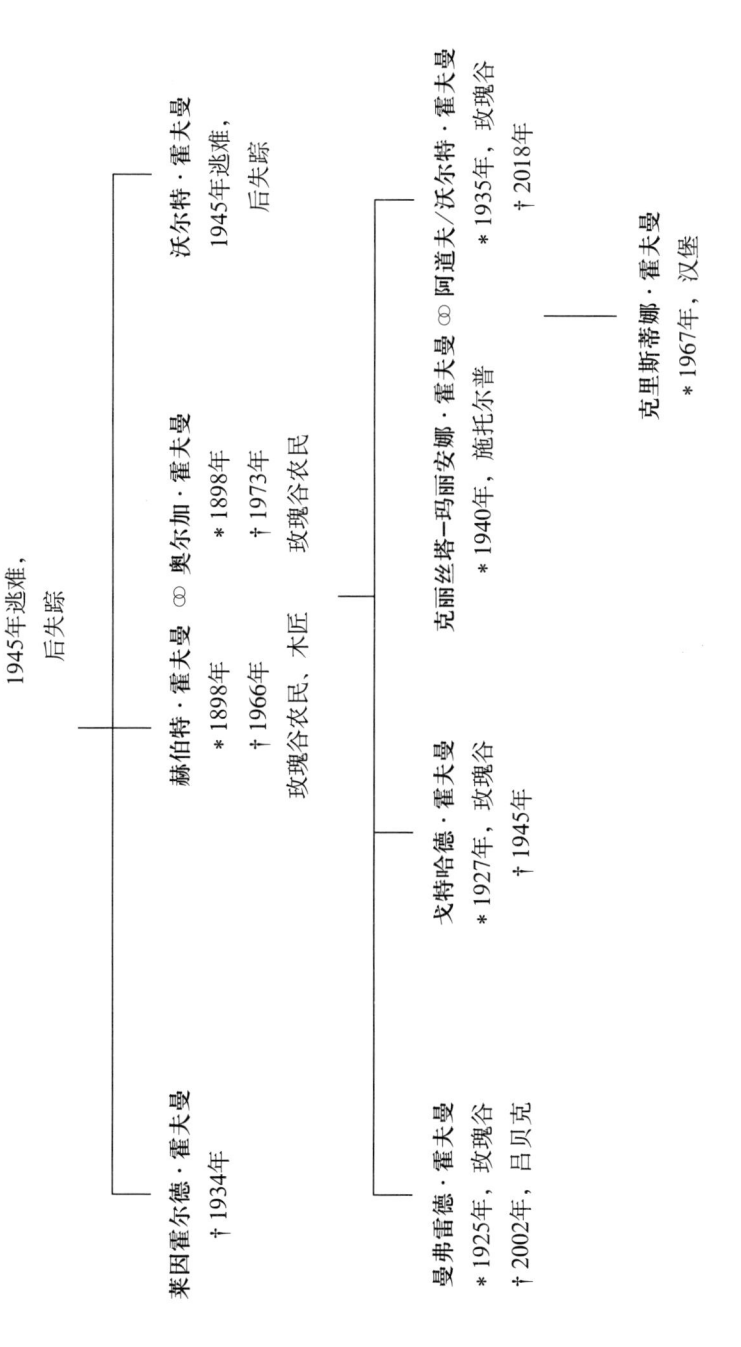

曾祖父 ∞ 乔安娜·霍夫曼
1945年逃难，
后失踪

沃尔特·霍夫曼
1945年逃难，
后失踪

赫伯特·霍夫曼 ∞ 奥尔加·霍夫曼
*1898年　　　　　*1898年
†1966年　　　　　†1973年
玫瑰谷农民，木匠　玫瑰谷农民

克丽丝塔—玛丽安娜·霍夫曼 ∞ 阿道夫/沃尔特·霍夫曼
*1940年，施托尔普　　　　　*1935年，玫瑰谷
　　　　　　　　　　　　　　†2018年

克里斯蒂娜·霍夫曼
*1967年，汉堡

莱因霍尔德·霍夫曼
†1934年

戈特哈德·霍夫曼
*1927年，玫瑰谷
†1945年

曼弗雷德·霍夫曼
*1925年，玫瑰谷
†2002年，吕贝克

一

> 你们应当祈求，叫你们逃走的时候，不遇见冬天。
>
> ——《马太福音》24：20

> 人的一生中最走投无路、最残酷的决定，是决定逃亡。
>
> ——阿莱达·阿斯曼

早上不到八点，我出发了。走了不多远，村庄就留在了身后。同样留在身后的，是那些灰色的、彩色的房子，有的人走屋空，有的住着年轻的家庭，有些偌大的宅子里仅有一位空巢老人；还有屋顶已经坍塌的谷仓，熠熠闪亮的教堂尖塔。村庄静静地伫立在那里，它曾经这样无数次地被离去的人们留在了身后，安静、虔诚而无欲无求，宽容怜悯着所有离它而去的人，无论他们走向何方。

路边的天使石像像是在给我祝福。两只脚的路牌上写着村庄的名字"Różyna"，被一道红漆从左下到右上笔直地刷过，像一张歪歪张开的红嘴在对我微笑。我走在乡间公路上，一个人，风吹拂着我的头发。

云层像一床被子覆盖了茫茫四野,只在遥远的、高山与天空接壤之处露出了一缕蔚蓝色的天际。路边的白蜡树斜斜地向南长着,光秃秃的枝杈上吊着桑寄生,黑黑的,像烧焦了的圣诞树彩球。

现在是一月底。对这个月份而言,这样的天气称得上温暖和煦了。

那年你们逃离的时候,前往洛森的路上满是厚厚的积雪,温度要比此时低二十几度。那是将近下午五点的光景,天肯定已经黑了下来,你们听到身后苏联红军越过奥得河射击的隆隆炮声。那些俄国人,你总是这么称呼他们。

隆隆的炮声其实在你们逃亡前几天就已经开始了,在奥得河的对岸,战争就是以这种方式一步步逼近这个村庄。隆隆的炮声像一头野兽,越来越狂野;像一条恶龙,在河对岸不停地翻滚折腾,而奥得河似一条纤细的绳索,勉强还能把它束缚在河的另一边。你们逃亡的前一天,德国国防军炸毁了奥得河上的桥梁。

我们听到俄国人在奥得河那里打枪放炮,这是你说过的几句话之一。除此之外,你几乎回想不起任何其他的细节。

我还很小的时候就追问过你当时的场景。可即使那个时候,离你们逃亡也已经过去了三十年。一切本已凝固,像伤口流出的血结成了痂,如同一层厚厚的保护壳,那些过去发生的事情,总是被你用同样的几句话搪塞过去。面对我喋喋不休的追问,你总是不断讲述着同一个故事:你如何因为匆忙而忘记了那件海军服上衣,白色衣身，领子是海军蓝色。在西里西亚的村庄里，那可是星期日才会穿的盛装呢。那一年你九岁，这件衣服是圣诞节的礼物，还未曾被你上身穿过。你说，它就放在圣诞树储藏室下面的小房间里。

海军服，俄国人，奥得河，你告诉我的只有这些了。可是自那以后，我阅读了不少书，也和很多人聊过当时的事情。一片片，一块块，我将这些捏合起来去还原那天的场景。那是1945年1月22日，星期一。

对于那个时候，我现在知道的可比你还多呢。比如，逃亡前两天，一个星期六的晚上，村里来了德军的一个摩托车分队，他们住进了村庄主街两旁的农舍。你们一群男孩正在基希贝格边上滑雪橇，见状马上跑过来帮忙，用雪橇将士兵们沉重的行囊拖到农舍里。

星期天的时候，枪炮声越来越响。做完礼拜后的大人三五成群地站在积满厚雪的大街上，焦虑地谈论着是不是应该马上逃离这里。深夜里为阵亡丈夫哭泣的妻子、为失踪儿子祈祷的母亲已经够多了，而现在，随之而来的恐惧又溜进了村民们的农舍。

星期一清晨，德军摩托车分队急匆匆地离开了村子，这更加剧了人们的不安。舒尔茨一家在前一天就收拾停当，想要马上离开。可是镇长、村卫队，加上一些纳粹党党员，荷枪实弹地守在村口，禁止任何人离开。下午快四点的时候，上面来了指令，要求所有人撤离村庄，而且要在一小时之内！村卫队的人这才开始挨家挨户地通知人们撤离。

我奶奶对此毫无准备，还什么都没收拾呢。要做的事情太多了，她把衣服、被褥一股脑塞进装谷物的麻袋里面，又去给马匹准备了一箱燕麦。当时的人们啊，真是眼里看见什么就装什么：上次宰猪后做的熏肠啦，农具啦，还有为数不多的一点点首饰。谁家要是没有马车，只能哀哀地央求别的农户，能不能把自己家的东西放到人家的车上。

奶奶将马从马圈里牵了出来。几个星期前，爷爷带着马被征召进了纳粹的人民冲锋队。你对我说过，当时家里只剩下了两匹马，一匹有些瘸，另一匹是小马，还从来没拉过车。奶奶那天费了半天劲也没能将马套上车。海军服，俄国人，奥得河，马。

枪炮的轰鸣声愈发猛烈了。战争这条恶龙现在已经盘踞在村庄的上空，喷射着火焰，人们在它的驱逐下东奔西跑。空气在嘶吼，大地在颤抖，榴弹落在村舍的两侧，在深冻坚硬的田地里炸出一个个火山口一样的深坑。出发前的慌乱也感染了牲畜，牛哞哞地叫着，狗狂吠着撕扯狗链。女佣们再一次跑进牛圈，给槽里填上一些饲料，为鸡群留下够吃三天的谷粒。只有三天，撤离的时间不会超过三天，当时他们就是这样告诉村民的，只是暂时避开交火的地方而已。

天色渐渐暗了下来，邻居过来帮你们把马套上了车。奶奶把婆婆安顿在车上，还有你的叔叔，那个像马一样瘸了一条腿的叔叔。瘸腿马，瘸腿叔叔，你们用同一个词描述他们。车上没你的位置，你只能跟着马车步行。

炮声隆隆，空气中弥漫着炸药的气味，人们慌张地收拾出逃的物品。就是在这样的匆忙中，你那套海军服只带走了一半。上衣被遗忘在了家里，落到了俄国人的手里，谁知道呢，也许它后来被穿在了一个波兰男孩的身上。不管怎样，对你而言，这件衣服一去不返。

　　海军服，俄国人，奥得河，马。你的那些千篇一律的句子，我听到的不是你的声音，而是其他人的，那些言语陌生而又过时，我的问话无法穿透它们。尽管如此，我总是想要一遍一遍地听你讲述那个故事，关于启程逃亡的那个瞬间，那个改变了一切也决定了此后一切的时刻，那个让整个家族归零重启的时刻。海军服，俄国人，奥得河，马。现在，我要代你去回忆。尽管我了解的已经比你多，可我还是期盼着去问你，包括此时此刻，即使这已不再可能。

　　你住院时，每次探视我都要穿上防护服。防护服是鼻涕一样的浅黄色，放在病房旁边的一个架子上，架子上面还放着橡皮软管、一次性注射针筒一类的东西。护士会帮我系好防护服，一处在脖子后面，一处在后背下方，很像外科医生的手术服。防护服是一次性的，每次离开时要扔到角落处的一个大垃圾箱里。有一次我忘记了，一位护士马上来到走廊上，提醒我下次务必注意。

　　口罩由橡皮筋固定，要罩到鼻子以上；口罩上端植入了细细的钢丝，可以弯曲以适应鼻梁的形状，这样口罩就可以稳稳地坐住不至脱落。那是新冠暴发的一年半之前，我对这东西还很陌生。最让人难以忍受的是还要戴上橡胶手套。和你聊天让我愉快，可我来这里更想将你的手握在我的手里。

　　从探视的第一天起，我就严守医院的规定。守规矩，打小你们就是这样教我的。可我现在有些后悔了，曾经有那么多、那么长的时间，我本来能把你的手放在我的手里！又一个缺憾。

奶奶在世时的一些夜晚，大人们会围坐在厨房的餐桌旁。你和妈妈，奶奶，你的哥哥曼弗雷德和他的妻子，奶奶的几个兄弟和他们常来探望的儿子们。烟味混合着干酪切片的香气，灯泡在妈妈用棕底花布料做成的灯罩中发出昏暗的光。

桌子下面黑咕隆咚，是我们这些孩子玩耍的天地。我们半是着迷，半是恶心地比较着大人们从长袜边缘和裤脚间露出的腿毛，你的是一绺绺的，而你哥哥曼弗雷德则分外浓密。奶奶光脚穿着拖鞋，她的小腿非常粗糙，上面布满了伤疤和瘀伤，看来永远不会消去了。我们将你的袜子撸上来又滑下去，将袜口的橡皮筋拉得长长的。不过，这样的事我们可从不敢对曼弗雷德叔叔做。

那样的夜晚舒适惬意，昏暗悠长。奶奶的公寓中，从窗帘到拖鞋，都是模糊的暗色调，甚至家具也是一样。那是二十世纪五十年代末，奶奶和爷爷终于从"第二故乡"这里获得了一套属于自己的住房，也终于有财力为这个新家添置一套家具。

大人们开始打斯科特牌，开始谈论政治。这样的谈话大多从时政新闻、税收、总理勃兰特[①]开始，随后话题转向纳粹时代和"二战"，以及所有看来不吐不快的事情：那个时候也没有那么糟糕嘛，修了那么多高速公路，还实现了全民就业；不管人们爱不爱听，希特勒的德国最终把欧洲从共产主义者手中拯救了出来；战争结束前

[①]勃兰特，联邦德国第四任总理。尤以1970年12月7日的"华沙之跪"引起世界瞩目，促进了德国与波兰等国的战后和解进程。——编者注

夜对德累斯顿的毁灭性轰炸，真的完全没有必要嘛。当该吐的苦水告一段落，道明理顺，所受的冤屈也都一一列出后，谈话的慷慨激昂也随之平息，热情慢慢地让位于惆怅，谈论故乡的时刻到了。

桌边有人在叹气。这个时候，桌子底下的我们要尽量保持安静，因为在这种伤感的时刻，你的哥哥曼弗雷德会突然脾气暴躁起来。一声响亮的笑声，或者把他的鞋子偷走，都可能让他受到出其不意的刺激而发作。你大多只是沉默地坐在那里，一言不发。餐桌旁的人们在缅怀自己的家乡，这种怀念像是《纳布科》的囚犯合唱团哼唱的旋律，肃穆而庄严。我知道，这个合唱团的乐曲是爷爷的最爱，而奶奶最中意的乐曲则是《在美丽的蓝色多瑙河上》。

对我而言，家乡的味道、韵律是那首海军军歌《我们停泊在马达加斯加》："嘿，伙伴们！"歌中的阴暗现实、瘟疫、腐烂发臭的水，几乎被副歌庄严却近乎欢快的旋律所消融："是的，船上的钢琴声已经响起。"当水手们安静沉寂下来，思乡之情涌动，他们在这远离祖国的大洋上还有一丝安慰，因为每个人都在思念着自己的家乡，他们一定能够再见的家乡。没错，就是这种感觉。

容易感伤，我从你那里继承了这个秉性。

桌边有人在叹气，桌下的我们在玩囚犯和水手的游戏。在这种气氛的熏陶下，我们开始懵懂地知道，故乡是一种我们永远失去了的东西；只有老一辈人熟悉它，而我们则从未拥有过它，未来也不会拥有。故乡是魂牵梦萦的所在，是天堂，而我们则被永远地放逐了。故乡村庄的名字也印证了这一点，它动听得像是来自一部童话书。在我们这些孩子的想象中，故乡坐落在一条迷人的河边，位于连绵起伏的丘陵和广阔的田野之间，位于山谷之中，遍地长满了玫瑰。我们的故乡叫玫瑰谷。

你去世后的那个夏天，我驱车前往了奥得河边的玫瑰谷，它如今的名字是罗日纳（Różyna）。

去那里做什么？我的波兰语老师乌尔苏拉问我，那么小小的一个村庄。

出发前，我通过谷歌恶补了几个波兰语单词，谁知道什么时候能再用上 Wi-Fi 呢。乌尔苏拉的担忧也传染给了我：在哪里过夜呢？我可从未想过这个问题。在哪儿过夜？当然是在玫瑰谷村啦。

乌尔苏拉让我带上一个睡袋。我还在汽车后备厢里放了帐篷和睡垫，也许我可以在村后的墓地旁边露营。对了，还要带上一卷手纸。我记住了几个波兰语单词：租金是 najać，浴室是 łazienka，插座是 gniazdo，巢穴的意思——后来我发现，波兰人真的将插座称为"小巢"。还要了解波兰货币兹罗提的汇率，大约一欧元兑四兹罗提。然后下载天气 APP，那上面显示未来几天的天气会十分炎热，并将持续整整一周。

带点吃的吧，一个闺密建议道。绝无必要，我对此有把握，对于欧东地区我可不是菜鸟。

我发动了汽车。去哪里？波兰。我要去西里西亚。可去那里做什么呢，一个波兰的省份，一个农产区，一片已经覆灭的前德意志帝国疆土？我去我父亲出生的地方，一片不复存在的土地。我是西里西亚人。可我是吗？我的祖辈才是西里西亚人。

我在汉堡边上的小镇韦德尔长大，在那里生活了将近二十年，比后来在任何一个地方停留的时间都长，但韦德尔从来都不是我心中的家乡。我的家乡曾经是玫瑰谷。哦，不，我没有家乡。玫瑰谷仍然是我德国西部生活中遥远的消失点。别人问我是哪里人时，我会说自己来自韦德尔，可我总觉得这个回答有些三心二意，似乎只说出了真相的一半。

我正驶向欧洲东部。开过科特布斯后，高速公路上指示里程信息的路牌文字变成了单行。此后很长一段路程平平无奇，然后不知什么时候就来到了弗罗茨瓦夫。高速公路上的车辆很少，偶尔会有一辆涂成绿色、写着"柏林–弗罗茨瓦夫　仅 21€"广告语的廉价城际大巴 Flixbus 超过我，其余大部分时间我像个独行侠一样穿过一片又一片森林。一公里又一公里，只有森林。这里是欧洲东部的起点，一片辽阔的无人区，是广袤的西伯利亚的序曲。

在波兰，没人拿指示牌上的限速规定当回事，每个人都是随心所欲，想开多快开多快，这正合我意，在去往玫瑰谷的方向上我一路飞驰。刚刚一闪而过的是从前的边检站，我们曾在这里等待几个小时，安安静静谨小慎微，不许笑，不许说话，不许做引人注目的事情。穿着制服的边检人员沉默寡言，给出快速而干巴巴的指示，摇下车窗时动作要迅捷，如果车窗卡住了要赶紧道歉。边检员对车内投以严厉审视的目光，然后是儿童护照上的奇怪印章。妈妈紧张不堪，急切渴望着做对每件事情。那是一种臣仆的、听命于人的感觉。

而现在，我不再需要停车接受检查；想到这里，我油门踏板上的脚又加了一些力，加速驶过了墙漆剥落的边检站。当光滑的德国沥青公路换成了带有宽宽伸缩缝的水泥板公路时，我知道自己来到了波兰，嗒嗒克，嗒嗒克，颠得人头疼。

我首次应聘编辑的面试被安排在一个离法兰克福主火车站不远的大办公室里，面试官是一位穿着墨绿色羊毛衫的男编辑。

您去过美国吗？

从来没有。一个西德姑娘，年近三十，却从未去过纽约。我去过列宁格勒、莫斯科、基辅和伦贝格、里加、塔林，还有塔尔图；我去过阿尔泰、比什凯克、克里米亚。我以前还去过巴尔瑙尔。知道巴尔瑙尔吗？它在西伯利亚，一些伏尔加德裔居住在那里，村庄干净整洁，一条乡道贯穿村庄，像玫瑰谷一样。

我从来没有去过纽约，甚至没动过这样的念头。美国嘛，可以等等，它会在那里原封不动地等着我，它对我没什么神秘感，我当时就是这么想的。可此时此刻，在法兰克福的大办公桌前，我突然意识到这成了我的一个弱项。作为一名编辑，一名负责外交事务的编辑，怎么能还没去过美国呢？

这么说，您是东边来的啊。那位编辑对我说。

东边来的。我的祖辈中，无论是父亲这一脉还是母亲这一脉，没有人出生在奥得河以西。我的父母，四位祖父母，八位曾祖父母，全是东边人。但泽，埃尔宾，柯尼斯堡，赫布德，特伦茨，以及一些波美拉尼亚人庄园，这是母亲这一脉先祖的出生地；父亲这一支则是在玫瑰谷，这个村庄仅在奥得河以西一公里。我的家族祖祖辈辈生活的地方，今天没有一处在德国版图之内。我心心念念的，如果不是东方，还能是哪里呢？

不过，我在此后多年的行程中跳过了波兰。我曾经在某个时间点去了纽约，更多的行程则是投入了东方的腹地，我到过伏尔加河、阿穆尔河、明斯克和卡卢加，到过伊尔库茨克、哈巴罗夫斯克、白海、黑海和贝加尔湖，还到过乌拉尔、天山、高加索、车臣。我曾在那里见到过一些村庄，那里像玫瑰谷一样有一条乡道贯穿全村。却唯独没有去波兰。

去玫瑰谷的三次不作数。那不是波兰，那是我的家乡，一个位于七山后的村子，一个甚至在地图上都没有标记的村庄。

近下午五点的时候，逃难的队伍出发了。车队由大约五十辆马车组成，其中三辆是牛车。总共约三百人，其中最年长的近九十岁，最小的刚出生几天。少数老人没有加入逃亡的队伍，他们宁愿死在家里也不愿离开。这三百名村民，大约占了玫瑰谷村人口的一半。另一半是年龄在十六岁到六十岁的男人，他们都被征了兵在外参战，其中包括你的两个哥哥，曼弗雷德和戈特哈德，还有你的父亲。

曼弗雷德生于 1925 年，曾在布里格县上高级文理中学。他在 1943 年夏天拿到了高中毕业文凭，有一段时间负责希特勒青年团在洛森、耶申、耶根多夫、科彭、施瓦诺维茨、舍瑙、拉姆森、弗罗瑙以及玫瑰谷等村庄的组织工作，随后自愿报名加入了海军。他最后一次回到玫瑰谷是四月份，这是他的第一次也是唯一的一次休假。在富尔曼的客栈里，他们把长木板搭在木桶上，放映了威利·比格尔主演的电影《为德意志骑行》，这时距离逃亡还有九个月。

此时曼弗雷德驻扎在哥腾哈芬。当部队为自杀潜艇作战分队寻找志愿者时，他报了名。一来他已经受够了无聊的操练，二来弟弟上前线的消息让他寝食难安。此刻，曼弗雷德正在接受训练，学习如何操纵一艘放置了炸药的单人潜艇去撞击敌舰。这是在深海中的自杀攻击，没人能从这项任务中活着回来。

你的父亲生于1898年。他是在一月中旬被征召入伍的。他曾参加过"一战"，在西部前线作战。那时的情况和现在迥然不同：当时的他还那么年轻，只有十七岁，而且"一战"的炮火从未烧到西里西亚。

1945年1月22日，星期一，当苏联红军在玫瑰谷附近推进至奥得河边时，你的母亲正徒劳地试着将马匹套上车；而此刻，你父亲正坐在布雷斯劳的一个警卫室里，给你们写信。发件人：人民冲锋队队员赫伯特·霍夫曼，堡垒炮兵3049分队，洛伊滕军营，布雷斯劳市。收件人：奥尔加·霍夫曼夫人，玫瑰谷，布里格县。

亲爱的奥尔加，亲爱的阿道夫。

你就是阿道夫。

出自一介农民之手的这封信算得上是一封长信了。如同水手写给家乡，信中充满了对家的思念，对他此刻触不可及的生活的思念。

> 我在这里过得不怎么样，哪里能比得上家里呢？对我这样一个上年纪的人来说，军营生活已经没什么乐趣啦。

爷爷当时已经年近五十，切实地感觉到了自己的衰老。在过去的三十年里，他每天天蒙蒙亮就去地里一直劳作到夜晚，偿还了农场欠下的债务，还盘下了新的农田。二儿子戈特哈德八月份就满十七岁了，他期待着日后能将农场交到他的手里。戈特哈德是三个儿子中侍弄土地的好手，一个地道的农民。可是，戈特哈德在秋天的时候加入了人民冲锋队，现在驻守在奥得河一线。

信中满是对身处前线的儿子们的忧虑。

> 我心中总是想着你们，想着在前线的孩子们。

以及对妻子、农场的忧虑，还有不祥的预感。

> 我一直觉得，你们还不至于走到非要离乡背井那一步。可要真是情势所迫，也只能那么做。

前一天，纳粹党卫军头目汉克宣布将死守布雷斯劳。数十万妇女和儿童不得不疏散离开，他们被赶进漫天风雪中。战火还没有烧到布雷斯劳，但是当爷爷凌晨三点坐在警卫室写信时，战争这条恶龙已经抬起了巨爪，它会抓住爷爷，碾碎他的生活，许多年后才会松开巨爪放他生还。而那时，已经半死不活的爷爷将身处遥远的德国另一端。

爷爷将在接下来的日子里任人摆布，不得不听命于人，德国人和苏联人。很多年里，他都会在战争和监禁中度过。他将无缘再见故乡玫瑰谷，无法重新踏上自家农庄的土地。他的母亲、兄弟和一个儿子将无法逃脱战争的劫难。多年以后，他才能再次见到自己的妻子，而那时候，他已经失去了生活中曾经拥有的一切，一切都沧海桑田不复从前。

而彼时彼刻，你的父亲对此还一无所知。但他察觉到灾难正在逼近，对他来说八天前意义重大的事情已然变得无足轻重。

千万不要绝望，只要坚信上帝，即使是最艰难的事情也能忍过去。

爷爷最温柔的话语说到了你，亲爱的小阿道夫。

我的眼前总是浮现他的影子：他在写作业；他在外面疯跑，直到裤子都开线裂开；他晚上爬上床钻进我的被窝。那本海员的书，他读完了吗？

这是一封柔声细语的信，写信人想抓住那些自己熟悉的东西，津津乐道于琐事细节。他盼望着回信，甚至希望有人来看望他：他在信中向妻子描述乘车路线，到他这里可以坐 2 路或者 12 路车，一定要坐到终点站。他打听村中熟人和亲戚的境况，希望事情并没有像他预想的那么糟。

    总有一天一切会好起来，到时候我们就能踏踏实实地干农活啦。

最后是那句一成不变的套话。该说的都说了，一切安好。

这句话听起来有些荒唐而不合时宜，因为眼下没有一件事是安好的。或者这是只有他妻子才能听懂的话：也许爷爷奶奶在农场、农田里劳作了十六个或十八个小时后，夜幕降临，他们躺在自家在玫瑰谷的床上时，会相视一笑彼此轻声说道：该干的都干了，一切安好。

1945 年 1 月 22 日，那个星期一改变了一切。那一天将会在很长一段时间里决定我们的生活，决定我们家族几十年、几代人的命运。那一天改变了你的生活，你们的生活，以及我和我孩子们的生活。那天之后的很长一段时间里，我们家族脚下不再有一片坚实的、支撑着我们的土地。

记忆深处我童年是一片黑漆漆的泥泞，像沼泽，一不小心就会深陷其中。大人们叮嘱我：要走有路标的路；天黑前一定要回家；别盯着幽暗的深处看，否则就会被拉进去。年幼的我就有了一种预感，进而变为一种确信：一个人可以在明天，甚至是下一个小时，或者在下午四点到五点的转眼之间，失去自己所有的一切：房子和农庄，儿子，兄弟和父母，故乡，甚至记忆。

逃亡的车队经过你们的农庄时，你们一家加入了逃难的队伍。你们是村里最靠边的一户，农庄旁边就是一望无际的农田。村里管事的人说只是暂避炮火，等待战事平息。不是所有人都信以为真，可也只有少数几个预料到，这次出行将成为和家乡的永别。也许你并没有忘记那件海军服，只是不想带走它，因为以为自己很快就会回来。或者你们的确已经预感到了什么？这种预感是何时、因何而起呢？是和前一天国防军士兵来到村庄的事件有关吗，还是一星期前，一个月前就感觉到了迟早会有这么一天？你们当时忧虑吗？又是何时开始感到恐惧的？人会对他难以预料的事情感到恐惧吗？

那我们呢？我们害怕吗？

当奶奶厨房桌子下面的怪味变得浓重时，我们就从桌子底下溜出来，间插着坐在桌旁的大人之间。餐桌的蓝白色镶板一部分已经和下面的胶合板裂开，我们一边抠着它们玩，一边试着从大人的谈话中找些有趣的话题，一些生动形象、我们能懂的东西，比如农场里有多少猪和牛啦，或者冬天人们是否可以在村子的池塘里溜冰啦。不过，看来我们感兴趣的话题和大人们在叹息中回忆的内容全然不搭界，反正奶奶从没接过我们的话茬，只有你哥哥曼弗雷德有时会给我们讲些从前的事情。他告诉我们，村里的池塘确实每年冬天都结冰，可那时没人有溜冰鞋。他描述爷爷亲手建起来的农庄主屋以

及它外面的配房，后者是跛脚的沃尔特叔叔居住的地方；还有那个精致的小客厅，它只在节日时才会被启用；以及爷爷、奶奶当时是如何的辛苦和操劳。

当我们想进一步知道那些马、农场狗的名字时，大人们却径自转移了话题，又谈起了其他的玫瑰谷村民。都是一些我们从未见过的人。什么谁和谁一起逃到了哪里啦，谁把谁抛弃啦，还有谁死在了逃亡的路上，又有哪些人最终留在了玫瑰谷。

汽车一过德波边境，我就开始在收音机里搜寻波兰电台，想看看过去几个月我的波兰语老师的教学效果如何。结果并不乐观。我不断地切换着电台，搜寻我能听懂的语言类节目。只要音乐响起，我立马换台，我可不想听什么波兰语的口水歌，或是那首《最后倒数》

(The Final Countdown)。尽管节目内容不知所云，但我还是能将交通信息播报、天气预报，以及圣母玛丽亚广播电台的布道区分开来。其中一个路况播报我听懂了：A4高速公路去往弗罗茨瓦夫方向拥堵。此时我不正在A4前往弗罗茨瓦夫的路上吗？我能从电台中的语气语调上识别出哪些是广告，可具体广而告之的是何产品就不得而知。谢天谢地，已经走完了有伸缩缝的水泥板公路段。可现在我的头疼却益发加重了。我看到高速公路另一侧的反向车道开始堵车，天气又热又闷，每隔几公里就有大幅指示牌显示此刻车外的温度为32℃和沥青路面温度52℃。谁在意沥青路面的温度呢？

快到弗罗茨瓦夫时我迎来了自己的高光时刻：堵车了！我喜出望外：我能听懂波兰语啦！堵车的长龙看不到尽头，我乘着自己兴奋的余劲，做了一件祸兮福倚的事情：在高速公路下错了出口，结果我又堵在了反向的车道上。

远远望去，玫瑰谷是故乡应有的那个样子。这是一个从儿童读物中幻化而出的村庄，惬意地平卧在天穹之下。白色的教堂塔楼在绿色的田野中熠熠生辉，红色和棕色的砖瓦屋顶坚实而轮廓分明；塔楼顶部的塔尖在阳光下闪闪发光，像一把戟，随时准备刺向任何试图接近这座村庄的恶魔。一切都恰如其分，是人们理想中故乡的样子：村中的大树年长日久，根深深扎入大地；辽阔的田野有着微微的起伏，友善地欢迎着回家的人。这是一片为人父母者会深深向往的土地，慷慨无私而且给人以安全感。

玫瑰谷村名的来历是一个谜。这里没有山谷，田野一直平缓地延伸到奥得河和尼斯河。玫瑰谷村庄勉强有一点海拔高度，但这个数值小到可以忽略不计。几个世纪以来，村名之谜困惑着玫瑰谷的村民们，村里流传着各种各样的说法。有人说玫瑰谷（Rosenthal）的名字来源于 Rodeland（开垦过的土地）。洛森人约翰尼特于 1238 年建立了这个村庄，用于向附近的地方移民，而此前这里是一片茂密的森林。其他人则声称，邮车过去常常在村子里换马，这就是为什么这个地方被称为 Ruhstall（用于马匹休息的马棚），也就是西里西亚语的 Rustl。将村名来历的争议搁置一边，大家共同认可的是，此前人们之所以口口相传将这里称为 Kucherrustl（蛋糕马棚），是因为依照此地的风俗，在婚礼等大型庆祝活动中，主家会在整个村庄慷慨地分发蛋糕。据说下西里西亚地区口味最佳的罂粟籽蛋糕就出自这里，不过玫瑰谷很可能不是唯一一个将这一美名据为己有的村庄。

东欧社会主义国家解体后，村民们为使村庄名副其实着实做了不少努力。人们栽种了玫瑰，一人高的玫瑰在村里各家花园到处可见，花朵五颜六色：白色的、红色的、黄色的、杏色的。花园栅栏上装饰着锻铁的玫瑰花瓣，村口的石头天使雕像的怀里也被人塞进了一束塑料玫瑰花。

抵达玫瑰谷的时候已是下午五点左右。我将车停在大泥坑旁，步行走向村里。雅娜正和儿子们坐在木屋下，那个地方从前是一个积肥坑。

当初爷爷建好了主屋外的配房后，曾想将积肥的地方从场院中央移到谷仓后面，但一直没能施行，这个积肥坑因此在原地保留了几十年，直到苏联解体后才消失。我们千禧年后那次来访时，原来积肥坑的位置立起了一个由白色帆布搭成的天篷。当时这种天篷遍地都是，整个欧洲中部看上去像是一个巨大的白色帐篷宿营地。那天扬和雅德维加正坐在天篷下喝咖啡等待我们的到来。而现在，原来天篷的地方建起了一个小凉亭，结实的梁柱撑起木制的屋顶，下面是砖砌的烧烤架，横梁上还吊着一个秋千。

您有什么事情吗？雅娜从花园篱笆的另一边问道。

她们家的狗边叫边跳，雅娜怀里的男孩则把脸埋进她的脖子。她以审视的眼神直视着我的眼睛，那目光与其说是怀疑不如说是好奇。

我父亲是在这里出生的。

雅娜对狗吼了一声，让它安静下来，可目光并没有从我的脸上移开。

我印象中，您以前应该来过这里。

她说得没错。我来过这里，而且不止一次。我第一次到这里是在 1978 年。我熟悉这个村庄在社会主义时代的样子，那时富尔曼的客栈变成了村里的文化之家，商店里的货架上只有洋葱和土豆；我也看见了玫瑰谷在资本主义下的样子，满村都是白色的天篷，幼儿园关闭了，男人们到爱尔兰的屠宰场打工，女人们则去了德国护理老人。我多次回到玫瑰谷，最近一次是三年前，还带上了孩子，而这次是我只身前来。

您有什么事情吗？雅娜重复了一遍她的问题。

想在这里住几天。这里有过夜的地方吗？

您一个人吗？

是的，一个人。

布热格县里有家旅馆。

村里有旅馆吗？

让我想想。

雅娜问得没错，我来这里的目的何在？

我沿着街道向教堂的方向走去。教堂的墙边立着几个石头十字架，上面刻有德语，十字架已经有些倾斜。我走过村里的商店，那是酗酒者聚集的地方。空气中弥漫着夏日炎热、灰尘、干草和刚运过来的新鲜稻草的混合味道，拖拉机拖着装满稻草卷的巨大敞篷拖车在村路上疾驰而过。还闻到粪肥的气味，可是村里明明只有寥寥可数的几个农民，压根没有蓄养什么牲畜，只有一些鸡和几匹马。

花园里和房屋的山墙上飘扬着红白相间的波兰国旗，公共汽车站旁的花盆里盛开着红色、白色的天竺葵。一块纪念1914—1918年阵亡者的石碑上雕刻着被钉在十字架上的耶稣。教堂刚刚修缮一新，外墙被刷成了白色，上有彩绘；屋顶也是新换的。在这一带，所有村庄里的教堂都是如此，无一例外：无论村庄如何破败，教堂却总是美轮美奂的，而且大约每两个城镇就能找到一座波兰教皇的纪念碑。

从村街的一头走到另一头，一直到村里最后一栋房子，有整整一公里。在谷歌地图上俯瞰，村子的形状看上去像一只乌龟，一块块狭长的宅基地是乌龟身上的甲片，而村街则位于村庄的正中间。每座庄院的开门处都朝向村街，庄院的后身是农田，一条条的乡间小路则成为各家农田的界线，这种小路被当地人称为"后篱笆"，小路两边都是农田。

罗日纳一共有八十七个门牌号，而战前这里有八十四个。除此以外，这个村庄和那时相比并没有什么变化，基本保持了玫瑰谷村的风貌，如同你们在1945年1月的那个下午离开它时一样。村里的场院都十分宽敞，大都由主屋和外面的配房组成，前者总是和牲口棚相通连，那时的农民是与牲畜住在同一个屋檐下的。房子无一例外都是砖砌、抹灰，房子正面朝向村街。场院很规整，透着自信，即使现在破败了仍不失骄傲与体面。那时村中没有大富大贵之人，但不乏小康之家。比房屋更大的是院子后面的谷仓。谷仓都有两扇门，一扇向前通向场院，后面一扇则通向农田。

这就是玫瑰谷当时的样子，今天依然如故。在社会主义治下的几十年里，村庄保持了原貌，只是教堂变成了天主教教堂，农庄被重新分配给了不同的人家。八十四号，也就是原来你家的场院里，搬进了两户人家：主屋里住着富尔曼一家，配房则是皮温斯基一家。村中的主街原为石子路，不知何时铺成了柏油路，只是现在变得坑坑洼洼。与奥得河、尼斯河以西的任何村庄相比，这里的变化要少得多。

一切都是老样子。谷仓仍然屹立在那里，只是里面不再储备草

料；没有人再去挤奶的牛棚，没有了猪的猪圈，年轻人迁徙、老人逝去后留下的一栋栋空置的房屋。村里几乎没有增加任何东西：没有超市，没有附设体育馆的学校，也没有供志愿消防队使用的车库。

玫瑰谷是一个奇迹，它仍在那里，让我们得以返回原汁原味的旧时光。而在欧洲的其他地方，现代化生活早已潜入了村庄：谷仓消失了，取而代之的是分离式畜舍和沼气设备；来自城里的人们翻新旧农舍，建造新别墅。而玫瑰谷则像睡美人一样沉睡着，保持着自己战前的模样，静候我们的到访。

您不是这里的人吧？

一位老人从花园篱笆里望向村路上的我。短裤，T恤，白色短发，嘴里叼着一截香烟，眼睛敏捷地转动着，眼神和善。

我来自德国，柏林。今天可真热啊。

老人走出院门来到路上。他告诉我，他知道柏林，他的女儿在那里护理一个老人，住在一个叫什么湖的边上，那个老人和他年纪差不多；他现在一个人生活；因为酒喝得有些多，伤了身体；他的孙子出生在柏林，然后去乌克兰基辅上大学读了医学专业，后来去了哈尔科夫，在那里救治伤员。

你知道的，东乌克兰，那里打仗呢。他死了，被人杀了。

谁杀了他？

还能是谁？乌克兰人呗。

为什么？

就是被人杀了嘛。你了解的，战争嘛。

有多少次，玫瑰谷在战争中被毁坏，被抢掠，教堂上的长戟也无力去守护这个村庄？有多少次，士兵们行军穿过村庄的街道，村民们不得不紧锁大门，解开狗链让狗来看家护院？有多少次，村民们听到街上马匹的嘶鸣声、军靴踩踏路面的铮铮作响声以及女人的尖叫声？有多少次，村民们不得不掐住小鸡的脖子，制止它们发出恐惧的咯咯声？

不过，我更倾向于认为玫瑰谷村有幸逃过了所有战争的劫难。

这个村庄远离主路，只有一条无关紧要的支路穿过村庄通往弗罗瑙方向。村子的南边是尼斯河，东边是奥得河，而后者的河岸距离旧时德意志帝国的边界只有不到六十公里，因地处国家的边缘地带得以偏安一隅。你最喜欢的一首诗是特奥多尔·施笃姆的《离群索居》，在我看来也许其来有自。玫瑰谷是一座安详宁静的村庄。

我散步回来时，雅娜已然做出了决定：她的奶奶几个月前去世了，有一个空房间可以让我过夜。

雅娜甚至为我铺好了床。她接纳了我，仿佛让一个敲门的陌生人住进自己的家里是一件再自然不过的事。她允许我走进你的父亲，我的爷爷，亲手建造的房子。晚上，我让雅娜的儿子坐在我的腿上，在厨房餐桌旁和她聊天，好像我已经通晓了波兰语似的。她就这样收留了我，就像那次逃难途中其他人收留了你们一样。雅娜不知道我在这里想干什么，尽管如此，她对我坦诚以待，友善，慷慨；她请我一起吃饭，尽量让我有宾至如归之感；她努力回答我提出的问题；她将自行车借给我，这样我就可以骑车去科帕尼和弗罗瑙。当我坚持要步行前往洛森的火车站，因为你们那时就是走到那里的，雅娜摇晃着脑袋哈哈大笑。炎炎夏日的午后，我们坐在场院的木屋顶下谈论着我们的祖父辈，他们是目睹过战争这条恶龙真实面目的一代。而我们两个后辈则被二十世纪的惨剧联系在一起：雅娜·沃洛申，来自乌克兰西部伦贝格附近的农民扬·皮温斯基的孙女；我，西里西亚农民赫伯特·霍夫曼的孙女。慢慢地，雅娜开始明白我为什么会来到这里。其实，我自己也是刚刚明白。

故乡不是一个地点，是一种感觉。房子就在那里，里面的过客却是来来去去，有的甚至是被驱逐的。当政者大权在握，能够左右人们的迁徙，责令他人离开生养自己的土地。但很久以前可不是这样，过去的西里西亚可不是这样，那时的人们能够长久地在一个地方定居。我的祖辈是来自弗兰肯和莱茵兰的拓荒者，自1238年起就定居在这里。他们清理了森林，开拓了土地。

从前是国破人在，国家会陷落，人民则可以一如既往过自己的日子。历史书里就是这么说的，维基百科上这一地区城市的相关条目也佐证了这一点：西里西亚陷落，布里格陷落，玫瑰谷陷落。陷落后，这些地方落入了这个国家或那个王朝的手里：波希米亚，哈布斯堡王朝，或者是普鲁士。城市陷落了，村镇陷落了，城头变幻大王旗，人们随之落入另一群统治者的手中。国家灭亡了，没有谁需要被责备，仿佛没人做过什么促成了这个灭亡，仿佛灭亡、陷落这类事根本不存在一个主体似的。灭亡是命运的安排，是不可抗力使然。

但"二战"结束后的这一次却迥然不同。这一次的陷落后，当地人没有得到留下的机会。陷落后的西里西亚变成了一个人口稀少的地方。这是一片空旷的土地，一片被清空的土地，如同一个需要再次被填满的容器。而这个重新移入人口的过程，在很长一段时间内进展得并不顺利。

房子就在那里，里面的过客却是来来去去，有的甚至是被驱逐的。

当政者有权重构地区的人口组成，如同把液体从一个瓶子灌到另一个瓶子里。这样的运作，可以整个村庄、整个地区地进行，容易得像是酒厂灌装葡萄酒。玫瑰谷就经历了这样的遭遇。1945年，当权者用同样的方式重新填充、"灌装"了波兰一半的国土。

有谁还记得当时的事情呢？

七十八号，一位老奶奶正坐在花园里。她一头白发，穿着花短袖，上面是紫黄相间的花朵图案。衣服面料已经被洗得像经年的围裙，或者廉价旅馆里的床单，又像陈年的伤疤，已经褪了色，如同她一头雪白的头发，十分特别。那天真热。

她坐在屋前的樱桃树树荫下，尽管天气很热，却穿着毛毡拖鞋。我们没有进屋，房子正在装修。我仿佛从她弯曲双腿上的瘀伤看到了自己的奶奶，还从她的叹息声中听出了奶奶的声音。您给我讲讲，那时是一番怎样的场景呢？就那样呗。

奶奶，给我说说那时的事情吧。这位奶奶叫斯塔西娅，她不是我的奶奶，不过能感觉到她会是一个慈祥的好奶奶。她讲波兰语，我无法听懂她说的每一句话，她也听不懂我的德语，对我说的波兰语她也是一知半解。

斯塔西娅是现在村子里少数几个还能回忆起1945年夏天发生之事的人。她那时只有十七岁，曾作为强制劳工在德国汉诺威市附近的一家果酱厂工作过。当她想返回自己乌克兰西部的老家时，人们告诉她，她的家已经迁到了西里西亚。她的家人被分配到了罗日纳，也就是玫瑰谷村，政府对他们说，你们随便挑所房子住下吧。

您来到这里的时候，是怎样的一种情况呢？

你指的什么？

您还能记起一些当时的事情吗？您当时在想些什么？

我那时才十七八岁，能想什么呢？

您一家是如何来到玫瑰谷的？

我爸爸去了布热格地区的一间办公室，人们给了他这里的地址。

他们给了地址？斯塔西娅，我的好奶奶，告诉我，那些人当时具体说了什么？你们就去那儿吧，在洛森和弗罗瑙之间的一个村子，我们叫它罗日纳。你们就去那儿吧，他们是这么说的吗？然后您一家就上路了，沿着去往洛森的公路，要不就是另一条路，紧靠奥得河穿过科帕尼的那条。您一家人拉着车步行上路的，还是当时有一匹马可以拉车？到村子后，您看到了什么？

村子里没有人烟，大部分房子都是空着的。想住哪栋房子，我们可以随便选。你没有问任何人，也没人问你。

您一家怎么选了这栋呢？

我们到这儿的时候，随处都是空房子。可这栋里还住着一家德国人，正要离开呢，钥匙还在他们手里。他们已经收拾好行李准备出发了。我的奶奶当下决定就要这栋，因为钥匙还在。

我用自己磕磕绊绊的波兰语提出问题，试图理解什么是故乡、家园，什么是流离失所，就像一个盲人央求别人为自己描述一幅图画。

住在陌生人的房子里是什么感觉？

一开始很难，那毕竟不是自己的家。我们那时以为不会在这里待很久，过一段时间就能回去了。

无论是德国人还是波兰人，当时谁也没有想到自己会永别家乡。当权者竟然通过移民迁徙重置了波兰，这一点当时没有人敢相信。

我们当时啊，就是这么一个不上不下的境地。回不去老家，可又没有确定要不要在这里留下来。

这所房子的前主人姓甚名谁，他们没有问。他们有自己内心的苦痛，以及对家乡的渴望。他们的村庄位于伦贝格地区，距此向东五百公里的地方。斯塔西娅说，那里被划归苏联管辖了。

我们回不去了，俄国人把我们的地方占了。

俄国人，无处不在的俄国人。

我们不得不留在了这里。耕田，播种，烤面包。后来就习惯啦。

您一家在这里过得好吗？

什么意思？

对这里的生活满意吗？

我们必须满意，没有别的选择。

樱桃树的树荫划过了斯塔西娅的脸庞，现在她被太阳直晒着，眼睛被阳光晃得直眨眼，鬓角上也沁出了汗珠，但她没有抱怨。

你问吧，她说道。问了，心里会轻松些。

斯塔西娅告诉我，她们来到村里的时候正赶上圣诞节，那是1944年。但那怎么可能呢？那年的圣诞节，你，爸爸，正坐在那个精致的小客厅里，还有爷爷、奶奶以及沃尔特叔叔。那个圣诞节，你得到了那身海军服作为礼物。

我们当时冻得不行。天气很冷，霜冻很厉害。我叔叔去森林里砍了一棵树拖到院子里。可木头湿，没法烧啊。当时可真把我们冻得够呛。

我们去屋子里吧,我对斯塔西娅建议道,这里太热了。我们穿过草地走向屋子,她拄着拐杖,不要别人搀扶。她的腿上沾满了草丛上的露水,小腿像是在烤箱里烘烤了十分钟的面团,柔软而松弛,皮肤只是薄薄的一层,有些地方已经塌陷了下去。不过她的步伐却是出奇地稳当。

我们坐在房子的阴凉处,斯塔西娅从月桂树篱上折下一根树枝平静地握着它,双手放在腿上。

我那时还能有什么想法呢?我那么年轻,我们几个男孩女孩聚在一起,唱歌欢笑,然后和其中一个人结婚成了家。一旦结婚一切就都变啦。你要照顾丈夫、孩子;牛圈里的奶牛、猪圈里的猪都等着你去喂。那是个完全不同的时代啊,我们那么努力地干活。

您觉得自己的人生完满吗?

完满的人生,是指什么呢?该怎样就怎样啦,就这样过来了啊。我没有什么可以抱怨的。我丈夫十七年前就死了,可我没什么可抱怨的。

紧接着,好似在回应我提起的一个问题,她快速地做了一个手势,将手放在喉咙侧边,用中指扣在那里,想必伏特加流过的喉咙处正火烧火燎吧。她在那里拍了一下,手旋即放回到腿上,神色也马上平静下来,重新正视着我的眼睛。

这个动作在欧东很常见。这个手势源自哪里呢?某个圈子的手语黑话,集中营中的手势,还是某些人心知肚明的肢体语言?我们都知道这个手势意味着什么。它可能表示昨晚的酗酒狂欢,或者有人还是不过瘾,又搞到了三瓶酒约了后面的酒局。但大多数情况下,它代表着失去的生命。为了斯塔西娅的丈夫和卡齐克以及其他所有人。别触碰这个词,它是禁忌,一个人会为这个词感到羞耻——"酒鬼",粗鲁而直白,像一只跳到你脸上的老鼠。而这个手势不过表示自己的脖子稍微有些疼。

我丈夫对我一直不错,她说,他从不说伤人的话。我有时整晚不着家,黎明回来时,他也不会追问我去了哪里。

斯塔西娅对德国人的了解源于她在果酱厂工作的那段时间,工厂里有来自俄罗斯和波兰的强制劳工。她在那里干到第九个月头上的时候,战争结束了。斯塔西娅没有用"强制劳工"这个词,而是说"他们带我去德国工作"。波兰语里有两个词汇表示工作,她用的是 robota,指的是那种繁重的体力活儿。她挣到了三十五德国马克,却没有花钱的地方,因为当时根本买不到什么东西。她们天天吃卷心菜,人饿得不行。有一次,有人从工厂偷糖拿回住处自酿蒸馏酒,被厂长抓了个正着,他们给了厂长些东西,此事也就敷衍过去了。

后来美国军队来人想抓走那个厂长,波兰工人一起为他说情,他们告诉美国人,他是个好人,放了他吧。

人们谈及那个时期时,所有的故事都围绕着战争的残酷和人性的良心未泯,仿佛唯有如此人们才可以忍受那些发生过的事情。讲述中总会夹杂着温情,而且他们对善良、人性的记忆比对残酷的记忆更生动,更鲜活。这并不是说讲述人想要宽恕德国人,而是他们希望继续生活下去,不愿丧失对人性的信心。如果他们不这样做,生活对他们而言也许会变得难以承受。当然，这些事很可能真实地发生过，比如爷爷曾经给我们讲过，因为他唱歌好听，所以在战俘营中获得了额外的口粮；还有，战俘营的俄国哨兵把自己的面包分给他，尽管那个哨兵自己也在忍饥挨饿。

要是我有机会再去那个地方，我会带你去看看墓地。

什么墓地？

盟军先头部队到达的前两周，德国人在森林里枪杀了俄国的强制劳工。美国人到达后强迫德国人把尸体挖出来，而且只能徒手。

至于厂里的波兰工人，德国人已经来不及处决他们。

穿过村庄返回的路上，我看到卡齐克和两个男人站在花园的篱笆旁。地上草丛里扔着半打空啤酒罐和一瓶烈酒。现在是下午四点，空气中飘来混合着啤酒和汗臭的气味，几个男人的目光呆滞。

嘿，我说，给她看看那东西，卡齐克说道。他的伙伴回屋取回一本旧杂志。杂志的纸张已经发黄，边上也磨损得厉害，封面上印着德语：农业通讯。杂志内页满是机器和农作物种子的广告，克姆纳公司的热蒸汽犁，莱塞的圆盘耙和西德斯莱本生产的甜菜挖掘机，用于绿色养殖的阿拉托喂食器等诸如此类的东西。这本小册子被放在某个抽屉里长达七十五年，即使在寒冷受冻时也没有把它烧掉，也没人用它来包鱼。看来这本小册子对他们有特别的意义。是怎样的意义呢？

关于那时发生的事情，您的父母曾讲过什么吗？您一家来到一座完全陌生的村庄，是怎样的感觉？

卡齐克的目光一下子敏锐起来，充满了警惕与怀疑。

这座房子是我们买下的，我们付了钱的，我可以给你看房契。

一直到深夜，载着收获庄稼的拖拉机还在村街上轰隆作响，随后才渐渐安静下来。清晨，公鸡叫晓，鸽子咕咕咕地叫，乌鸦也开始聒噪起来。趁着天气没有变得太热之前，我出发前往弗罗瑙（Wronów），它从前的名字是 Frohnau。卡齐克正在街上骑自行车。给骨头吹吹风吧，他冲我喊道。当然啦。

村子后身就是广袤的农田，庄稼大部分已经收割，只有玉米还在。早上八点的太阳已经能把人烤焦，只有一丝微风从东南的奥得河方向吹过来。田野静静地忍受着酷热，像一个分娩后精疲力竭的产妇。你哥哥戈特哈德就是在八月份出生的，一个在夏季出生的孩子，这在家族中算得上一个例外。其他的孩子都是在冬天出生的，这才是那时农家的惯例。如果女人在夏天分娩，就会在庄稼收获的季节里长时间无法做农活。不过，也许这只是人们说说而已。

通往弗罗瑙的路不是柏油路，只能说是一条乡间道路，它崎岖不平，因黏土被雨水冲刷后又被太阳曝晒而板结。远处一只秃鹰一飞冲天，稻草在麦茬地里掀起了滚滚麦浪，徐缓地向东方摆动着，看上去就像 1941 年 6 月照片中的坦克。也许家乡必须是一处实实在在的地方，否则为什么这片风景如此触动我，令我感觉似曾相识？

在弗罗瑙出口的地方，朝向奥得河方向坐落着一座偌大的庄园，庄园正门上方有两个旋涡装饰，家族纹章已被抹去，塔钟上的罗马数字也已经褪色。是在什么时刻，这里的时光停止了流转？大大的分针停在了数字六的地方，仿佛再也没有力气爬到顶部十二的位置。时针已经消失无踪。庄园的外墙斑斑驳驳，涂层脱落的地方露出了里面的红砖，像鲜红的血肉。屋子背后通往露台的楼梯已经坍塌，但窗户上的玻璃依然完好无损。深红色的屋顶是新铺的，看起来锃光瓦亮，在这座破败的建筑中十分扎眼，如同一位老妇刚染过的头发。看来还有某个人对这个庄园有所打算，不希望它沦为废墟。

你的母亲，我的奶奶，年轻时曾为了学习缝纫在弗罗瑙的一个地主家里工作了一年。缝纫床单、桌布、内衣、毛巾，为餐巾绣上主家姓名的字母缩写、十字绣、花边以及缝制褶裥。那户人家待人很严厉，不过是那种善意的严格。在那里工作的一年，对奶奶而言是得以喘息、休息的一年，学习缝纫看来比在克莱塞维茨的农场家中轻松得多。奶奶的父亲在家里是说一不二的君王，拥有一家大农场，富有但吝啬，对待女儿像使唤女仆一样。作为一名裁缝，她用不着跑去为奶牛挤奶，或是干其他农活弄得一身污垢。裁缝作坊里的一切都是井井有条、干净清爽的：精致的白色织物、亚麻、纯棉布匹，锦缎，还有新娘们的嫁衣。

奶奶嫁给了自己心爱的男人。这在当时可不是理所当然的事情，那时农家会根据男方农庄的大小为女儿挑选合适的新郎。奶奶那时是人们眼中的香饽饽，可她没有等待父亲给自己挑选丈夫，而是爱上了一个木匠。她无论如何都不愿嫁给农民，不管男方家里有多富裕；更何况她对爷爷一往情深呢。

我的祖母叫奥尔加·格佩特,是一位富农的女儿。她的性格有些沉郁,爱上的赫伯特·霍夫曼乐天开朗。他善于交际、平易近人,总是喜欢开玩笑,会拉手风琴、吹口琴,还喜欢唱歌,上班的路上唱,刨木头的时候唱,坐在酒馆里喝酒时也唱。他从战争中服役归来,刚刚完成了学徒漫游[①],肚子里装满了故事,那是奥尔加从未见过的广阔世界。

　　奥尔加迫使父亲接受了她的选择——爱情。她想和丈夫住在城里,而不是乡下。两人准备搬到布里格下面的一个小镇,爷爷赫伯特从那里一个无儿无女的老木匠手里接手了一个木器作坊。奶奶奥尔加是那种知道自己想要什么的女人,她只差一步就要梦想成真了。但此后发生的一切和奶奶的意愿背道而驰,因为战争来了。

　　爷爷的哥哥莱因霍尔德本应继承经营家中的农庄。"一战"中,他因为受伤从凡尔登战壕返回了家乡。其实他不是真的受了什么伤,只是有些迟钝、麻木,先是身体内部、心理上的,之后身体也慢慢不行了,战争的影响蔓延到了他的四肢。家里人原本指望他身体康复,恢复以前的活力,结果却适得其反,他变得越来越弱,双腿甚

[①] 职业教育一直在德国的社会生活中扮演着重要角色,大量年轻人要作为学徒完成自己的职业培训,然后受雇于企业或独立从业。学徒漫游的习俗从中世纪晚期演变而来,一直持续到工业化时期。一个学徒工在学徒期满后要出外漫游打工三年零一天,之后才算出师,获得工匠资格,被允许经营自己的企业、收学徒。漫游打工期间须遵守的规则和条件非常严格。已婚、负债或有犯罪记录的人都不得进行学徒漫游,其目的是让未来的手工工匠学习承担责任,了解外部世界,在异地他乡磨炼自己的技能。学徒漫游的工匠不能接受报酬,只能接受别人提供的饮食起居。漫游期间必须全程身着有独特标识的衣服。这种漫游传统在"二战"后的东西德国已经没落。

　　后文注释若无特别标明,皆为译者注。

至无力支撑身体，最后只得坐进了轮椅。这样，爷爷不得不替他接手农场。一心盼望着住进城里、绝不嫁给农民的奶奶最终还是嫁给了一个农民，和丈夫一起来到了玫瑰谷。也许这就是爱情吧。

我手上只有一张爷爷奶奶年轻时的照片，那是二十世纪二十年代初在布里格的一家照相馆拍摄的。两人侧对着相机，奶奶站在爷爷身前，从左肩上方望向镜头。照片上的两人年轻、精明、庄重，爷爷显得比奶奶更板正严肃些，偏分的头发上抹了润发油，穿着马甲打着领结，头微微地侧向奶奶的方向；奶奶则身姿挺拔，脸庞圆润，卷发盘成了一个发髻，嘴唇丰满，眼神温暖，还带着些许的顽皮。而十五年后，在你哥哥曼弗雷德用他的相机拍摄的快照中，两人已经面容憔悴，过早地衰老了。照片中，奶奶的面颊塌陷，头发从发际正中向两侧分开，平平地躺在头上，看不到一丝原先弯曲卷发的痕迹。这张照片俨然佐证了奶奶当初为什么不愿当农民。他们继承了这座简陋的农场，曼弗雷德称之为"饿不死，撑不着"，爷爷奶奶要靠它来养活一大家子人，包括爷爷的父母以及两个残疾兄弟：在战争中伤残的莱因霍尔德及其妻子、儿女，以及跛脚的沃尔特叔叔。

然后你又呱呱坠地。你是奶奶的第三个孩子，家中的第三个男孩。本来奶奶不想再要孩子了，已经有了两个儿子，将来继承农庄已经足够了。再一次怀孕，分娩，奶奶已经没有那个心气和体力了。

从弗罗瑙返回玫瑰谷时，我选了一条与来时不同的路，先是走向去往奥得河的方向。路旁有果树，路边的草丛里散落着已经烂掉的苹果和梨，黄蜂嗡嗡地盘旋着，板结土地的缝隙中长着五颜六色的细小的野生李子，红的、紫的、橙的、黄的。我摘了一些，小李子还带着太阳晒后的余热，软软的，像蜜饯一样甜。

我按下运动手表上的"继续记录"按钮，以便记下走过的路线，否则我以后可能不会相信自己真的曾经走在从弗罗瑙到玫瑰谷的乡间土路上。小时候大人们一遍又一遍讲给我的故事仿佛突然变成了现实，我如同爱丽丝走进仙境一样进入了童话世界。西里西亚在我的想象中存在了几十年，现在它属于我，它进入了我心中的田地，我能品尝它，闻到它，触摸它，它变成了一个切切实实的存在，触手可及。我只需在柏林发动汽车，四个小时后就能来到这个地方。

我还是个孩子的时候，关于欧洲的历史叙事已经尘埃落定，完讫，盖棺论定。"二战"结束后不久，欧洲被重新塑造，如同被倒

进了一个铸造模子里面，熔化浇铸，然后在铸模中硬化、固化。至于欧洲还会变化，甚至会发生翻天覆地的改变，这一点超出了我们的想象。那时，玫瑰谷已经消失在铁幕后面，仿佛不再是这个世界的一部分。我从没想过会见到它，甚至曾一度怀疑玫瑰谷是否真实存在过。总之，那时候到玫瑰谷一游的可能性并不比前往来世更大。

二十世纪七十年代中期的某个星期天，大人们在奶奶餐桌上谈起了一件新鲜事。一位曾经和你哥哥曼弗雷德一起在布里格上学的人打来电话，讲他去了玫瑰谷村。他提到，我们家的农场还在，主屋、配房、马厩和谷仓一如当年；现在住在那里的是姓皮温斯基的一户人家。那个时候《东方条约》[①]已经签署，人们可以拿到前往波兰的签证。

于是大家决定给那里写封信。曼弗雷德起初反对，他不想和那些人扯上任何关系，但后来好奇心，又或许是对家乡的渴望占了上风。这封信是用德语写的，大人们估计那里应该能找到可以看懂信的人。数周后，我们收到了一封用磕磕绊绊的德语写就的回信，信里写着一些类似"十分高兴""衷心的问候"之类的话。从那时起，每逢复活节和圣诞节，我们就会如期收到那里寄来的明信片，上面印着冷杉树枝，或是复活节彩蛋、小兔子的图片，而印刷文字则全部是波兰语。我们这边则开始给他们邮递装有咖啡和罐头的包裹，就像我们寄给科特布斯附近的亲戚一样，只是选择了更便宜些的品牌。那时发往那边的包裹邮费非常贵。后来红十字会开始介入，负责为物品运输安排交通工具。我们从奥乐齐超市要来纸箱子，在里面装满旧衣服，然后附上询问孩子年龄的纸条，以便为他们选择合适的尺码。

至于为什么要邮递这些包裹，家里人从未谈论过，大概有很多原因吧。也许我们仍然想继续偿还战争欠下的债，虽然大家明面上

[①]二十世纪六七十年代勃兰特上台后推行的"新东方政策"的一部分。1970年，为打破联邦德国与苏联、东欧的长期对立，缓解对美国的依赖，勃兰特分别于8月、12月赴莫斯科、波兰，先后签订了《莫斯科条约》《华沙条约》，无条件尊重战后欧洲各国的领土完整，承认欧洲各国现有边界，二者统称《东方条约》。华沙之跪正是在此次访问期间发生的。——编者注

都在说，我们失去的农庄、失去的家园已经偿还了这一切。也许我们只是内心不安，因为西德这里经济发达，德国又重新崛起，比波兰过得好，而波兰人在过去的历史中总是一个倒霉的受害者。我们也寄送包裹给居住在东德的亲戚，妈妈说，我们当时运气好，逃到了正确的一边，而东边的亲戚们就没那么走运。还有一种可能，我们寄送包裹是因为这是联结我们和故乡的唯一一条纽带了。

那边发来了感谢信。有时我们可以搞明白一些单词，原来皮温斯基一家想邀请我们去那里做客。起初，这听起来匪夷所思、完全不可能。一个共产党统治的国家，曼弗雷德可不想去这样的地方。不过，在奶奶餐桌上反反复复讨论了几个月后，他最终做出了前往玫瑰谷的决定。

奶奶是无论如何不会同去的。对她而言，玫瑰谷离俄国人太近了。她逃难跑了四百公里，难道现在要满心欢喜地回到那里，回到俄国人的怀抱？她肯定不会去的，再加上现在爷爷已经过世，她不会一个人去那里。大家都说，奶奶不去就不去吧，那样也许更好，她可能受不住这一路的折腾。

我央求了很长时间，你们才同意带上我。

于是，我们踏上了前往七山村后面的玫瑰谷的旅程，前往那个我曾不相信真实存在的故乡。那是1978年夏天，我刚满十一岁。我们那次行程之后不久，波兰实施了戒严令，德波边境又重新关闭了。

那次车程漫长得仿佛没完没了，像是去往来世。穿越东德境内的那一段，对你的哥哥曼弗雷德来说是一个严峻的考验。他的右脚一直踩在他那辆红色宝马车的油门上，将东德公路的限速视作对整个自由世界的攻击、对个人自由的刁难。他认为这不过是共产党人旨在获取外汇的伎俩，或是强迫人们，尤其是西德来的，服从听话的手段而已。笔直的高速公路上，除了他这辆红色宝马外几乎没什么车，却只允许一百公里的时速，曼弗雷德认为这充分证明了这个制度对人性的压制。他的整个身心都在抵触这个制度，他用手指敲打方向盘，踩油门，加速，然后刹车减速，粗声大嗓地宣泄着自己的想法，他还信誓旦旦说如果东德的人民警察试图拦停，他会如何如何加速，将警察的特拉比轿车远远甩在身后。后来东德警察真的出手拦截我们时，曼弗雷德却乖乖地靠边将车停下，接受警察的训话。车重新上路后曼弗雷德大怒若狂，一想到自己支付的罚款为东德政权的进一步稳定添了砖加了瓦，他就出离愤怒。直到进入波兰境内，他的情绪才平静下来。

出发前我向大人们立下了保证：不在旅程中哭闹；过边检时保持安静；不对食物抱怨。不过，饭菜的糟糕程度连大人们也始料未及。我们在深夜抵达布雷斯劳的一家名为莫诺波尔的酒店时，发现竟然找不到一点吃食，哪怕是一小块面包。我们曾在车里幻想了好几个小时的晚餐，结果却是一份凝胶含量近百分百的果冻，以至于我们事后回忆起那顿晚餐时，记住的不是饥饿，却是身着破旧黑色燕尾服的服务员如何演杂技般从高处将一瓶甜柠檬水完美倒入玻璃杯。

第二天早上，我们驱车前往玫瑰谷。当时，目之所及尽是贫困。村街柏油路上千疮百孔，房屋破败，一切看上去都灰暗而贫瘠。玫瑰谷村也让我失望，没有什么山谷，只有寥寥可数的几匹马，甚至没看到多少玫瑰。鸡、鹅在曼弗雷德的红色宝马车前愤怒地咯咯叫着逃开，十分尴尬。

扬和雅德维加一起来迎接我们，亲切友善而有些羞怯。他们有两个几乎成年的儿子，为了表示郑重，在迎接我们时他们还穿上了米色西装，还打了领带。我们并没有问寄去的那些童装的去处。两家人之间没有怎么交谈，按照曼弗雷德的说法，"沟通非常困难，有些糟糕"。其实扬的德语说得相当不错。

我们再三请求他们不要为了招待我们费什么周折，但他们坚持宰了一只鸡，并为我们摆下一桌丰盛的饭菜。我们坐在那间小客厅里，看来它现在的使用频率要高得多，不会像从前一样只是在圣诞节才派上用场。它现在看上去就是一个普普通通的客厅，沙发上方的墙上挂着一把吉他。

我们坐在你们1944年圣诞节坐过的椅子上，盛鸡汤的是奶奶用过的盖碗，也许你的海军服上衣也会挂在衣橱的某个地方吧。这些家具，以前一年到头都用盖布蒙着，只在节日时才会撤下。在我此前的想象中，它们会是世界上最优雅的家具。而实际上，这些家具看上去让我失望，就是那个你们口中精致的客厅也显得破旧不堪。曼弗雷德也这么想，他觉得房子、马厩、田地，这里所有一切都状态糟糕。但皮温斯基家不应对此负责，他说，这都是共产主义的错。不过，如曼弗雷德在出发前再三叮嘱的，到这里后一定要闭口不谈政治。

曼弗雷德叔叔在房间里走来走去时，你会明显地感觉到，他曾经在这里生活过。他和我交谈的句子，总是以"这里原来放着……""那里原来是一个……"开头。这所房子、这个场院似乎仍旧属于他，他宛如一个来视察自己家产的真正主人。可是，我们恰恰要确保扬和雅德维加不会产生这样的感觉，不要认为我们心存任何疑虑，不要认为我们觉得他们夺走了我家的房子。我们当然应该感激他们，我们知道并不是村里的每个人都愿意与德国人有什么来往。

扬和雅德维加两人也小心翼翼地不去打扰我们对过去的怀念，他们了解离乡背井是怎样的滋味。我们也不是自愿来到这里的，也是被逼无奈啊，扬说道。话出口的这一刻，两家间的谈话终于有了一丝暖意，彼此亲近了一些。离开故乡这一共同点将我们家与皮温斯基一家联系在了一起，这是我们共同的厄运，我们都是受害者，所有的人都在这场战争中遭受了苦难。后来坐进车里后，曼弗雷德说，和皮温斯基一家在东边老家的破木棚屋相比，现在的房子肯定要好得多。

你当时很少说话。曼弗雷德在房间里走动时带着明显的情绪，时而忧郁，时而悲伤，时而愤怒。你却看起来有些无动于衷，这让我感到诧异。

与你们那时候相比，皮温斯基一家的居住环境要拥挤得多，因为场院里住进了几户波兰人。主屋的另一侧住着富尔曼一家，家里有一大群孩子，看起来似乎更贫困一些。扬和雅德维加将我们视为他们专属的德国客人，对我们去其他人家并不高兴。不过我们还是设法给了富尔曼一家一口袋旧的儿童衣服和一托盘罐头。

皮温斯基的两个儿子对我们没有捎来音乐磁带有些失望。尽管

罐装咖啡和菠萝片在这里算得上稀罕玩意儿，但他们真正希望得到的是披头士和滚石乐队的录音带。我们解释说，东德边检人员甚至连我们的"莫扎特儿童音乐"磁带都没有放过，不过看来两人并不相信这个说辞。我想，他俩一定觉得我们这群人有些无趣，而且也不够精明。他们从墙上摘下挂着的吉他，那个挂琴的地方看来是这两个男孩的圣地。为了买这把吉他两人攒了很长时间的钱，然后费尽周折托人将它从捷克首都布拉格运到了这里。他们还有一本甲壳虫乐队歌词的影印本小册子。当发现我对甲壳虫乐队知之甚少，而且只会吹奏竖笛时，两兄弟对我的评分大概又低了一些。不过，皮温斯基家两个儿子演唱的《Let it be》，想必阅历丰富的披头士专家也难以辨识。你后来对我说，也许他们还从未听过原版的演唱呢。

我们告别离开时，扬和雅德维加拿来了一大堆礼物：猪油，猪肉香肠，自制的钩边桌布，手工雕刻的木盒。我们接受了一些，因为曼弗雷德说，拒绝礼物会让他们觉得我们看不起他们；同时试着拒绝掉了一些礼物。当我们都坐进车里，曼弗雷德已经按了几次喇叭，并且轻点了几次油门的时候，那两个男孩又趁我们摇下车窗挥手告别之际，将他们辛辛苦苦攒钱买下的吉他塞进了已经满满当当的车里。这让我们十分难为情。我们把吉他推让回去，解释说除了你家里没其他人弹吉他，而你自从割草机事故手受伤以后也不能再弹琴了。为了证明这一点，你将两根残疾的手指伸出车窗给他们看。你还替我回答道，我也没有学弹吉他的打算，因为我已经学了吹奏竖笛。但是皮温斯基家的两个儿子不管三七二十一又将吉他推回了拥挤的车内。正当吉他琴身的一半进入车内的一瞬，好巧不巧，曼弗雷德恰好踩下了油门，得嘞，这把琴就跟着我们一起驶向了西德。

返程的路上，我们长时间地谈论着当地人的热情好客以及斯拉夫民族的灵魂，互相宽慰说，我们对改变这个国家无能为力，并决定一回去就再寄一个包裹过来。

那次旅程四十年后的今天，我和雅娜、她的孩子们以及雅娜的母亲坐在厨房的圆桌旁，一起共进晚餐。桌上有香肠和奶酪面包，撒了盐和胡椒的新鲜西红柿，以及玫瑰果茶。这些饭菜很像我童年时的晚餐，简单而丰盛，没有多余的装饰，没有鳄梨和菊苣这些高价的水果蔬菜。雅娜从谷仓后面的菜园里摘来了西红柿，还打开了一个装有腌黄瓜的罐头。我和雅娜的妈妈谈了各种各样腌制黄瓜的方法。在村子里，人们谈论的通常是食物、菜园、今年西红柿或者覆盆子的长势。二十年前村里的最后一只鸡被宰杀，剩下的也就是上面提到的这些了。雅娜的母亲做了美味的俄式馅饼，有肉馅的，有土豆馅的，可以就着酸奶油吃。但她打心眼里喜欢的是小黄瓜。她想知道我是如何腌制黄瓜的，因为她听说在德国人们喜欢吃酸黄瓜，而且多用葡萄酿制的醋来腌制。而她的做法则不同，她会在腌黄瓜的瓶子里放进少许盐，再加入新鲜的莳萝和整瓣的大蒜。发酵后的黄瓜水有些混浊，却味道鲜美，男孩们喝黄瓜水像喝苹果汁一样。

雅娜的妈妈腌制黄瓜的方法五花八门，有时整根，有时将黄瓜切成薄片，后者能更好地入味，也能很快被腌透。要紧的是选用已经开花的莳萝，她会把花朵放入黄瓜水里。您不用芥菜籽吗？不用，我只放大蒜、洋葱。她知道有人会用芥菜籽，不过她认为那个味道太冲了，会完全压过黄瓜的清香。我的波兰语厨房用语突飞猛进。雅娜的妈妈听人说咸黄瓜比醋泡黄瓜更健康，因为发酵的缘故会保存有更多的维生素 C。你们德国人会往里面加糖吗？花椒呢？她见过有人用辣椒腌黄瓜，不过对此不以为然。

我们一次又一次地继续这样的对话，谈得越深入，内容就越丰富，涉及的领域也就越广泛，甚至已经变成了一门独立的学问，我们可以通过实验来佐证其中的原理，还能用上最新的科技知识，姑且称之为黄瓜学吧。

一个湿热的夏季夜晚，我再次走过整个村庄。那时我才意识到这个村庄是如此之大。相对于居住人口而言，这个村子未免过大了。村里的农庄很多，留在村里的人却不多。而对于这些少数留下来的人来说，农庄内的房间也显得过于空旷，如同一件从别人那里接手过来的衣服；或是一件外套，穿它的曾是一位丰腴的妇人，而今却已垂垂老矣。

你出生时，玫瑰谷有近六百名村民，如今只有当时的一半。八个农庄院落已经空空如也，另外六个中分别只住着一位老人。在社会主义时期，人们想要搬进城市可没那么容易，需要拿到许可证才行，而办一个这样的许可证并非易事。而在如今的新欧洲，人们可以在任何喜欢的地方定居下来。

巨大的谷仓里装满了废弃物。谷仓空间很大，可是旧东西也多。老人们还没来得及清理这些杂物就离世了，身后留下堆满东西的棚子，木板和木屑，罐子和板条箱，已经腐朽的门，不能用的工具，扎了很多窟窿的轮胎，早已消失的汽车品牌的零件，挡泥板，排气管以及破损的座椅，干涸的漆罐，橡胶软管，满是凹痕的烟囱，以及各种干农活用的设备器具。

近三十年来，波兰被人们称为转型国家，一个演进中的国家。它从哪里来，又将向哪里去？村里的房子，有些粉刷一新，更换了篱笆，重铺了屋顶，雅娜家就是其中之一；另一些则无声地破败下去，有的慢一些，有的快一些，有的看来已再无回天之力。

带刺的荨麻在谷仓后面长到一米多高。在这里你能见到各种形式的腐烂、解体和消亡：生锈，腐朽，发霉，破碎的窗户，断裂的木头，倒塌的砖墙，剥落的墙壁，起伏不平的屋顶，难以承重而变形的阳台。有些地方人们用铁皮做了修补，有的已经塌陷下去。院子里和谷仓后倒卧着废弃的、锈迹斑斑的农用机械。我们家的谷仓后面也有一台，大概是莱瑟公司出产的圆盘耙，那时候爷爷曾试图采用机械化种田。不远处停着一台带犁的拖拉机，保持一个角度倾斜着，仿佛司机刚下车去喝了杯咖啡。这样的场景，想必很多年来一直如此。

然后是其他迥然不同的房子，那些翻修一新的房子，以惊人的速度和令人错愕的花样翻修一新的房子：明黄色的外墙配上亮蓝色的屋顶，好像装修的人不小心买错了颜色，或者晚上摸黑涂刷了屋顶，直到第二天早上才看到自己做下的好事。在共产主义的灰色年代之后，人们对色彩的渴望该是何等的强烈！资本主义也真够诱人啊，能让人选择亮蓝的屋顶。那些古老悠久的农舍默默地承受了这一切，它们见证过的事情太多了，此时它们也仿佛有了一丝羞愧，如同一个个被别人强迫着打扮成了马戏团的小丑。罗日纳村里只有几所这样色彩斑斓的农舍，它们矗立在那里，俨然大地色的背景中仅有的两三只彩色鹦鹉。

从村庄的街道上可以穿过敞开的谷仓门看到田野，广袤、平坦的原野。天色已经暗淡下来，欧东就是这样，八月，才晚上八点左右，天色就已经彻底暗了下来。空气中弥漫着肥料和玫瑰的味道。高耸的路灯照亮了街道，像野营灯一样刺眼，好像在提防着逃离乡村的人们。

第二天早上我却对村庄又有了完全不同的感觉。村里的一切只是过渡期的彷徨与模糊不清，在衰败、腐烂的同时孕育着新生。我发现，农舍的前花园被规整的篱笆围住，花草也被精心修剪过，种满了秋海棠、天竺葵、三色紫罗兰，当然还有玫瑰，以及塑料鹤。

在我眼中，玫瑰谷如同一个迟暮的美人，小心翼翼地精心打理着自己，抗拒着衰老。村子很干净，街道上没有烟头，路边没有塑料垃圾。我偷偷把苹果核扔到树篱里。人们在自己的花园里忙碌着，一位老妇人在路边修剪青草。村民们在乎这里，他们爱玫瑰谷，这个曾经是你们故乡的村庄。这里已经今非昔比，相比社会主义时期，如今每个人都是自由的，没有人强迫任何人留在这里。

玫瑰谷有足够的理由被人喜爱。它是方圆几十里最漂亮的村庄，不像邻近的一些村庄那样艳丽喧闹，布局局促得像一个甲壳虫。玫瑰谷有着优美的身段，有首有足，中间婀娜的腰身处坐落着高高的教堂。

我去过洛森和弗罗瑙，还踩着雅娜的单车去了科帕尼和伊万诺维采，后者以前被称作施瓦诺维茨。伊万诺维采的城中心矗立着一座三层楼的混凝土预制板建筑，灰色的；建筑旁边有一排车库，棕灰色的。这些灰色系的建筑证明了社会主义曾经真实地存在过。这种预制板建筑，从格拉到符拉迪沃斯托克随处可见，农村比城市中更普遍，军营多于民用建筑，它们一律丑得令人心痛：粗糙简陋，水泥结构部分甚至都没有粉刷，甚至未做哪怕一丁点的努力来让自己变得稍许能让人接受些。木已成舟，还能怎样呢？而它们的旁边就坐落着庞大的古老农庄，人们任由它们败落下去。

近年来，一些稍年轻的家庭搬到了罗日纳，大多是一些在布热

格或奥波莱工作的父母，他们希望和孩子一起过上田园生活。这些人往往买下一栋空置的房子，然后装修并不断地打理自己的新家。雅娜和帕维乌就是其中之一，他们喜爱这个村庄。雅娜在布热格做小学教师，帕维乌在波兰军队上班。两人去年重铺了屋顶，今年粉刷了房子，下一步准备重新装修浴室。

人如何适应乡村生活，将之变成自己的村庄？斯塔西娅说，她们留在罗日纳的日子不会很多了。她们已经在这里居住了几十年，可仍然认为自己是这个村庄的过客。

要停留多长时间,一个地方才能成为一个人的故乡?几十年来,罗日纳是一个不被信任,被忽视、漠视的村庄。干吗要精心打理这样一个村庄呢?也许明天就会有士兵的战靴踹开你的屋门,或者被人用枪顶住喝令你滚出农庄。他们将你赶出了一座房子,又随随便便分配给你另一所房子,这能是一个家吗,一个人们会精心维护的家?

直到最近几年村民们才开始修整村庄。社会主义时代没有家装超市,它垮台之后,家装超市有了,人们手里却没有钱。但这些并不是唯一的原因。因为直到这几年村民们才相信，罗日纳真的属于他们了，这是他们的村庄，他们会在此世代定居下去。

矗立在欧洲的铁幕倒下了，德国人并没有回来；即使有德国人回到村庄，也只是作为思乡的游客，来村里转一转、喝喝咖啡，旋即又离开了。苏联解体、德国重新统一后，没有人质疑波兰的西部边界，德国人对一个重新成为自由世界的欧洲没有提出任何领土要求。被从伦贝格赶出来的扬和雅德维加在玫瑰谷定居下来，在这里变老，死去，就这样，玫瑰谷村成了村民们的故乡。

你呱呱坠地的那所房子搬进了年轻的一家。他们入住的房子位于场院的右侧，富尔曼一家曾住在那里。我们上次来玫瑰谷的时候，那套房子就已经空置多年。雅德维加有房门的钥匙，他为我们打开前门，让我们进去看看。房子空荡荡的，应该有很长一段时间未曾通风，铸铁的炉灶上也落满了灰尘。乳白色的日光从灰蒙蒙的窗玻璃透进来，房间里弥漫着发霉的味道，时钟已经停摆，小客厅的天花板上倒挂着一只蜘蛛。这是一所被人废弃的房子，没人想要的房子，孤零零地卧在村庄的边缘。这个村庄大概不久也会被人们遗弃掉吧，我当时这么想着。

改变发生在上一年，玛格达和帕维乌带着三个女儿、八匹马从奥波莱附近搬到这里，购置了房子和土地，开办了一所骑术学校。现在，玛格达在谷仓后面的空地上教授骑马，几匹有些瘦削的马正在爷爷栽下的果树间吃草。以前的猪圈改作了马鞍房，谷仓变成了马厩。

这样的变化与安排，爷爷肯定会喜欢。你告诉我，爷爷对侍弄马匹很有天赋。你们在1945年春天向西逃亡时，爷爷正在布雷斯劳赶马车为前线运送弹药。他能在战斗的隆隆炮火中安抚马匹，这一点别人可赶不上他。如今，年轻的波兰女孩为了找乐子正骑着马在他的场院里兜圈，爷爷也许需要适应下这副场景，不过在他的谷仓后面开一所骑术学校，我相信爷爷会喜欢这个主意的。你也会的。

玛格达看上去就是那种善于驾驭马匹的女人：一头金发，身材苗条，扎着马尾辫，总是穿着马裤。她的丈夫帕维乌则整天身着短裤。他什么都做，到处谋些营生，因为骑术学校的收入无法维持全家的开支。我第一次到玛格达家时，正赶上一场暴风雨即将来临，我们迅速卸下马鞍，在倾盆大雨中跑进了存放马鞍的屋子。我们坐在一张旧沙发上，这个房间以前是有着低矮的拱形梁柱的猪圈。玛格达端来了茶水。马缰绳一行行整整齐齐地挂在挂钩上，马鞍以及放绑腿的盒子也摆放有致，每节马术课后用过的绑腿都会清洗。不过，那一次玛格达没有让我进她的家里。她说屋子里全是蜘蛛，房子空置得太久了，屋子里一团糟，下次吧。

后来雨停了，红红的太阳从云层后面钻了出来，天气依然很暖和。天黑了下来，马匹也安置好了，帕维乌在谷仓后面点燃了篝火，两盏聚光灯照亮了骑马场，孩子们正在那里玩跳跃障碍物。陆续来了一些他们的朋友，还有马术学校的学生，帕维乌在火上烤着波兰香肠，我们谈论肉类和素食主义，话题与我柏林的朋友们没什么两样。

下午，我、雅娜还有她的母亲坐在凉亭的木屋顶下，金毛犬躺

图片上的文字从左到右、从上到下依次为：阿茨勒客栈（兼营海外货品店），邮局；村落一角；来自玫瑰谷的问候，布里格教堂；利希滕大教堂。

在树荫里。坐着轮椅的伊娃也来了，她留着一头野性的短发，红得像火一样，每个手指上都戴着戒指。伊娃带来了一个黑色的塑料文件袋，她的母亲记录了村庄的变化，里面整齐地存放着各种文件、旧照片、信件，佐证着玫瑰谷村的历史。一张泛黄的明信片上写着"阿茨勒客栈（兼营海外货品店），邮局"。但这个文件夹中找不到任何关于1945年的记录，一个字都没有。

文件夹中有一个列有波兰人姓名的名单，全部是男性，还从1到24逐一编了号。扬·富尔曼排在第16位。随后附着简短的文字说明：这些人于1944年被征召入伍，男人们来自比亚沃戈拉、扎托卡屈腾、卡敏布鲁得以及周边的村庄。"1945年战争结束后，他们回到了罗日纳"，里面如此写道。这句话只说对了一半。这些男人战后的确回来了，但不是返回了罗日纳，他们那时还从未听说过这个名字，因为1944年时"罗日纳"这个村名还压根儿不存在。这些男人没有回家，没有回到自己的家乡比亚沃戈拉、扎托卡屈腾、卡敏布鲁得，而是来到了罗日纳，一个于他们而言完全陌生的村落，一如我的爷爷未能回到奥得河边的玫瑰谷，而是去了易北河边的韦德尔。

你们来访玫瑰谷时，扬和雅德维加知道你们想在村里寻找什么，你们对家乡的思念与渴望，他们感同身受，因为他们也有着相同的经历：马车，大包小包的东西，慌乱匆忙，暴力，听天由命。雅娜的爷爷一家来到此地，并非由于躲避战火，他们没有经历奥得河上的隆隆炮声和步步逼近的俄国人，而是被从西乌克兰的家乡驱赶了出来。枪托砸门的喧嚣，不由分说的命令。他们被从伦贝格地区的比亚沃戈拉的家中拖了出来，不得不抛下牛、狗，同样的场景，同样的痛苦，相似的故事，总是狗在狂吠撕扯着链子，似乎在代人们发泄着痛苦。扬和雅德维加了解那种害怕遗忘什么的焦虑，他们也同样没能带走他们重要的东西，他们也有家人永远留在了那里。扬的哥哥从车上跳下来，被乌克兰人开枪杀死，他的父亲也未能幸免。只有扬和母亲最终来到了西里西亚。母亲和最小的儿子，就像你和你的母亲一样，同样的故事。

扬的哥哥为什么要跳下马车？他为什么被枪杀？他的父亲是怎么死的？雅娜一无所知。

比亚沃戈拉、扎托卡屈腾、卡敏布鲁得，这些地方在谷歌上已经无法搜到。即使如此，雅德维加仍心心念念地想回到比亚沃戈拉，

55

那是她出生的地方，如同你和叔叔曼弗雷德渴望回到玫瑰谷。"二战"以后五十多年的时间里，比亚沃戈拉被划入苏联，现在成了乌克兰的西部国土。这一地区在上个世纪频繁易手，以至于其首府竟然有四个名字：德国称其为伦贝格（Lemberg），波兰语是利沃夫（Lwów），俄语是利乌夫（Lwow），乌克兰语是利韦夫（Lwiw）。

扬去世后的某一天，孙子让雅德维加坐进自己的车子，带着她开往比亚沃戈拉。雅德维加的儿子们曾带她去过，可她的孙子知道奶奶一定还想再去那里。那个孩子同样想找到自己的根。

他们开车来到了那一片地区，却没能找到故乡的村庄。比亚沃戈拉曾在战后被易名，然后就消失了。雅德维加仍能辨识旧时的道路，她记得很清楚，在森林变得稀疏的地方就能看到村里的房子，可现在却什么也看不到了。触目所及的只有几根几乎被疯长的黑莓所覆盖的石头桩，一座教堂的废墟，几座被野草覆盖的墓碑。五十年之后，人们已经看不到任何先前木屋的遗迹。

雅德维加是在二月份去世的，我现在就住在她的房间里。去世时她已经八十七岁了，有曾孙、孙子和两个儿子，就是穿着米色西装、把吉他送给我们的那两个儿子。两人现在都已不在人世，一个上世纪九十年代在捷克工地打工，死于一起建筑工地事故；另一个是雅娜的父亲，对于他的死因，所有人都闭口不提。这两个儿子是承前启后的一代，也是迷失的一代，他们出生在玫瑰谷，却未能在那个时代中幸存下来，到底是世事的变迁，还是湮没于社会主义波兰时期，谁又能说得清？雅德维加的孙子辈是现在崛起的一代，他们翻新房屋，将一个陌生的村庄建成自己的家园，他们是治愈的一代。扬死前将我爷爷建造的农庄留给了自己的孙女雅娜,而没留给儿子。雅娜随后一直服侍自己的奶奶,直到她去世。

人需要故乡吗?我们人类难道不是发源于游牧部落吗?

逃亡是人类的宿命,是伴随战争而来的厄运。现在我们知道了逃亡加诸我们的影响会持续多久。它会绵延几十年,要到第三代、第四代,诅咒才会慢慢消逝。

据统计,目前世界上因逃难而背井离乡的人数和德国的人口一样多。这样算来,又会有多少人背负着逃亡带来的重负与阴影?地球一半的人口,抑或更多?又有多少人将他们时下生活的地方视作故乡?

我们三个人已经把玫瑰谷的村史从头到尾看了一遍。这时伊娃抬起头:你是德国人,当别人问起德国人做过的这些可怕的事情时,你有什么感受?

我没有马上回答。

当你听到波兰人挨冻受饿的时候,你作何感想?那个时候你在做什么?

我知道,战争是我们德国人的错。

伊娃对我知道些什么不感兴趣,她想知道我的感受。

你有什么感觉?内疚?

是的,内疚和自责。

伊娃回答说:我懂,我们波兰人也做过可怕的事情。

傍晚时分，雅娜、她的儿子和我一行三人骑车前往村子另一端的墓地。墓地远离村庄，周遭环绕着橡树和高大的冷杉树，逝去的人们仿佛又在村庄旁边建起了一个自己的小村庄。

四十年前到访时，我们也曾开车去过墓地。曼弗雷德把他那辆红色宝马停在墓园门前，一言不发地穿过一排排波兰人的坟墓，我们其他人远远地跟在后面。直到我们重新上车并已开出村庄很远时，曼弗雷德才开始说话：德国人的墓地全被毁掉了，他们有必要把事情做得这么绝吗？那些在玫瑰谷生活过的德国人不应得到这样的对待，他们并没干下什么坏事！至少可以让死人安息吧？死者为大，逝者的安宁应该得到尊重，这是人之常情，世界各国文化概莫能外啊。他说这些时让你觉得，德国人俨然人类共同文化遗产的守护者。终于发现了一桩非德国人干下的恶行，他将内心燃烧的愤怒全部发泄在对其的谴责中。他对埋葬在德国人墓园里的波兰人感到愤怒，因为他不能对波兰人住在我们家庄园这一事实表示出愤怒。他当然知道事情背后的原因，而且明白这一事实将无法改变。在他大声指责的背后隐匿着真真切切的痛苦：德国人在此生活过，他在此生活过，而这样的记忆甚至都要被人抹去！他指责的背后隐匿着一个真挚、哀悼与怀念的愿望。他一定要先指摘波兰人，只有找出他们的过错，才能觉得自己也可以是一个受害者，而且只有这样，他才能获得道义上的支撑，去追忆、哀悼自己失去的故乡；只有这样，他才能心安理得，不去追究自己曾是希特勒青年团的成员，甚至在德国战败前不久自愿加入了希特勒的冲锋队。

雅娜的儿子第一个跳下了车子。他推开吱呀作响的墓园大门，跑向放着塑料喷水壶的架子。乍看，似乎每个坟墓前都摆放着花，花朵鲜艳耀眼，有红色的百合，橙黄色的非洲菊，沉重的石制花瓶里装着白色大丽花，以及兰花，很多很多的兰花。这些花看上去不像是假的。在我小时候，你有时在集市上玩气枪，给妈妈和我赢来一些塑料花，都是些僵硬、粗糙的人造花。墓园里摆放的花都很柔软，看上去毫无破绽，即使用手触摸也不能确定它们到底是不是鲜花。只是它们过于完美了，没有开裂的痕迹，没有枯萎的花瓣，没有那种墓地浇花的水散发出的霉味。

厚重的大块石板覆盖着坟墓，仿佛为了确保死者不会重新回到俗世似的，上面雕刻着十字架或者是套在圆弧里的小相框。墓园四周没有篱笆，也没种什么植物，除了塑料花和红色的墓灯外，一切都是灰色的。已有坟墓占地还不到整个墓园面积的一半，都挤向中间，互相紧紧靠拢，甬路上长满了野草。对于玫瑰谷和它的村民而言，就连这个墓园都显得有些大而无当。这里不仅缺活人，也缺死人。

墓园边界处几乎与农田相连的地方还散落着几座很老旧的坟墓，墓碑上写着德国人的姓氏，仿佛一个消失了的文明的证据。墓碑已经破裂，周遭长满了常春藤。一块墓碑上刻着如下的文字：我们挚爱的丈夫和父亲，客栈老板，恩斯特·富尔曼，生于1848年9月26日，卒于1909年12月4日。听从上帝的安排。同一块石碑的另一面刻着：我们挚爱的妻子和母亲，客栈女主人，保丽娜·富尔曼，娘家姓齐波尔兹，生于1859年8月4日，卒于1921年10

月9日。爱永不消逝。一些波兰语墓碑上也能看到富尔曼这个姓氏，比如扬·富尔曼和格诺韦法·富尔曼。姓氏在这一带没有太多值得深究的含义，因为这个地区的统治权以前曾在奥地利人、德国人和波兰人之间多次易手。

然后我们到了墓园最深处的一个角落，人站在那里可以望到田野后面的奥得河。这里矗立着一块巨大的、一人多高的石灰岩墓碑。墓碑中央的石板被两根柱子框住，上面镂刻了一个小圆窗，里面雕刻了一个十字架，十字架四周有放射状线条。墓碑下缘雕刻了一束可爱的半浮雕花，仿佛刻意要冲淡墓碑棱角分明的风格。中间的铭牌由黑色花岗岩制成，刻有十字架，四角分别箍上了装饰金属，哥特式字体的铭文上只有一个词，是一个名字：霍夫曼。

你当时马上告诉我，爷爷的坟墓并不在我们的家族墓地里，这块墓碑是姓氏相同的另一个人。我当时也立刻意识到，如此排场的墓碑似乎和我们家并不相配。你随身带着村庄地图，上面标识了玫瑰谷村中三个姓霍夫曼的人家。霍夫曼（Hoffmann）在西里西亚语中写作 Huffmonn 或 Hoom，据说这三个姓氏之间没有血缘关系。为了区分，人们又给他们的姓前加上了绰号，比如屋顶工霍夫曼，狐狸霍夫曼，遛狗人霍夫曼。我的曾祖父被当地人称作"重骑兵霍夫曼"。当年，他因为相貌堂堂曾被选进了帝国的禁军，但因为身高矮了两厘米，又被打发去做了重骑兵。

其他德国人的墓碑在哪里呢？估计有一百多块。它们被拆下来铺了路，有字的一面向下埋进了地里，这样人们就看不到德国姓氏与德语文字了。当初玫瑰谷的村民做这件事可能并非自发，他们只是依照上面传达下来的指示,要避免村里的任何物品让人回忆起那些曾生活在这里的人,包括已经长眠地下的。

曼弗雷德内心的苦痛,我多少能猜到一些。坟墓是家,是故乡,甚至比房子还重要。死者的根比生者更深,而坟墓成了他们最后的安息之所和永恒的故园。家族的墓园是我们的归宿,每个人都将安息在那里。我们这些当代游牧人心归何处,身归何处?我希望自己到那一天的时候被埋葬在什么地方?我并不知道答案。

我在村里的最后一天,骑术教师玛格达到底还是邀我进入了她位于场院右侧的家,你就是在这所房子里呱呱坠地的。玛格达看上去很尴尬,因为屋子里乱成了一锅粥,bałagan,她用波兰语说道。

我来时没有走谷仓旁边的侧门,而是径直到房子的正门处,摁下了门铃。四年前,我们就是在这里拍照留念的,你和雅德维加合影,你和奶奶合影,然后是我们所有人。玛格达和帕维乌已经不再使用这个正门了,从街上通过来的小路已杂草丛生,我们当时站立拍照的地方也长满了灌木丛,石板路的缝隙中小草正在发芽,门把手已经生锈,门铃的按键处也是锈迹斑斑。出人意料的是,门铃竟然还能用,而且出奇地响亮。没有人来开门。片刻后,她的女儿们从房子后面跑过来,将我领了过去。

四年前空荡荡、被闲置的房子,现在充满了生机。这种生气勃勃随处可见,在儿童房,在厨房,是那种混乱中的生机盎然:没有清洗的脏盘子、平底锅、玻璃杯到处都是。在他们家,帕维乌负责做饭,玛格达照顾马匹,其他的家务如何分配看来还不明晰:洗碗机里已经塞满了碗碟，厨房橱柜的门四敞大开；各种东西四处都是，地板上散放着空饮料瓶、儿童玩具，炉子上放着牛奶包装盒，脏盘子放在了旧瓷砖炉子上，还有一些散落在桌上。玛格达特意把那张桌子指给我看，它的桌面本应是圆的，不过看起来也就差不多算是圆的吧。玛格达视线所及都是混乱，这里还马马虎虎过得去，那里根本不对头；她以为我也看到了这番混乱，其实我看到的是完全不同的场景。我看到了，这里也可以如此充满生活的气息。我仿佛也看到了它将来的样子。我看到的是生机盎然的生活。与此相反，玛格达觉得这个家里没有一件东西在它应有的位置上。儿童房间前面挂着一面硕大的波兰国旗，是为了遮掩墙面上的受潮痕迹。如果不是玛格达特意指给我看，我根本不会注意到。玛格达的眼里，家里一切都不是它们该有的样子，比如那个不知什么原因没有和壁炉连接起来的炉子。

　　玛格达从入口玄关处的壁柜中取来了他们的结婚相册。对她而言，那个壁柜等同于一个保险箱，是存放贵重物品、免于混乱的一片净土。相册封面是酒红色的人造皮，照片很大，每张都带有装饰边框，每页一张，每张照片摄于不同的场景：穿着军服，戴着军帽、绶带和肩章的帕维乌；正在清空洗碗机，穿着短裤和脏T恤的帕维乌。然后是一身雪白戴着面纱的玛格达，造型各异：他搂着她的肩膀，他的手臂放在她的腰上，他抱起她，他让她骑在自己的脖子上，两人躺在绿草丛中，玛格达抚摸着一匹黑马。相册的最后是两人亲吻的照片。一切都很完美，井然有序，一切都是该有的样子，她的新娘礼服洁白无瑕、一尘不染。她在有些昏暗的走廊里向我展示着这些，好像在安慰、勉励自己，井井有条是能够做到的。她想让我知道这一点，不要对眼前的 bałagan（混乱）有什么异样的联想。

关于如何布置这个家，两人做了不少规划。他们正在重新设计房间的格局，部分装修也已开始。原先猪圈的地方已被改造成了存放马鞍的库房，原来我家那个精致的小客厅成了两人的卧室。他们还打算将牛棚改造成客厅，那将是一个有着低矮拱形天花板的大房间，俨然一个大厅了。客厅会有一扇门直接通向庭院，成为这座房子完美的中心和灵魂。而此时此刻呢，一堆脏衣服正堆在一张巨大的木桌上，旁边放着烛台、一个老式银茶壶，再远些的地方放着晾衣架，一套软沙发，上面堆放着装满玻璃器皿的纸箱子。

如此庞大繁杂的装修工程，两人不知道该从何下手。他们先是更换了污水管道，这是最紧迫的事情。下一步想把楼上扩建一下，而且屋顶也需要重新铺装，玛格达还想在前门处加装一个天篷。都会一步步地好起来。我回想起上一次的到访，那时候，这些房间死气沉沉，笼罩在既往的悲伤中，房间里充斥着霉味，物品虽然摆放得井然有序，却浸透着空虚。而这所你呱呱坠地的房子，如今又充溢着生机，这真是一件幸运的事情。我从心里感谢玛格达一家来到这里，我希望他们将这里变成自己的家，希望他们爱上这里。可惜我的波兰语不够好，无法向她表达这些。

这所房子现在有了灵魂。我说道。

你来真是太好了。她回答道，紧紧地拥抱着我。

开车回柏林前，我再一次外出跑步。天气依然很热，我在屋后的小路上围着村子跑，再一次拥抱辽阔的田野，再一次将目光投向邻近的村庄。我先是朝奥得河的方向跑到墓园，然后在最后一个花园的地方横插过去转向弗罗瑙的方向，最后在村庄的另一头折回大土坑。我绕村子跑了三圈，一圈三公里左右。我用自己的脚步绕着玫瑰谷村画下了一个圆，这会是一个充满魔力的界线，它将保佑这个村庄，任何人都无法伤害它，所有邪恶都将远离它。我仿佛是一个在复活节之夜围绕教堂转圈，戴着圣物、挥动着香火的虔诚信教徒，复活节之夜通宵都在吟唱。我用双脚画下的圈子将阻止村庄建造新房屋，确保村街之外不再出现新建筑。这个圆圈会护卫这个村庄，让它保持原汁原味，就像它多少年来一直保持的那样；让玫瑰谷免于衰败，免于伤害，让它成为我们心中古老的家乡，不再有人逃亡。

　　天又重新闷热起来，天空变成了深蓝色，看起来要下雨的样子。傍晚时分，弗罗茨瓦夫下了一场雷阵雨，吹来了些许凉风。停电了，院子的大门无法开启。玫瑰谷这里只下了几个雨滴。

　　空气中有淡淡的烟味，似乎是从乡村田埂上散发出来的，仿佛烈日烤焦了田里的作物，现在正闷烧冒烟。那是干燥的泥土的味道。在西欧见不到这样干燥龟裂的田埂。

　　和欧洲西部相比，这里的农田也不是那么精致整齐，你有时会看到某处的农田中央赫然耸立着一棵巨大的橡树。农田之间也散落着一些树木，有的笔直，有的弯曲，有些生机盎然，有些已经干枯；这里那里不时会出现一片小树林，或者灌木丛。

　　跑到最后一圈时我遇到了狼。我远远地就望见了它，它正蹲在路边等待我。它的皮毛黑得看起来不像是一头狼。不过它肯定是狼，不会是狗，因为玫瑰谷村的狗从不会离开自己的场院。即使温顺听话的狗，也只能在家中看家护院，我在村里从没见过有人遛狗。有一次，我向雅娜建议带上她们的金毛犬一同出去散步，她花了好一阵儿才明白我的意思，然后对我会有这种疯狂的想法哈哈大笑。

狗永远待在家里。她说道。

那只狼一动不动地望向我的方向。走近时，我看到了站在它旁边的男人。他赤着上身站在田边，面对着躲在乌云背后的太阳，正做着健身操。他的手臂画着圈，先是左臂，然后是右臂，最后是双臂一起来，然后反顺序再来一遍；他旋转上身，向前弯曲，用右手触及左脚，伸直，然后再用左手触碰右脚。他像是在对太阳祈祷，像是在为村庄祈祷。他恰恰站在我用脚画下的那条具有魔力的线上，好吧，算你识趣。那不是狼，而是一只硕大的黑色牧羊犬。它已经很老了，我跑过时，它甚至连尾巴都没有摇一下。

下午，我开车返回柏林。汽车后备厢里放着六罐泡黄瓜，一篮子新采摘的西红柿和两瓶蒸馏酿制的酒。我在玫瑰谷逗留了一个星期，此刻并没想好自己下一步该干什么。故事还没有结束，我的追寻，或者随它叫什么名目吧，我在这里要做的事情，还没有结束。玫瑰谷，你的故事，我们家族的历史，以及你们的逃亡，我还没能捋清头绪，包括那次逃亡带给我们的诅咒。

我沉溺于玫瑰谷的故事已经将近四十年，花在上面的时间，有时多些有时少些；有些是亲历，有些是借助于阅读或交谈。这种沉溺宛如染上慢性疾病，不致命，却也没有痊愈的希望。一而再，再而三，重回玫瑰谷的冲动驱使着我，我盼望了解自己的根与出处。这种追寻看不到尽头，是一种渴望，一种让人上瘾的渴望。我已经去过那个村庄了，我曾坐在你出生的房间内的桌旁，我曾在祖辈建造的农庄里过夜，我曾走过你们曾经走过的村道，围着爷爷曾经耕种过的田地跑步，我想象你是如何在玫瑰谷一点点长大，想象如果可能的话，自己又会如何在这里长大成人。我想知道你们失去了什么，我们家族失去了什么。我努力试着去理解这一切，却并没能走多远。

我走过从玫瑰谷到洛森的那条路。这条路，是你的哥哥曼弗雷德以前日复一日前往布里格文理中学的路线，他先是步行到火车站，然后坐上列车。这条路，也是1945年1月22日，你们赶着马车，在俄国人越过奥得河射击的枪炮声中踏上的逃亡之路。也许回到玫瑰谷还远远不够，也许真正重要的不是这个村庄，也不是村里我家从前的农庄，而是那条路，那条逃亡之路，那条引起我家巨变的逃亡之路。我应该重走你们当年走向西方的逃亡之路。

二

> 过去永远不会死，它甚至还没有过去。
> ——威廉·福克纳

> 尤其要宽恕那些不幸的灵魂，他们选择徒步朝圣沿河而行，目睹但不理解战斗的恐惧和战败者深深的绝望。
> ——约瑟夫·康拉德

连花园都沉浸在悲伤之中。樱桃树不再结果子，你那么钟爱的海棠也不愿绽放花朵。现在是九月，坠落的苹果在草丛中发黄腐烂，被黄蜂吃掉，很快将重归泥土。在一地腐烂的苹果中，那棵树像一个悲愤之下砸烂了自己玩具的倔强的孩子，仿佛要惩罚幸存者，仿佛一切都失去了存在的意义。

去年，就在住院的前一天，你还去采摘了苹果。车库里放着几箱荷斯坦纳考克斯苹果（Holsteiner Cox），昏暗、阴凉的房间满是它们的香气。即使在你去世后几个月，每当我打开车库门时，沁人心脾的果香都会扑面而来，让我一惊。每次开车回柏林，我都会拿上一个你摘下的苹果，然后像吃圣餐一样虔诚地将它吃掉。

今年不会再有苹果了。花园已经撂了荒，没有谁去剪掉开败的玫瑰，扶正弯下的向日葵，也没有人去清理草坪上落满的树叶。现在只有海棠依旧绽放着花朵，橙红色的，这是你喜欢的花。

厨房很安静，你遗像前的花瓶里插着一枝绣球花，已经有两个多星期了吧，花枝稍稍弯向相框，似乎在和你窃窃私语。它的叶子已经有些干了，但花朵还在，绣球花是不会凋谢的。花瓶里的水蒸发掉了不少，花朵也有些褪色，但绣球花却一直在绽放。厨房很安静，只有冰箱嗡嗡地低声作响，一艘轮船正在远处的易北河上驶过。你在五十年前建起了这座房子。

大多数时候，难民车队一天行进十五到二十公里，有时你们也会停下来歇上一天。1月22日到3月2日，你们的逃亡之旅持续了整整四十天。四十！《创世记》中的大洪水持续了四十天，耶稣在沙漠中斋戒了四十天，摩西带领人们耗时四十年到达了西奈山。四十，一个和考验与磨炼息息相关的数字，也是羽化成蝶的数字：一个人要在母亲的腹中待上四十周，然后才会降临到世上；在中世纪，为防止瘟疫扩散，人们隔离的时间也是四十天。整整四十天，你们逃亡在路上。

你告诉我，从玫瑰谷到克林哈特，你们步行了整整四百公里，这是你唯二谈到过的具体地名，两个小村庄：奥得河边的玫瑰谷，埃格尔地区的克林哈特村。前者过去属于西里西亚地区,后更名为罗日纳,现在波兰境内;后者"二战"前属于苏台德帝国大区,现在捷克境内,更名为克日佐瓦特卡。谷歌地图显示,从玫瑰谷到克林哈特的距离为五百四十公里,软件建议的行驶路线是依次穿越弗罗茨瓦夫、格尔利茨、德累斯顿、开姆尼茨的高速公路,全程耗时五小时五分钟。五小时的车程你们当初走了四十天。谷歌地图上还显示了另一条线路,即所谓南线,要途经布拉格和比尔森,车程五百一十公里,耗时六小时七分钟。你们当时走的是哪一条路线呢?你对我的讲述中从未提及哪怕一座城市的名字。

在你哥哥曼弗雷德留下的回忆录中,我找到了同样来自玫瑰谷的玛格丽特·科佐克的记录。她只比你大一岁,当时也坐在逃亡的马车上。她记下了很多细节,这也许得益于她那大你十岁的姐姐安妮莉丝的帮助吧。根据姐姐的记录,格蕾特尔·科佐克详细列出了你们逃亡经过的村落名称。只要你们在某处休息超过一晚,她就会把这个地点特别标记出来,并标出日期和在此地休息的天数。

比如,在1月25日这天,她的记录中列出了下面这些地点:Lorenzberg、Loisdorf、Karisch、Mückendorf、Friedersdorf、Töppendorf Krs. Strehlen。而在2月3日这天则记录了如下地点:Hörnchen、Kauder、Wohnsdorf、Schweinhaus、Bolkenhain、Langherwigsdorf、Ober-Lautenbach、Leise Krs. Jauer、Klein-Helmsdorf Krs. Goldberg。她在塔彭多夫(Töppendorf)和克莱因赫姆村(Klein-Helmsdorf)的下面加了下划线,那是你们过夜的地方。

根据这个清单，我上网搜索，或者借助参考书查找这些德国村庄现在的波兰语名称，据此我重构了你们当年的逃亡路线。你们经常在路过的村庄里面过夜：奥本多夫、塔彭多夫、库尔特维茨、克莱因赫姆、山边的诺伊施塔特。因为有些地名在谷歌中已经搜不到了，我又买了一批比例为 1∶200000 的地图，上面标有波兰语和德语的双语地名。有些你们曾经宿营过的村庄已经不复存在，比如那个叫褐煤矿的地方。在地图上，它的位置上画着一个圆圈，内有一个十字架，意为此地已无人居住。

　　为弄清你们的逃亡路线我用了三张地图。你们曾路过格罗特考、施特雷伦、赖兴巴赫、施韦德尼茨、齐陶、奥西希、埃格尔河的法尔克瑙。这些城市，你们只是径直穿过，并未在那里过夜。这条路线总长是五百五十公里。为什么你确信只有四百公里呢？平均下来，你们每天行进十四公里。即使你们最长的那一天路程，现在开车的话也不过耗时二十二分钟。

　　放在今天这条逃亡路线需要四次跨越国境线：先是从波兰到捷克，然后返回波兰，在德国境内的格尔利茨以南经过萨克森州一小段，然后再次返回捷克。那时这些地区全部属于德意志帝国，而且居民几乎全部是德国人。我写下了上面这段话，却感觉写出来如此之难，像被针刺了一下，为什么？我闪过一丝羞愧和担心，担心被人误解，被人当成复国主义修正派。一个德国人写下这些简单陈述事实的话语，是合宜的吗？

　　2020 年 1 月 21 日，我揣上三张地图，拿起背包，再次开车前往玫瑰谷。

你风风火火的又要干什么？我的波兰语老师问道。还是像上次一样，她再一次为我在哪里过夜而担忧。我把地图上那些地方指给她看。有很多地方她闻所未闻，也从未去过波兰的西南部。乌尔苏拉在玫瑰谷村以东近三百公里的凯尔采附近长大。据她自己讲，她对波兰西部知之甚少，她称之为"被忽视和遗忘的地方"。实际上，她很久以后才知道波兰还有这么一个地方。她说，在波兰西边找不到波兰的感觉，"二战"前也没有波兰人生活在那里，而这个地区现在竟然占了波兰领土面积的三分之一！她还讲道，那里没有波兰的历史，没有哪一部波兰的经典文学是以那个地方为背景的；她在那里的时候感觉很陌生，没有一点波兰味。她觉得那里给人感觉怪怪的，没有自己的东西；当她前往弗罗茨瓦夫、布雷斯劳或奥波莱这些西部城市时，这种陌生感油然而生。她说，卡托维兹就完全不同，那是她上大学的城市，波兰人祖祖辈辈生活在那里。

"二战"后，波兰在西边获得了新的领土，波兰语称之为回归区（Ziemie Odzyskane）；同时在东边失去了领土，被称为克雷西（Kresy）。生活在东边的人们，被驱逐、强制搬迁到了西边刚刚获得的新领土，他们被称作"遭返者"，波兰语称之为 repatrianci，名称听上去有归乡的味道，实际上却是一种强制性的重新定居。就这样，扬、雅德维加和斯塔西娅，玫瑰谷村后来所有的村民，以及其他数以百万计的农民被强制搬迁到了一片完全陌生的土地。

西部这片重新划归波兰的领土在十三或十四世纪也曾在波兰的管辖之下。战后的波兰当政者显然认为，从历史渊源角度为西里西亚地区的波兰化提供论据十分必要,尽管那需要回溯漫长的历史才行——因为此后的七八百年间里,德国人将这一斯拉夫人居住的地区日耳曼化,而我的祖辈就在这些殖民的德国人之列。战后的波兰当权者肯定察觉到了,西里西亚、东普鲁士和波美拉尼亚不应该被视作只是对苏联吞并的东部地区的补偿,不应该被视作只是德国人为"二战"罪行付出的代价,这远远不够。要让迁徙到西里西亚的波兰人真心接受那里,要让他们视之为自己的新家园,这就需要从历史的角度加以诠释。

"我们在八百年前失去了这些领土,现在它们回到了祖国母亲的怀抱。"当时的波兰社会主义政府是这么宣传的。乌尔苏拉说,"祖国母亲"是一个非常老派的用语,其他语境根本不会用这个词。波兰只在一种语境下使用该词汇:收回领土。他们通常将祖国表述为"祖国父亲",但领土回归到了"祖国母亲"的怀抱。

逃亡的队伍是在下午五点左右出发的,此时枪炮声已经一阵紧似一阵了。

格蕾特尔·科佐克在她的回忆录中写道:远处炮声隆隆,不时有炮弹飞过逃往洛森的车队的头顶,在路边的田野中爆炸。马匹受惊,后蹄蹬地立了起来,爸爸只好更用力地握紧缰绳。

七十五年后的今天,我的双脚正踩在从玫瑰谷到洛森的乡间柏油马路上。1945年的一个冬日,我的家人在这条路上开始了漫长的、指向西方的逃难之旅,这条路的终点是德国北部的一个小镇,我将在那里长大成人。强劲的风从西边吹过来,风像是要把我吹回东方的故乡。我在顶风行进。我不知道今天会走多远,也不晓得在哪里过夜。

我的徒步之旅不是逃亡,因为我没有受到任何威胁。我身后没有步步逼近的交战前线,没有喷射着怒火的战争恶龙;没有紧追的俄国人,也没有吆五喝六的纳粹镇长。没有什么让我感到不安,我知道我的丈夫和孩子身在何处——他们此时正围坐在柏林温暖的公寓里——我穿着质地优良的冬季徒步服,背着轻便的背包,里面只装了一些旅行必需品。路上也没有积雪。

我走在笔直的乡间公路上,柏油路湿漉漉的,冬天来临后变黄的小草像一群受惊的小鸡一样蜷缩在路边的沟里,路两边的白蜡树和我一同逆风倔强地挺立着。此刻,我身处玫瑰谷和洛森之间的乡间公路,头顶上灰色的天空如此辽阔,仿佛在提醒我人类的渺小与失落。我记得这条公路,我正在穿越回到自己童年的噩梦。

我和我的兄弟姐妹在一片草地上。飞机来了,然后又掉头飞走。我说,下一次它就会发现我们。我们跑啊跑啊,冲到田野上。我们跑得很快。我听到了飞机的轰鸣,是战斗机,它又一次向我们俯冲过来。左边有一条沟,沟旁是树,我们也许可以躲在树下面,可那只是几棵稀稀落落的果树,很难提供什么保护。我知道,这次我们完蛋了。

在噩梦中,我总是在逃亡的路上,有时步行,有时坐马车,四周大多是白雪皑皑的田野,光秃秃的树木,灰色的天空。我在躲避敌人,有时独自一人,有时与家人一起,有孩子,还有我的朋友。

我要么找不到他们，要么在为失去他们担心。一切都混乱不堪，而敌人紧随身后。有时是男人，他们追在我的身后用言语威胁我；有时是其他某些充满敌意的东西，具体是什么，梦里并不清楚。梦中的逃亡总是永无尽头。我们都想逃到一个安全的地方。但哪里是安全的呢？这种逃亡很少在梦中画上完美的句号，即使逃脱了，或者能停住脚步稍稍喘息一下，也还是失去了自己的家。不安全感总是围绕着我，恐惧感从未消失，既害怕被他们再次追上，又忧心自己不得不再次逃亡。

长大以后，我有时会鼓起勇气在梦中停住，不再逃跑。战胜恐惧需要巨大的努力。但有时我能成功，我停下逃跑的脚步，转过身来和他们拼斗。突然间我的手里有了一把刀，我可以战斗了。在梦的尽头，我不知道自己有没有幸存下来，但至少拼过的感觉真好。我不只是一个逃亡者，我不只是一个受害者。

这些噩梦从未有过皆大欢喜的结局。

很长一段时间里，我搞不明白自己为什么会做这样的梦。梦中的经历与爸爸妈妈爷爷奶奶讲给我的故事很相似，我在梦里看到的是你们逃难的场景，你和妈妈逃难的场景。妈妈四岁时从东普鲁士逃出来，她也一辈子总是梦到那番场景。尽管如此，我对自己会梦到你们的噩梦还是难以置信。一个生活在二十世纪七十年代安全无忧的西部德国的孩子，怎么会在梦中重温你们的噩梦？我童年的最不幸的经历，不过是你因为割草机事故受伤，不得不终止自己在汉堡保龄球馆的工作罢了。

噩梦也会遗传吗？那时我觉得自己的想法荒谬而可笑。但今天我明白了，心灵创伤会延续，逃亡和战争可以连续影响几代人，我们的父辈、祖父辈甚至曾祖父辈的战争会铭刻在我们身上。噩梦也会。

快到洛森的时候，一辆车在我跟前停下，司机询问要不要搭车。我道了谢，说自己宁愿步行。司机看上去有些惊讶，挥了挥手，踩下油门开走了。这里有很多友善的人，但停下来问我是否想要搭车的总是小微轿车，SUV、豪车、家庭面包车很少这样做。小微轿车总是菲亚特的熊猫牌或是欧宝的 Corsa 牌①。

洛森是一个小市镇，实际上只能算是规模稍大的村庄。它有一条主街和一些小巷、步行道，镇里有一所农业学校、一座教堂，居然还有一座城堡。镇内有一个火车站，你哥哥曼弗雷德从那里乘坐火车去布里格的皮亚斯特高中上学或者学舞蹈。他在回忆录中写道，那些年他从未误过一次火车。可我去年夏天的第一次尝试就以失败告终。在这样的小城中，如果火车站位于主街的另一端，那么走到那里的路可能会很长。这个市镇比那些村庄更荒凉，主街两侧的房屋前竖立着房屋出售的广告牌。房屋就这么明目昭彰地在镇子中心地带破败下去。房子大多是灰色的或者灰褐色的，偶尔间杂着一些颜色柔和的，如紫罗兰色、薄荷绿、杏色，以及颜色俗艳的房子，如天蓝色、柠檬黄、草绿色。所有这些，像一碗放进了各式各色佐

---

① 这两款车都是欧洲比较流行的廉价轿车，驾驶者以低收入阶层或者大学生人群较多。

料的燕麦粥。那些色彩艳丽的房子以其耀眼的勇气触动了我，它们发出无声的呐喊，表达着人们对抗忧伤的渴望。

在维基百科中，洛森从前的名字是 Lossen，有两个条目，一个是波兰语版本，另一个是德语版本，两个词条对历史的叙述迥然不同。波兰语条目几乎没有提及 1945 年之前的历史，即该地区由德国人居住的那几百年。1189 年，一位名为日罗斯瓦夫的主教首次提及这个地方，然后该词条直接转到了 1945 年，洛森该年被并入波兰。对 1945 年发生的事情，该词条也只字未提。德语条目则详细介绍了该地区几个世纪以来的历史，其德裔居民背景、人口数据、行政演化、教堂建设的情况。对 1945 年洛森并入波兰后的情况，该条目则鲜有提及，也同样没有提及 1945 年当年发生的事情。没有彼此认可的历史，没有共同的视角，每一方都在讲述自己的故事，津津乐道于己方的历史独白。德国人和波兰人背对着背，禁忌话题仍然无人提及，即使在事情发生七十五年后的今天。

我走在洛森的主街上，空气中充斥着褐煤燃烧后的气味，浓重而刺鼻，这是东欧地区冬天特有的。突然间，新鲜酵母糕点的甜味和香味扑面而来，像童话中那个捕鼠人吹奏的迷人笛声一样抓住了我，唤醒了我对过去的回忆，对苏联的记忆。那时，和物质丰富过剩的资本主义国家相比，气味有着完全不同甚至更了不得的意义。我记起自己在列宁格勒读大学的岁月，那是苏联，东方帝国，那里的气味就像那里杂货店的霓虹灯招牌一样粗糙而简单：牛奶、肉、面包、鱼。

那时的商店总是臭气熏天，你需要鼓足勇气才能走进去。商店入口扑面而来的总是裹挟着变质牛奶与臭鱼的气味，或者，最糟糕的是肉类柜台那里略带硫黄味道的臭味，这些气味总是与刺鼻的廉价洗涤用品味混在一起。饥肠辘辘与嫌恶在彼此交战。我本能地警告自己，有这种味道的绝对不是什么好东西。可是人必须吃饭啊，你必须压抑自己的嫌恶才能搞到一点吃的。我想起了在集体农庄市场买到的橘子的香味。苏联的商店系统像一个黑手党组织，我们这些来自西方的大学生是无法厕身其中的，你要有工作单位，还要仰赖关系。我们时常在空荡荡的商店排队，有时一站就是几个小时。农贸市场上的东西虽然价格高昂，但还承受得起，因为我们用卢布换了硬通货。一位来自乌兹别克的女小贩，围着花色头巾，身前是一堆堆成了金字塔状的橘子。我要了一公斤。当我剥开橘子，手指伸进多孔橘子皮的瞬间，水果像爆炸一样释放出香气，我流下了眼泪。我想起哥哥去列宁格勒郊区的宿舍来看我。那是一座十四层的楼房，因为建筑工人将竖井修歪了，电梯无法使用。来自芬兰湾方向的刺骨冷风从窗户缝吹进屋子，个头堪比煤球的蟑螂在屋里爬来爬去，我看到了哥哥眼中的迷惑与不解：你在这个鬼地方做什么？我记得那时自己对美是那么渴望。在为数不多仍然开放的教堂中，其中一座成了我的避难所，成了我在苏联灰冷的日常生活中的绿洲。我忆起教堂中香火和蜂蜡的气味，半明半暗中的圣像，唱诗班老妇人富有穿透力的歌声，单调而高亢。

对苏联面包店的记忆则迥然不同，它们散发着怡人的麦香，苏打面包或酵母的气味迎面扑向你，就像此时此刻，我站在洛森的主街上，面前就是一个面包店。如同跟随捕鼠人的笛声，我走进了面包店，从腰包里掏出兹罗提买了一个甜点，然后重新走回街上。结果和昔日并无二致：闻起来香，吃起来未必如此。

你们在米歇劳度过了逃难的第一个夜晚，村庄位于玫瑰谷以西仅十公里。到达的时候已经很晚了，你们身后传来前线的隆隆炮声，暗夜中能看到枪炮的光亮。也许你已经在马车上铺的干草上睡着了，也许无法入睡，因为天太冷了。逃难的人们分散住进了村里的农庄，人们松开马匹喂它们饲料。你们一家大概是睡在某个人家厨房麦草铺成的地铺上，没人知道奶奶那一夜是否入睡。你们希望明天不用再赶路，就在这里停下来，等待，然后返回玫瑰谷。在接下来的四十个夜晚，你们每晚都会燃起同样的希望，即使在那之后很久依然如此。可到了第二天早上，纳粹冲锋队的人喝令你们继续前进。有些人跑回玫瑰谷给牛挤奶，然后跑回来重新加入逃亡的队伍；有些人则自此断了联系。但你们一家人继续向西走，走过 Böhmischdorf、Groß-Jenkwitz、Herzogswaldau、Grottkau、Woiselsdorf……

在到达米歇劳之前，玫瑰谷的村民们先是穿过了耶申，这是一个只有四十户人家的小村庄，一条街道贯穿整个村庄，比玫瑰谷还要小。它现在的名字是耶西乌。

一个戴鸭舌帽的家伙和我搭话，一脸狐疑：你在这里做什么？

我在重走父亲当年的逃亡路。

徒步？

徒步。

一个人？

一个人。

现在他看起来明显友善了些。这里的人比较善待疯子。

村里还有人记得那时候的事情吗？他想了想，用手指向另一边的场院和房屋。那个农庄的老太婆已经死了很多年啦，旁边那个农场的老太婆去年夏天死的。你去找玛利亚吧，他最后说，右手边最后那所房子。你按门铃，她会给你开门的。

很快，我就坐在了玛利亚的厨房里。厨房的天花板低矮，有一个煤炉，屋里暖暖的。玛利亚的丈夫坐在厨房里的长凳上，一动不动，如同昨天就已经去世了的样子。厨房的小窗上透进微弱的光。屋里闻起来像有炖洋葱的味道，角落处的瓷砖炉子上放着炖锅，餐桌上放着一本电视指南杂志。

那家伙所言不虚，玛利亚听到门铃后马上打开了房门。她穿着拖鞋和马甲，风将她浓密的灰白头发吹得立了起来。没说上两三句，她就将我让进了家里。

玛利亚的老家位于乌克兰西部的沃里尼亚。她们一家是在1945年夏搬到这里的。人们让她们在奥珀伦下车，然后从那里步行前往耶申。

你们自己去挑一所房子吧，有人这么对她说。

可那些德国人都还在那里呢。当时，耶申的大多数村民并没有为躲避苏联红军而逃难，有些人则是跑出去几天后又重新返回了村子。玛利亚一家和一户德国人一起住了一年，一家波兰人和一家德国人，德国人住在楼下，玛利亚和她的家人在楼上。她说这是她一生中最美好的时光。那时的玛利亚只有六岁，德国人家里的女儿和她同龄。这个德国女孩有很多漂亮的玩具、洋娃娃和洋娃娃屋，她送给了玛利亚一个。因为总是一起玩，她们成了最好的朋友。后来这家德国人被赶走时，玛利亚伤心地哭了好几天，以至于妈妈不得不带她去看医生。

玛利亚脸上洋溢着小女孩似的微笑。她嘴里的牙齿已经不多了，毕竟已经年过八十。七十五年过去了，她仍然想念她幼时的德国玩伴。即使在东西隔离的铁幕年代，她们依然保持着联系。时至今日，玛利亚依然不允许别人说一句德国人的坏话。

那战争呢？是德国人入侵了波兰。

玛利亚惊讶地看着我。她的故事和内疚无关，只有友谊。

纳粹的罪行，大屠杀又怎么算？

我的父母从来没有说过德国人的坏话。

我们那时候都是穷人，玛利亚的丈夫在黑暗中突然插话道。这听上去像是一个理由。

玛利亚的叙述中，坏人不是德国人，而是俄国人。他们强征牛和谷物，晚上到村子里掳走德国女孩。那时的村子里只有女人、孩子和老人；而男人们，他们既有德裔也有波兰人，还没有从战争中回来。一个炎热的夏日，女人们正在用镰刀割麦子，而孩子们正用铁链敲打谷穗，俄国人来了，抢走了麦子。俄国人，总是俄国人。

玛利亚再也没能回到家乡沃里尼亚。她的兄弟去过一次，但父亲当年建的房子已经不在了。

玛利亚说，他们毁了鸟巢，这样鸟儿就不会飞回去啦。

出了耶申后，柏油马路不再向前延伸。一个已经风化残破的指示牌显示这里已是小镇的终点，牌子上的斑斑锈迹像是子弹穿过后留下的痕迹。我现在独自一人走在乡间小路上，小路向西通向茫茫无际的远方，远方的天际现出明黄色的地平线。一个人在这广袤的田野上，疲惫却不能坐下休息。实在太寒冷了。呼啸的风此刻也与我为敌，本来轻便的背包随着时间的推移而愈发沉重。我穿过米歇劳，它现在的名字是米歇劳，在格罗德库夫的一个药店里一位和善的药剂师给我开了药膏帮我缓解颈部的疼痛。我在旅程的第一天走了三十一公里。

我还没有习惯徒步，没有习惯一个人独自在路上，可是我知道前面的路还很长。你们当时对此却一无所知。你们以为只是暂时地避开前线，并不用走多远。那些日子里，前线离你们很近，战争的喧嚣日日夜夜追在你们的身后。撤退的德国军队在乡间小路上超过了你们，双方的战斗机就在你们马车的上空激烈交火。

当我从格罗德库夫后面的省道拐到田间小路上时，天色已经暗下来。夕阳在一片小树林后面沉了下去，灰色的天际现在变成了酒红色。欧东地区的天黑得早，而这里距离我要入住的酒店还有四公里，那是这一带仅有的一家酒店，偏偏此时手机的电量只剩下了百分之十五。没有路标，没有任何标记，这只是一条普通的乡间小路，路两边都是田野。此时已是日落时分。一辆拖拉机从树林里向我驶来，车斗上的家伙大笑着对我喊道："嘿，小心点啊，天已经黑了。"

他对我挥挥手,又一次大笑起来,消失在乡间小路上。天空从红色变成了橙色,然后变成黄色。雅娜曾说过不会有狼,可那是在玫瑰谷啊,那里四周都是农田,没有森林可供狼躲藏。这里不一样,这里是狼可以驰骋的天地。乌鸦飞到我面前聒噪着,似乎在对我发出警告。根据手机地图的指示,这里距离酒店还有两公里半,那理应可以看到酒店的灯光啊,是不是我走错了?也许那家酒店压根不在那个指示的地方?这里看上去不像有酒店的样子。此时的我是狼最理想的猎物:一个不再年轻的女人,满身热汗独自一人在树林里赶路。狼一般不会攻击人类,除非是在冬天,那时的狼饥饿难耐。现在正是冬天。不过现在天气还算暖和,根本算不上冬天呢。这条小路很容易跌倒把腿摔坏,而手机电池马上就要耗尽了,人们永远也找不到我了。娜杰日达·曼德尔施塔姆将二十世纪称为"狼的世纪",她指的是那个世纪的人类。现在,二十世纪已经过去了二十年,但在这个一切都应该变得更好、人不再是狼的新世纪,真正的狼回来了。人们本以为它们已经灭绝,而如今它们又开始散播开来。这些狼来自东方,来自东方一望无际的森林,我的爷爷在战后曾被囚禁在那里伐木做苦工。狼群在向西边推移,有些城市的近郊已经发现了它们漫游的踪迹。我的屁股隐隐作痛,脚踝也是,只有脖子还好,多亏了那位和善的药剂师推荐的药膏。手机还剩百分之五的电量,距离酒店还剩一公里。狼不会攻击人类的,除非人打扰了它。那肯定是一只心理有问题的狼。天色现在几乎完全暗了下来。埋伏着狼群的小树林已经被我甩在了身后,前面也出现了灯光,传来了狗叫声。而此时,有什么出现在了田野的左边,是狼!一头母狼带着两只小狼，或者是三只小狼？不，是两只。不，三只。也许，它们是鹿？

第二天早上我重新上路了。一般情况下，我会遵循手机地图推荐的路线引导。路况千差万别，有时是宽阔、川流不息的省际公路，有时是连中央分道线都没有的老旧街道，更多的是乡间小路，几乎有一半被杂草覆盖，让人难以辨认。

此刻是星期六早上，路上的车很多，大卡车在我的前后方轰鸣着。村庄里不少人在干活儿，可以听到刀砍斧凿以及电锯的声音。冬日里褐色的花坛中，陶瓷小矮人的帽子闪耀着红色。德国人虽然离开了，但他们的花园装饰文化留了下来：提篮的女孩，推着独轮车的小男孩，鹿和驴，天鹅和熊，系着围裙戴着帽子的鹅。到处都在忙碌，或新建，或修缮，要么就是在改装。主干道附近的家居商场前，车停得满满当当，在商场里你可以找到各种颜色的东西。老派的农家院大都老实本分，只用红砖、木头搭建，屋顶用瓦，墙壁粉刷。可现在，几乎一切建材都分为真料和仿料，其中以仿料居多，到处都是模仿其他材质或建材的材料：混凝土浇筑而成的栅栏和砖墙，用塑料仿制的木头、砖头、石板、铁器或竹子。

人们在四处忙碌，可我在路上所见的场景却和战后无异，看上去仿佛战争才刚刚结束：败落得几乎只剩下骨架的房子，窗户黑洞洞的没有了玻璃；人去屋空的院落，屋顶已经坍塌，被常春藤像裹尸布一样覆盖着；半毁的庄园，硕大而阴森，那里多年前也曾有新生命呱呱坠地吧。不久，这些房屋，这些历史的见证，就会被人们拆除；也许不是全部，有些房子会留下，会被修缮，但眼前的大部分房屋很快将不复存在，而其所在的土地将会被分配给新的主人。

玫瑰谷的村民们在奥本多夫村度过了逃亡的第二个夜晚。村里的小头目和野战军宪兵队在逃难的人群里搜寻可以入伍的男人。格蕾特尔·科佐克的父亲被命令与另外两个玫瑰谷村民一起返回布里格，并向那里的军区指挥部报到，加入人民冲锋队。

妈妈一边哭泣，一边往背包里装了几件内衣、一双袜子和一些吃的。爸爸把缰绳交到安妮莉丝的手里，对她说：从现在开始要你来赶车了。

奥本多夫现在的名称是格诺伊纳。到达此处时，一辆车停在了我的面前，一个男人从车里下来，手里拿着一袋面包。他用好奇的目光打量着我：从哪里来，到哪里去？

我在重走我父亲当年走过的路。

徒步？徒步。

一个人？一个人。

他的黑皮夹克敞着怀，一个十字架从高领毛衣上的粗金属链上垂下来。他看我的眼神有些直勾勾的。他说他对历史感兴趣，还提及几年前格诺伊纳曾经来过一个德国人，问了当地人不少问题，还参观了农庄，那家伙好像有贵族血统，是一位作家。我问，那人是不是曾在1945年冬天穿过格诺伊纳的难民呢？黑夹克告诉我，他对此一无所知，然后邀请我去喝杯咖啡，我谢绝了。后来，在大门紧锁的教堂旁边他又开车追上了我。跳下车后，他询问我是否有一个小时的时间，他想带我去参观附近的城堡。谢谢，但恐怕不行，我得步行才行，您可以把城堡的地址告诉我。黑夹克看来确实对历史感兴趣，尤其是波兰人和德国人相关的历史，但我不能坐车，我必须步行。我今天一定要到达塔彭多夫村，那是玫瑰谷村民逃亡第三天夜晚的宿营地。我要继续走，免得天黑之前赶不到那里。

农庄与大片农田之间，坐落着村里的最后一个庭院，这里的地势稍高一些。一位老人正坐在屋前的长凳上修理电锯，一只虎斑猫趴在他的腿上。

你要去哪里？

去库罗帕特尼克。

他把手中的电锯放到一边，仰着头想了想，喃喃自语道，去库罗帕特尼克啊。看来我说出的这个地名让他有些惊讶。到那里还有很长的路要走哩。他一一列举了到达目的地之前要经过的村庄，口中念念有词地规划着该走的路线，试着和我分享他的想法，我却听得一头雾水。他看起来对我的路线规划有些担心。

我卸下背包，将它靠在长凳边上。

我可以在您这里给我的手机充电吗？

厨房里的炉子上正在咕噜噜地烧水。桌子上放着一个装了药片的碟子，旁边是一个装着药盒的碗，一个装着梅子蛋糕的盘子以及一摞杂志，最上面的一本是《美好时刻》。他的妻子坐在厨房的长

85

凳上，一动不动，仿佛已经去世一样。老人给我泡了茶。

您有孩子吗？我问他的妻子，但她没有吱声。老人代她回答道，他们有一个女儿和一个孙子，可不知道他们现在何处。到处都是这样，年轻人离开了，只剩下了老人。随后人们就断了音信忘了彼此，有的是因为老年痴呆，有的是因为生活的自顾不暇。

老人给我切了一块梅子蛋糕，味道好极了。他的妻子也许有些糊涂，但仍能做出世界上最好吃的梅子蛋糕。我说的是真心话，一点也不夸张，不过看来老人觉得我只是在客气而已，并未当真。真是太意外了，在这样其貌不扬的厨房里能吃到这么美味的梅子蛋糕。老人对我的夸奖表示了谢意，可是很明显，他此时对谈论蛋糕并不感兴趣。历史，德国人和波兰人，战争，老人对这些话题全无兴致，他只是专心盘算着前往库罗帕特尼克的路线。老人说，我计划中的那条路线会通向一片沼泽地。他低头看了看我的双脚，我穿了一双徒步鞋。

这双鞋质量很好，我竭尽我的波兰语表达着鞋子的可靠。

鞋子还不错，老人赞同道，可这样的鞋在沼泽里派不上用场。

他用手比比画画，在腿部上下移动，展示在沼泽里会陷到多深。看来会远远没过膝盖，几乎要到达腰部。嗯，老人说的应该有道理。

旅途愉快！我出发时，那个老妇人以令人惊异的清晰语调喊道。老人陪我走到院子里，我想和他握手道别，但他把我拉到胸前，亲吻了我的双颊，同时，变戏法似的从外套口袋里拿出两颗糖果塞到我的手里，是彩色锡纸包裹着的波兰巧克力。要是我进入了沼泽地或需要补充些能量的话，我会用得着这些，他的姿态与表情充满了密谋的意味，这是我们之间的小秘密。就像我的姑姑以前会偷偷塞给我们一些巧克力，然后对我们眨眨眼，仿佛在说：别让你妈妈知道。

他在长凳边站了很久，目送着我，小猫仍在他的腿边蹭来蹭去。我在第一个路口依照他的建议拐向右边，但在下一个十字路口，我的手机导航指示应向左转。我虽然记得老人告诉我应该向右转返回到公路上，可我不想再回到喧嚣着重型卡车的地方。谁知道这位老人最近一次走这里已经是什么时候了呢，我宁愿相信现代科技而不是一个牙齿几乎掉光的老人。随后的事实证明，我的决定是一个错误。

没走多远，小路变得越来越泥泞，很快地，我就只能踩在中间的草皮上前进。左右两侧是深深的水洼，地面也越来越绵软，俨然我浮萍般虚空的童年。天空倒映在黑色的水坑中，枯树从潮湿的地表深处直直地刺出来。现在哪里还有什么路，可手机地图仍然信心十足地告诉我明明有一条路，就在我现在深一脚浅一脚的地方。

我想象着那位老人手拿望远镜，正在远远地观察着我的行踪，他一定对我的愚蠢和不听话摇头叹气了吧。不，他不会生气，只会为我担心。不过我没有动原路返回的念头。你们呢，你们那时能够原路返回吗，当俄国人正在亦步亦趋地跟在你们身后的时候？

树林里很安静，只能听到我的鞋子踩入泥中发出的啪嗒啪嗒声。有时我仿佛听到了远处飞机隐隐的轰鸣声。我不再寻找什么道路，也不再看手机上的导航，只是专心寻找坚固些的地面，寻找能落脚支撑的任何地方。我从一处草丛跳到另一片草丛，可到处松软泥泞站不住脚，没有任何可以驻足的地方。每次脚下的地面下陷都会让我想起小时候在博物馆里看到的从沼泽挖掘出来的尸体，想起童年的惊恐。我只能抓住枯树或者干枯的灌木丛，以及任何可以薅住的东西。

不知不觉我来到了一个大大的水坑前。现在，我的身后是沼泽，前面是深不见底的水坑。几米远的地方有一棵倒下的树，树干为水坑两边架了一座桥。可我从小就平衡能力欠佳，如果没有平衡木项目的话我肯定能成为一名体操运动员。我折了一根长长的树枝，想用它来支撑自己的身体。可是坑里的水太深了，树枝扎下去探不到底。我一屁股坐在树干上，此时双脚已经湿透，鞋子因为粘上了湿泥而变得沉重，我伸手摸了摸手机，好像它能给我帮上什么忙似的。我听到了口袋里锡纸的窸窸窣窣声，如同安抚的窃窃耳语。老人怎么会猜到我需要甜食呢？他的体贴让我备受触动，不那么新鲜的巧克力的甘甜给了我勇气，我一只手抓住树干，用尽全力将背包扔到坑的另一边，好吧，现在彻底没有回头路了。我摇摇晃晃地站在圆圆的树干上，深吸了一口气，然后加快步伐大步走了三四步跨过了水坑。快到对岸时身体才失去平衡，我纵身一跃跳到了水坑的边上，软泥随即陷到了鞋帮处。我回头看去，对岸被我踩过的地方又合拢起来恢复了原状。

到了水坑的这边后依然找不到正经的路。我不时被荆棘勾住，枝条拍打在我脸上，嘴唇在流血。我不知道自己身在何处，冬天苍白色的芦苇淹没了我。过了不知多长时间，我穿过最后一片潮湿的洼地之后，农田终于重新出现在了面前。我回头望去，已经看不到村庄和那位老人。我从夹克口袋里拿出第二块糖,当廉价巧克力在我嘴里融化时,我在心里默默地向老人致歉,我本应听从他的建议的。我继续向前走了一个小时,横穿过泥泞的田野,突然在田野的边缘,一条路横现在我的眼前,就像手机地图指示的那样。它仿佛微笑着嘲笑我:当你傻傻地在沼泽中跟跟跄跄时,我可是一直在这里哦。

村民们逃难的第三天。马在落满积雪的道路上挣扎着前进,有时会有马匹滑倒,它们很多都没有钉马掌。那些跌倒的马匹,人们会帮着它重新站起来。路边的沟里散落着家畜的尸体,向人们发出不祥的警告。

你们分散住进村里农民的农庄里,这样马匹得以在马厩里歇息,你们则可以在人家的厨房里暖和下身体。你们沿途受到了热情款待,路过村庄里的人们热心慷慨,他们也许已经预感到自己不久也将不得不在冰天雪地中跋涉吧。那干吗还要吝啬家里的东西呢?反正它们很快会落入俄国人的手里。

无论走到哪里,我们都会遇到许多乐于助人的人。**格蕾特尔·科佐克**在她的回忆录中写道。他们将帮助别人视作理所当然、顺理成章,而我们也坦然接受了他们的好意。在农舍里,女主人们准备好了热气腾腾的饮料或汤,那时也还有足够的面包。

驾驭马车让奶奶费力劳神。她要照顾婆婆、瘸腿叔叔和你,暗地里独自为战事中的丈夫与儿子担心,还要操心远在村中的农场和牲口:它们肯定饿得在叫唤,奶牛因为没人挤奶肯定也憋坏了。玫瑰谷的村民们仍然确信他们很快会回家的。人就是这样,往往沉溺于过分的自信而无法自拔。总有什么阻止我们看清自己的命运,无法了解自己的实际境遇究竟有多么糟糕。

逃亡路上的每一天都让他们离玫瑰谷更远一些。每天早上,人们都被催促着继续赶路、前进,好为后续来到的人腾地方,俄国人正追在身后呢。

俄国人。追在你们身后的那些俄国人究竟是谁?关于他们,你们了解些什么?在你们的想象中,他们是什么样子?

俄国人来了,我们就逃。

你们曾听到过奥得河对岸轰鸣的炮声,在黑暗中看到过炮弹爆炸时的闪光。那是肆虐的战争恶龙,那是战斗的前线。他们就是俄国人。只要战事一起,俄国人就会杀过来。俄国人就是战争。奶奶的名字奥尔加是一个俄罗斯名字,可她对俄国了解多少呢?一个波兰男人和一个乌克兰女人曾在你们的农场中打工,两人有时会在夜晚时分唱起忧伤的歌曲。他们是强制劳工,纳粹称他们为外籍工人。玫瑰谷的村民们从未亲眼见过那些"俄国人",可他们抛家舍业、离乡背井就是为了逃避那些"俄国人"。在村民们的想象中,这些俄国人是怎样的?他们知道自己究竟在逃避什么吗?

俄国人来了,我们就逃。

也许俄国人就是你小时候大人们用来吓唬孩子的怪物吧。奶奶会在你拒绝喝粥时威胁说:不吃粥,俄国人就会来的。现在,俄国人来了。当时纳粹党的鼓噪宣传让你们知道了些什么呢?在他们嘴里,俄国人是低等斯拉夫人、半亚裔部落、亚洲洪水、红色野兽,是残忍、嗜血、野蛮、未开化的种族。你们那时知道什么是布尔什维克主义吗？纳粹"哲学家"阿尔弗雷德·罗森堡将之描述为蒙古人式的愤怒，对草原的渴望，游牧民族骨子里对人性的仇恨，颠覆欧洲的企图。这些来自奥得河对岸广袤森林、向你们步步逼近的，究竟是怎样的一群人？你们在聊天中很少提及奥得河以东的村庄，却永远对布里格、洛森、科彭和弗罗瑙这些地方念念不忘。奥得河东边的土壤是沙质的，不像西边这样肥沃，那里几乎没有村庄和耕地，大多是森林。你们可曾去过东边，去过俄国人蜂拥而来的那个地方？

在七山后面的这个小村庄里，人们也许对这些知之甚少，可听到的那些内容，已足够他们对即将到来的寻仇的俄国人心存恐惧。玫瑰谷人是在逃避复仇的俄国人，村民至少对德国人在东边干下的勾当有所耳闻，他们晓得德国人摧毁了那里的一切。纳粹党卫军头目海因里希·希姆莱曾说过，俄国战役的目的是减少三千万斯拉夫人口。玫瑰谷人怎么可能指望人家的怜悯？

唯一了解俄国人的，是你的父亲赫伯特。1945 年春天时，他正在布雷斯劳，负责赶马车向前线战壕运送弹药。转年夏天德军投降后，他又被送往距此一千公里以东的哈尔科夫某处森林中的战俘营，并在接下来的三年里在那里伐木。爷爷被俘的地区如今在乌克兰境内，不过爷爷那时候分不清俄国人和乌克兰人。他被释放回德国后从未说过俄国人的坏话。你告诉过我，爷爷之所以能活下来是因为他有一副好嗓子。在战俘营里，爷爷会在夜晚的篝火边唱歌，看守

91

们会因此在吃饭时给他多盛上一些，这个德国人可不能死，他们说。就这样，"俄国威胁"混合着"俄国灵魂"，这些相互矛盾的内容写入了我们家族的历史。我长大成人的过程中，俄国从未在我心中有过一个整体统一的形象。俄国是我们的宿命，是一个位于东方的大国。1945年1月苏联红军开始射击奥得河对岸的那一刻，我们家的生活与命运就此改变。俄国是一个致命的危险；他们是残忍的，他们杀戮、掠夺、强奸；他们是如此可怕，以至于你们为逃避他们而背井离乡向西逃亡了五百公里。与此同时，俄国人是有灵魂的，他们会被你父亲的歌声深深打动，那些俄国看守在自己挨饿的时候还会分一份面包给他。

1986年高中毕业后，我和姐姐第一次去苏联，这是我们从小就梦想的。在家乡，汉堡以西的小城韦德尔，我的朋友中没有一个对俄罗斯哪怕有一丁点儿兴趣。但我们姐妹俩却对苏联有一种迷恋。为何如此？当时的我们还不能明白。

我姐姐十几岁的时候开始读海因茨·G.孔萨利克的小说《斯大林格勒的医生》《俄罗斯交响曲》和《针叶林的爱情之夜》。她坐在旧沙发中，一边看一边流泪。我打开她的屋门探进头去时，几乎每次都会看到泪水顺着她的脸颊流下。我们一起读《日瓦戈医生》。当我们去探望外婆时，总是先跑到客厅的橱柜前，那里面放着一个播放电影插曲的八音盒，是奥马·谢里夫扮演的日瓦戈医生穿着雪白的俄罗斯罩衫走在波浪般起伏的麦田中那一段。然后我们俩为以后谁继承这个音乐盒争论不休。我们不明所以地被俄罗斯迷住了，沉醉于一种既憧憬又战栗的浪漫情感中。

前往苏联的八年前,我第一次来到玫瑰谷,八年后我和姐姐在东柏林的弗里德里希大街上的火车站登上了开往莫斯科的夜行列车,去苏联,寻找你们被追赶、被驱逐的缘由。

那是我漫长求索的开始。当时,我甚至没意识到自己在寻找什么;我已经上路,可不知道为了什么,也不知道去向何方。我没有想到这条路会带我走回玫瑰谷,带我走上寻根之旅。只是在这个旅程开始的时候我绕了一个大圈,先是跑去了遥远的东部腹地。我学习俄语,这种柔和悦耳的语言一直让我着迷,听着它的发音,如同懒洋洋地泡在花香浓郁的温暖浴缸里那般舒适。我跟着著名翻译家斯维特拉娜·盖尔学习俄语。她从不讲解语法,认为人应该通过耳朵和心,用自己的直觉来学习语言,像孩子那样。她给我们听童谣,让我们跟读,即使我们还不理解童谣的含义;她还要求我们背诵普希金的诗体小说《尤金·奥涅金》中的章节。我学会了对我们家族施暴的人的语言,恶人的语言。这是爷爷在战俘营里面听到的语言,也是奶奶1945年夏天在地道里被强迫劳动时听到的语言。我总是想去俄罗斯,想居住在那里,想沉浸在如温暖浴缸般舒适悦耳的语言里,去感受这个国家,好像我肩负着去促成民族和解、缔造和平,你们那代人未能创造的和平的使命。我学习俄罗斯文学和历史,到东方旅行,长达数月住在那里,包括苏联解体的那年夏天。乌克兰独立时,我正在离基辅不远的某个小村庄给我乌克兰好友的奶奶拍照片,她面容慈祥宛如我的奶奶和外婆。后来我又在莫斯科做了四年的记者。这一切经历,我隐约感到和我的出身有关。可是直到辗转了千里万里，时间流逝了十几年后，我才再一次走进玫瑰谷。

我兜了一个多大的圈子啊，从俄罗斯到玫瑰谷，从西伯利亚到西里西亚。大概因为俄罗斯不仅是这片地区的地理中心，还是一个决定周边一切的强权吧，但也许仅仅只是因为我无法选择一条直接去玫瑰谷的路线。那样一切会变得太复杂，那么早地走进波兰也许会让寻根之旅开始得过于艰难。

年近四十时我才开始跑步。夜跑的时候，如果是在秋天，天色在傍晚就已经暗淡了下来。跑在宽阔的林间道时，头上的天空依然明亮，可两边的树木间已是一片黑暗，林间小径也几乎无法辨认。从林间空地转入树林，人就潜入了无尽的黑暗中。我独自一人，除了自己跑步的喘息声，以及脚下树叶的沙沙作响，听不到其他声响。偶尔从树林里传出动物的叫声，或者一头鹿横穿过小路，一只松鼠或一只乌鸦在林中窸窸窣窣。猎人来到森林里，敏捷地躲在狩猎小屋中。跑，有猎人，快跑！在黑暗中跑步是件令人毛骨悚然的事情，有些像逃亡，跑步的人像是在逃脱黑暗，逃脱身后正追逐的人。我环顾四周，什么也没有；但收回目光时，心中马上升腾起恐惧，对追逐自己的、并不现身的未知事物的恐惧。这令人心惊胆战，同时也让人乐此不疲，就像小时候玩老鹰捉小鸡，一个孩子追过来，我们四散跑掉。逃脱，不被人撵上的乐趣，一次又一次，奔跑，逃脱，惊恐间杂着快乐。那是对黑暗的恐惧，对战争、死亡的恐惧。

我自幼胆小怕事，整个童年都生活在对战争与俄国人的恐惧中。

俄国人就是战争，战争就是俄国人。我知道我们和俄国人之间有一堵墙，就像你们那时候和俄国人隔着一条奥得河一样。尽管我知道，那堵墙不是为了保护我们免受俄罗斯人的伤害而建，但在我童年的想象中，奥得河和柏林墙有着千丝万缕的联系。柏林墙并没有减轻我的恐惧。

没有什么情绪能像恐惧那般影响人的行为和性格。如果一个人比其他人更容易焦虑恐惧，这一点在她很小的时候就会露出征兆，如此说来，焦虑恐惧很可能是先天的、遗传的。甚至在襁褓阶段，不同婴儿对陌生事物已经会做出迥异的反应。容易恐惧焦虑的婴儿往往会变成焦虑的孩子，随后成长为容易焦虑却格外能干的成年人。恐惧也许是很好的内驱力，恐惧焦虑的人总是倾向于必须做得更多、更好才有安全感。

我是一个焦虑的孩子。妈妈不在身边时，我就会害怕，妈妈也担心失去我这个她们期待已久的孩子。这孩子活不长，性情忧郁的奶奶在我出生后不久如此预言道。家里人给我取了中间名罗特劳特，那是我妈妈去世的妹妹的名字。那是一次事故，大人们当时没能看管好她。去世时，她只有三岁。她们竟然给我取了一个死去的孩子的名字，这不能说是一个好兆头，我长成了一个焦虑的孩子。我怕黑，不敢在冬夜离开明亮、温暖的客厅，不敢独自去自己的房间里拿东西；我害怕经过走廊时身后的灯光熄灭；其他孩子热衷的电影院也让我畏惧，因为害怕那宽大、黑漆漆的放映厅，而电影画面似乎是我的噩梦；每周日播放的连续剧《作案现场》中瘆人的片头曲让我害怕；我担心撒哈拉沙漠会蔓延到德国北部，因为我在电视上看过一个叫《扩张的沙漠》的节目,可那明明讲述的是非洲的事情;我担心爸爸会被红军旅①绑架,尽管你信誓旦旦地向我保证说,他们不会抓你这样的小人物。然后,我继续担心那些红军旅的人会不会搞错,把你误认成一个重要人物。

不过,与对战争的恐惧相比,上面的一切又显得不值一提了。对战争的恐惧让我难以入睡,然后又伴我入睡。我央求妈妈把门留一道缝,不要将厅里的灯关掉,但这没什么用。我在寂静的夜晚仔细倾听着,听窗前白桦树的沙沙声,听远处每隔二十分钟驶过的有轨电车的隆隆声。我要小心提防着,那条战争恶龙是否仍在睡觉,我可不能入睡呢,我必须小心翼翼地监视它。

晚上躺在床上,我的脑子里会盘桓着"休战"一词,它散发出浓烈的恐怖气息,每当它出现的时候,我的恐慌便油然而生。休战,让人感觉仿佛战争仍未结束。我知道联邦德国和苏联之间并未签署和平条约,这是你讲给我的,双方只是处于休战状态。这种状态已经持续了三十年,可休战毕竟只是休战啊,比停火也好不到哪儿去,它暗示眼前的和平不过是暂时的、临时的,那些坦克车还停在战场上,一旦一声令下,明天一早它们就可以再次投入战斗,而你会被征召入伍。你一直自认为很走运,从未被征召入伍,也没有服兵役,更别提亲历战争了。你唯一的一次触碰武器,是那次试了下汉斯叔

---

① 红军旅,德国左翼恐怖主义组织。20 世纪 60 年代末到 80 年代中,红军旅把攻击目标锁定在西德经济、金融和政界的高层人物身上,先后制造了多起血腥暴力事件,受害者包括西门子公司总裁贝库茨、德意志银行行长赫尔豪森、德国联邦总检察长布巴克、德国托管局局长罗韦德尔等多名政商要人。

叔的猎枪。停战，意味着战争没有结束，只是短暂的中断。我那时最大的恐惧是那头战争恶龙并未被击败，它只是打盹休息、积蓄力量；战争永远不会结束，它会再次回来。

我的波兰语老师乌尔苏拉整个童年也生活在对战争的恐惧中。不仅仅是她，整个波兰在"二战"后的数十年里都在为战争是否会再次爆发提心吊胆，他们仔细倾听西方和东方发出的声音，倾听战争这条恶龙是否仍在酣睡，甚至直至今日波兰人仍是如此。波兰没有一个家庭幸免于战争的魔爪，每家每户中都有人成为杀戮、绑架、剥夺财产、强奸、驱逐的受害者。

1981年波兰实施了战争动员令，这让乌尔苏拉惶恐不安。她晓得这些辞令背后的含义：战争或是战争动员令，又有什么区别呢？要是没在准备战争，为什么颁布动员令？她确信一场新的战争迫在眉睫了。每当看到身着军服的士兵，她的心就会怦怦直跳。她也感觉到了大人们心中的恐惧，为什么要实施战争动员令，如果不是为了战争？

苏军1月24日夜间在科彭渡河，在奥得河西侧建立了桥头堡。自1月中旬冬季攻势开始以来，伊万·科涅夫元帅率领的乌克兰第一方面军很快征服了波兰大部分地区，包括上西里西亚和奥得河以东的下西里西亚地区。在占领这些地区的过程中，几乎没有遭到德军任何有效的抵抗。1月19日，也就是你们逃难的前三天，红军到达了近处的德国边界，并在奥得河对岸停止了推进以集结队伍。尽管玫瑰谷遭到了苏联红军的炮火攻击,但直到2月初,苏军都没有发动攻势占领玫瑰谷一侧,村庄得以继续处于德国国防军控制之下。就在1月19日那天,还有几位年长的村民被征召进国民突击队,在村里地主莫尔的带领下在奥得河沿岸挖散兵坑。他们的全部装备不过是一把铁锹,却被要求对抗苏军,保卫国境。那时偶尔会有消息传到逃难的车队中,说守在村里的谁谁谁阵亡了。

晚上到了酒店,首先要做的就是洗衣服,这样它们第二天早上就可以干透。我通常在小客栈过夜,但有时也会住进老旧的别墅,偶尔甚至会在一个大庄园里。吃饭我会选择去比萨店或小饭馆,对于一个人独坐餐桌旁用餐我并不介意,反倒希望如此,因为我常常累得不想说话,脑子已经拒绝运转,而且脑海里塞满了白天的画面。我的双腿累得发抖,每天晚上要服用止痛药身体才能平复下来。

有时我会拿着遥控器翻看酒店电视的频道。德语电视台寥寥无几,倒是能看到一些俄罗斯的电视台。一天,俄罗斯国家电视台第一频道正在播放一个名为《大博弈》(The Great Game)的脱口秀节目,当天的话题是"生物变异与政治变异",谈论一种未知病毒正在中国武汉传播,它被称为 Sars-Cov-2 或 Covid-19。访谈节目中的嘉宾在认真地讨论,该病毒是否是美国人用来削弱中国的生物武器。然后话题一转由医学转向了政治。女主持人说,乌克兰总统对《希特勒-斯大林条约》说了一些很恶毒的话,竟然将该条约称为极权主义政府间签订的犯罪条约,暗示苏联对"二战"爆发负有和希特勒德国一样的责任。同时,主持人将纳粹大屠杀和当下局势联系起来说事儿。节目嘉宾的愤怒之情溢于言表，谴责乌克兰人撒谎、歪曲历史，同时对波兰人的忘恩负义表示愤慨，因为乌克兰总统选择在波兰说这样的话当然不是巧合。

他们想将我们的胜利贬低得一文不值。我们曾打败了人类历史上最强悍的敌人，可现在这些人竟想夺走我们的胜利。

一场关于历史的论战正在欧东地区风起云涌，这是一场关于记忆与思想的战争。俄罗斯人、波兰人和乌克兰人互相指责对方挑起了这场争斗。争论的内容涉及第二次世界大战和对犹太人的大屠杀，还有受害者和负疚感。这是一场关于过去的争论，至少看上去如此。而实际上，争论却指向现在和未来，因为正如乔治·奥威尔所说：谁控制了过去，谁就掌握了未来。

俄罗斯人情绪激动：希特勒入侵波兰是苏联的错吗？无论如何，《希特勒-斯大林条约》中并未就入侵波兰达成一致；条约中只明确了双方的势力范围，这样的做法同几个大国在"二战"结束后在雅尔塔的所作所为并无二致，不过是二十世纪中叶的惯常做法而已。如果罗斯福和丘吉尔还活着，他们能作证。

俄罗斯人想要得到认可，他们以巨大的牺牲赢得了第二次世界大战，他们将波兰从法西斯手中解放出来，近五十万苏联士兵为解放波兰而献出了生命。乌克兰人，是他们解放了自己吗？不，是俄罗斯从法西斯手中解放了乌克兰，这些历史观点的突变比武汉发现的病毒突变还严重，我们俄罗斯人永远不会原谅乌克兰总统。俄罗斯人展示了有关图表，显示波兰"二战"后赢得的领土，包括西里西亚、波美拉尼亚以及东普鲁士地区，但没有提及苏联在东部吞并

99

的波兰领土；他们列出了一长串的数字，彰显苏联如何在战后援助波兰，提供了多少吨粮食和肉类，运去了多少头牛、多少台拖拉机。

我们俄罗斯人向他们运送了数以万吨计的粮食，而在当时的莫斯科，我们却不得不用配给券才能买到面包，我们在战后为拯救和重建波兰做了大量工作。可现在呢？就是同一批波兰人，他们竟然来向我们索要赔偿。波兰人让欧洲议会通过了一项决议，称第三帝国和苏联应为"二战"负同等责任，然后波兰人依据该协议要求俄罗斯人赔偿。他们向胜利者索要赔偿！主导欧洲议会的是些什么国家呢？是那些"二战"时被德国人占领或与纳粹合作的国家，这些曾是希特勒盟友的人现在指责我们没能尽快解放波兰首都华沙！

我们应该将历史交给历史学家嘛，它只应和事实、科学有关。好了，现在波兰颁布了法律，谈论波兰人在犹太人大屠杀中的同谋行为将被视为有罪。法西斯为什么要在波兰建立灭绝营？因为在那里犹太人无处可逃！好吧，现在连说说这个都违反了波兰法律。纳粹之所以在波兰设立死亡集中营，波兰人帮助法西斯分子四处抓捕犹太人是原因之一。抓捕然后杀掉。历史应该留给历史学家，但你不必钻进浩如烟海的档案库就能知道是谁发动了第二次世界大战！是法西斯发动了战争，这尽人皆知。没有哪个国家能说自己干干净净，是一朵一尘不染的白莲花，只不过有些国家表现得更正派些，有些国家少一些而已。而所有国家中，行为最端正的就是苏联。我们的苏联红军击败了德军百分之九十的军队。打败纳粹的是我们，而现在有人想夺走我们的胜利，毁掉我们民族自豪感的符号与象征。苏联在有史以来最可怕的战争中，以最大的人力代价击败了人类历史上最可怕的敌人,没有人会夺走我们的这一伟大胜利。绝不可能!

以上是嘉宾们在俄罗斯电视节目中所谈的内容,每个人都义愤填膺,所有人的意见都一致,但每个人都在大喊大叫,好像有人在不断地反驳他们似的。什么都没有过去,一切如故,而且总会搞出新的花样,他们感到痛苦,感到受到了冒犯。他们向下一代人灌输思想,让下一代人知道自己是被侮辱、被冒犯的一代。他们痛苦不堪,因为他们千辛万苦换来了"二战"胜利,随后却输掉了冷战。后者,他们相信,让俄罗斯的"二战"胜利成果消失殆尽。

历史已经成为政治的战场。不仅在普京的俄罗斯,在乌克兰、波兰右翼民粹主义者眼中也是如此。在他们看来,历史如同一个任人揉捏的面团,可以塑造成任何人们想要的样子。每个人都想成为受害者,或者是英雄与受害者的合体,没人想做那个罪犯。历史真相该如何应对那些简单的叙述呢?真实的历史总是模糊、自相矛盾的,太多人既是施暴者又是受害者,既是罪犯又是英雄,既是反犹主义者又挽救了犹太人的生命,是解放者也是压迫者,是叛徒也是帮凶,是被驱逐者也是纳粹追随者。

二十世纪被称为狼的世纪,可如今每个人都将自己描绘成羔羊。只有德国人认下了一切,我们承认自己在那个年代曾经是一头恶狼。德国人认为东欧各国关于历史问题的争斗与己无关。我们相信过去已经过去,历史就是历史;德国人已经正确处理了那段历史,不再受其纠缠。

德国政界人士反思历史，他们前往奥斯维辛集中营，他们发表演讲，他们在犹太大屠杀纪念馆做最动人的演说，他们前往韦斯特普拉特①和莫斯科。但这些都无助于消弭奥得河对岸关于历史的论战。该论战与有罪的德国人无关，那里的人们在忙着分配剩余的罪行。即使某个过错与德国人犯下的罪行相比可以忽略不计，也照样会爆发激烈的争论。波兰人和俄罗斯人、俄罗斯人和乌克兰人、乌克兰人和波兰人、以色列人和波兰人，无尽的争执。我们轻视他们了，没有注意到那些人正在为下一场战争做准备。灰烬下余烬未灭，人们却在那里煽风点火，好像没有人担心熊熊大火会再次燃起。德国人认为自己已经处理了过去的历史，完成了自己的任务，因为德国人已经历数了自己犯下的所有罪行，向所有人表达了忏悔之情；因为历史学家已经研究了"二战"的一切，再没有什么未解之谜。且慢，请容我问一句：我们德国人究竟做得怎么样？时下，只有不到五分之一的德国人认为，自己纳粹时代的祖辈应被归入罪犯之列；同时，有二分之一的德国人相信，他们纳粹时代的祖辈也是第二次世界大战的受害者。对此，我能说些什么？究竟什么是施暴者，谁又是受害者？

1月26日的夜晚你们宿营在库尔特维茨的军营。白天的时候，你们穿过了施特雷伦市。就在你们刚刚走出这座城市的时候，苏联

---

① 1939年9月1日清晨，德国军舰炮击韦斯特普拉特半岛，打响了第二次世界大战的第一枪。

空军开始了对它的轰炸,你们亲眼看到一列运送伤员的列车冒起了熊熊大火,战争就是这样在你们的前后左右咆哮着。我曾试着想象你在这一片混乱中的样子,一个九岁的男孩,因恐惧和寒冷而木然、无动于衷,可你从未给我讲过你们在塔彭多夫、库尔特维茨和奥本多夫的经历。

格蕾特尔·科佐克的爸爸和其他被征召加入人民突击队的村民在前一天返回了逃难的队伍。他们几天前到达布里格时,那里的军区指挥部已经疏散撤离了。纳粹党党员和党卫军正忙着将板条箱和手提箱装到卡车上,准备前往安全地带。几个村民商量了下,尽管有被宪兵发现和枪毙的风险,他们还是决定返回逃难的车队。途经一个村子时,他们看到一位老农正在用斧头砸掉房子山墙上的卍符号。

这些城市从远处看起来很美,登上附近的山丘,能看到教堂的尖顶或市政厅塔楼。战争蹂躏后的景象只有在走近时才会看得真切。1945年春天,施特雷伦市中心(如今称作斯切林)曾发生过激烈的巷战。3月中旬,苏联红军推进到了城市外围。德国军队在撤退前炸毁了所有的建筑,包括市政厅塔楼。他们离开后,老城、围绕市场的环路、教堂、市政厅几乎被完全摧毁。直到战争结束几十年后,人们才开始重建其中的少数建筑物,包括市政厅塔楼和布里格公爵的房子。

玛丽亚酒店位于旧城区边缘的一座公园里,酒店四周环绕着高大的树木。这是一座新哥特式建筑,宏伟而蜿蜒,有一座塔楼和一个巨大的舞厅。酒店九十年代初进行了整修,来斯切林的德国游客蜂拥而至。这些人大都是思乡的游客,有只身前往的,也有结伴而来的。其中一些上年纪的人少年时曾在圣戈特哈德教堂行过坚信礼,年轻时在酒店大厅里翩翩起舞过。而此时酒店里却空空荡荡,除了我和三个白俄罗斯商人外再无其他的房客。

早上,我和酒店老板聊了起来。他告诉我,酒店是以他妻子的名字命名的。现在的生意有些惨淡。

您到这里来做什么?

重走父亲当年的逃亡之路。

徒步?徒步。

一个人?一个人。

酒店老板曾和许多思乡游客交谈过,那些人的照片就悬挂在走廊上。这些人可能还能记起 1945 年冬天穿过施特雷伦的难民,他们的母亲曾经为难民煮过咖啡和汤。一些客人时隔多年后继续给他写信,但现在已经断了联系。酒店老板本人对有关难民的事情一无所知。那些难民当时也许就睡在这家酒店大堂的地板上,就是现在隔离开作为早餐室的地方,我们两个此刻就坐在这里,在一月暗淡的晨光中聊着天。

这是我徒步旅行中的众多对话之一,通常这样的谈话很快就会转到历史和政治相关的话题。这本是一些十分善良的人——直到你开始与他们谈起历史和政治。他的父亲来自波兰东部的克雷西,《希特勒－斯大林条约》的秘密附加议定书将其划分到苏联的利益范围。德国入侵波兰后,苏联于 1939 年 9 月中旬将其纳入自己的版图。

该地区曾几易其手：先是归到了苏联，1941年德国入侵苏联后被划入德国，在德国战败后又被划回苏联。

酒店老板说，德国人在这里没干什么坏事，苏联人却在这里又是抄没财产又是征用物资。俄国人，总是俄国人。

为什么历史在今天的波兰如此重要？

因为政治。

波兰通过了一项法律，其目的在于规范有关犹太人大屠杀和"二战"哪些话可以讲，哪些不可以。不可以使用"波兰集中营"这个词；关于德国人在波兰犯下的罪行，不允许提及波兰人同样负有责任。

其他国家也同样帮助了纳粹德国啊，旅馆老板说，比如拉脱维亚和立陶宛。顺便问一下，您知道希特勒是半个犹太人吗？万湖会议[①]的与会者中有四分之一是犹太人。为什么没有人说，是犹太人决定了对犹太人的大屠杀？

因为这不是历史事实。

波兰人也被送去了奥斯维辛集中营，这也是史实的一部分呢。华沙起义被镇压，死了三百万波兰人。

德国对波兰犯下了可怕的罪行，没人质疑这一点。

但也许您还不知道这个历史真相吧：苏联红军进攻柏林时，在最前线作战的是波兰人。在德国国会大厦上空飘扬的第一面旗帜是

---

①万湖会议，纳粹德国官员讨论"犹太人问题的最终解决方案"的会议，于1942年1月20日举行，因地点位于柏林西南部的万湖别墅得名。会议落实了屠杀犹太人的行动方案。

波兰国旗，是波兰士兵第一个攻到了那里。苏联人无法忍受这件事，他们把波兰国旗取下来，然后插上了苏联国旗。随后他们杀死了那位插旗的波兰士兵，因为苏联人不想让任何人知道，是波兰人第一个在那里插上了国旗。

您为什么要给我讲这些？

他又给我倒了一杯咖啡。他很友善，希望我相信他说的话。您必须相信我，波兰人既是受害者又是英雄，而且只是英雄和受害者。

究竟为什么历史在今天的波兰如此重要？

因为欧盟啊。我们先是落入苏联人的手里，现在又成为欧盟的俘虏，布鲁塞尔的俘虏。而在布鲁塞尔，是德国人在发号施令，他们决定一切。

可是欧盟支持波兰啊，这里每一所学校、每条街道翻新的钱都来自欧盟。当初并没有人强迫波兰成为欧盟成员。

我不是说所有来自欧盟的东西都不好，可我们不想成为仰人鼻息的穷亲戚。我们希望得到尊重，做一个平等的欧盟成员，别人要认可我们。

波兰加入欧盟以来发展得很好啊，经济不断增长，是欧盟增长率最高的国家之一。

可我们得到了什么好处呢？国家负债累累，银行也不在波兰人的手里。您有没有想过这意味着什么？那些钱我们永远也无法偿还。说不定什么时候，他们会再次夺走我们的国家，再一次把我们的国家瓜分，就像历史上一直做的那样。

我本打算参观一下这座城市，可是次日清晨天还蒙蒙亮我就上路了。与酒店老板的交谈让我失去了信心，我被这种宣传的力量打垮了，还有他那隐约可见的反犹主义倾向，对欧洲的嫌恶，他受到伤害的自尊心。他无法得到满足的、对认同的渴望让我不知所措，欧洲该从何处获得力量来治愈这一切？这天早上，我没有勇气让自己置身于老城集市广场的悲伤之中，那里留下的巨大的战争疮痍已经被六七十年代建设的公寓楼填满。我害怕自己会失去最后一丝信心，担心自己的希望——我们到底还是从二十世纪吸取了一些教训的希望，会彻底成空，担心我对波兰的好感、对欧洲的信仰也尽数崩塌。我选择了绕过城区，逃一般地走上了省际公路。

我已经习惯了行进，习惯了颈部的疼痛，那位药剂师的药膏多少减轻了疼痛的程度；习惯了在脑海中野蛮生长的空虚。只有风还是那么不依不饶，似乎要把我吹回东方；它裹挟着雨滴和冰雹砸在我的脸上，吹出我的泪水，让我的眼睛在晚上总是红红的。它让我流鼻涕，让背包变得益发沉重。

每个早上的天气都差不多，天空像一床灰色的被子覆盖在平坦的田野上，南方猫头鹰山脉的山麓已依稀可见。我低垂着眼睛，弓着背前行，以减低自己的受风面，弯腰时眼睛会看向路边上的排水沟。当我的思绪断片儿时，我就开始数人们从车窗里扔进排水沟的各种东西。我大声地说出它们的名字，和自己玩"打包行李箱"的游戏，每次添加一个物品：烟盒、酒壶；烟盒、酒壶、尿布；烟盒、酒壶、尿布、鱼罐头；烟盒、酒壶、尿布、鱼罐头、Nulldrei 塑料瓶。

107

我又一次试着想象你身裹一条毛毯跋涉着走过此处的样子。我想象不出你，我的爸爸，作为一个九岁男孩的样子。你从未讲述过你走过这里时的情形，你说想不起来了，自己没有童年。不过我眼前浮现出了一个男孩，一个德国男孩，或者波兰男孩，他只有九岁，站在路边，我并不认识他。我对他说：到我这来吧！我带上他，他走在我的身边，他可能是我的爸爸，可能是我的儿子。他冻坏了，我很心疼他，就和他一起玩"打包行李箱"的游戏。瞧瞧我们一个小时后的收获吧：烟盒、酒壶、尿布、鱼罐头、Nulldrei 塑料瓶、饼干包、可乐罐、半升的塑料瓶、啤酒罐、酸奶杯、袜子、红牛罐、油罐、一升半的塑料瓶、园艺手套、红色夹克、一次性杯子、伏特加酒瓶、饮料盒、汉堡包装纸、六瓶一提的饮料包装膜、香蕉皮、酒瓶、CD、除霜剂罐子、口香糖包、塑料餐叉、果汁盒、啤酒瓶、金属瓶盖、润肤膏瓶子、比萨盒、塑料杯、盖子、吸管、电池、塑料袋、橘子皮、薯片袋、泡菜罐、CD 盒、清爽毛巾、复活节彩蛋、安全套。

当我忘记哪样东西时，男孩会提醒我。他的记忆力很好，从不遗忘任何事情。他能记住一切，可不知道安全套是什么东东，我也并未向他解释。

孩子们当时都冻僵了，他们此后对那时候的记忆只有寒冷，手脚被冻时那种钝钝的疼痛，以及晚上解冻时针扎般的疼痛。教师的儿子哈特穆特·罗斯克把雪橇绑在马车的后座上，但大多数时候还是同你一样在车下步行，坐在车上太冷了，你们无法忍受那种

寒冷。

我们轮流在马车上待着，钻进奶奶的皮毛大衣里，**格蕾特尔·科佐克**在回忆录中写道。但大多数时候我们走在马车两旁，或是跟在后面，这样能稍稍好过一些。

那都是些敞篷马车，轮子是木头做的，车身四周用厚木板草草围了一下，随后又加固了些细板条，再在上面挂上防水油布或马毯以抵御风雪。为了防冻，大人们给孩子们身上套了一层又一层，而女人们还穿着裙子。

我路过的村庄里的酒馆大都已经歇业了，但总算还保留了一些小商店。几个酗酒的人站在小商店前，用同情的目光打量着我：瞧，这家伙大概和我们一样吧，在这样的天气里还不得不四处游荡。店里售卖的啤酒和烈性酒有四十种上下，还贴着一个警告饮酒后果的提示牌。这些小商店大同小异，里面无非是一些水果和蔬菜，一个货架的香肠、熏肉和面包，两货架的罐头，两货架的糖果和零食，和我小时候家附近的杂货店有点像。商店的窗户都被货架遮住，外面加装了铁栅栏，安保近乎珠宝店的水平。看来这里的人们清楚酗酒者口渴时会做些什么。

商店里不提供热饮，不过有时某位女售货员会出于同情，好心地从她自己的雀巢咖啡中分一杯给我，和我聊上几句。比如那次在孔德拉托维采的村子，以前的名字是库尔特维茨，一群男人站在店旁的棚屋那里，一边喝酒一边喋喋不休地说着什么。隔一会儿就会有一个人从人群里出来进到小商店去拿酒。他全神贯注地应付着商店的三级台阶，小心翼翼地将一只脚放到另一只的前面，然后在我的目视下有些难为情地闪回喝酒的人群。可一旦从我的视线中消失，他又大声说笑起来。这些家伙在对我评头论足。

我要为那杯咖啡付钱，女售货员用德语对我说，免费的。随后她告诉我，她曾在德国威斯巴登住了几年，在那里工作，但后来又回到了孔德拉托维采。为什么回来？我偏偏忘了问这个最重要、最容易脱口而出的问题。有时，风大得连自己唱歌都听不到，这样的大风里我进入路边小店，实在是懒得张口说话，然后最简单、最重要的问题就会被我忘记，比如为什么有人要从威斯巴登返回孔德拉托维采。此刻我恍恍惚惚的，脸很烫，耳朵嗡嗡作响，偏偏此时一个和我在玫瑰谷村的朋友同名，也叫卡齐克的醉汉，走到了我面前，一口酒气喷到我的脸上。

这家伙不仅喝醉了，而且看起来有点傻里傻气。你看不出他的年纪，也许三十多岁，也许五十多岁，不过人很和气，只是看向别人的眼神过于专注。他的反应倒是出人意料地快，很快弄明白了不少事情，比如他面前的这个女人是从奥得河一路走到了这里。徒步？一个人？现在，当别人问起时，我总是说自己从奥得河那边过来的，因为从行程的第二天起就没人晓得玫瑰谷这个地方了，虽然两地相隔区区三十公里。人们知道这个地区其他村庄的名字，可是玫瑰谷？没有，从未听说过这个村子。这反过来又强化了我童年的信念，那就是玫瑰谷村是在七山后面的什么地方。

看来卡齐克弄明白了，眼前的这个女人是从奥得河徒步来的；就冲他看我的眼神，我知道这里认为他傻乎乎的人不止我一个。

在逃亡途中，守夜人比勒吃了很大的苦头。他是个酒鬼，晚上拿着一根棍子和一个号角在村子里走来走去，时不时喝上一口酒，在冬天呢是为了暖暖身子，夏天就是图个乐。那时，村里人在寻开心的时候会讲些他的趣闻逸事。他家有村中唯一的一台留声机。一次，他聚会后喝得酩酊大醉，在村街上砸毁了手里的黑胶唱片。为什么？他只是觉得拿在手里太沉了。村里的学生们还会在早上捉弄他：比勒正在他的守望小屋里睡觉的时候，孩子们会把小屋底朝天翻过来，门朝下，像一口棺材一样将比勒困在里面。

而逃亡途中比勒的存酒早已见了底，他因被迫戒酒而痛苦不堪。

周日下午的省际公路上，友善可爱的波兰人——其中一位还刚刚为我提供了一杯咖啡，一旦坐在方向盘后面就变得肆无忌惮起来。所谓"星期天下午的忧郁"潜入了人们的心，我能听到他们在方向盘后面的叹息声。像以往一样，他们刚从岳母家的周日烧烤聚餐后踏上归程，可能喝了一两杯啤酒，也许是一两杯杜松子酒，也可能因为什么事情拌了几句嘴。星期天下午是一段看不到未来的时光，周末结束了，什么也没有发生，明天早上一切将周而复始，被无望笼罩的心如同灰色天空下的茫茫四野。

周日下午的时候，长而笔直的省际公路在司机们眼中瞬间成了可以加速起飞的飞机跑道，他们很容易使人以为道路的尽头是天堂而不是下一个弯道。如果路边沟里光秃秃的、歪七扭八的果树都可充作无聊行程中的排遣，那么孤独地徒步行走在沥青公路和边沟之间的女人自然会成为情绪发泄的目标。女司机们还好，她们倾向于避让，减速，远远地绕开我；而男人们则会一脚油门直冲我开来，或者，他们先是将车开到公路中间，似乎是在躲闪，随即他们又掉回车头，朝着公路边缘开来。有时后面追上来的车像是要从我的头顶轧过去，我唯一能自救的方法只能是跳进路边的边沟里。

两个男人正坐在没有顶棚的公交车站里喝啤酒。茫茫原野中竖立着三面建在混凝土基座上的砖墙，这就是公交车站了，没有一丝顶棚的痕迹，哪怕是一丝残留也没有，仿佛一个巨人出于好奇扒拉掉了顶棚，看看下面是些什么东西：水泥地板间的伸缩缝中滋生的黄色冬草，长凳，啤酒罐，两个戴着帽子的男人。他们的自行车靠在墙上，很显然，两人特意选的这个没有屋顶的公交车站——这里显然很久没有公交车停靠了，在这里安静地喝喝啤酒，俨然周日的一次远足。两人看到了我，马上起身从墙的背风处走出来，走进凛冽的寒风。他们像斜坡屋顶那样互相依靠着，好像没有了对方，谁都无法立住。他们告诉我他们是一对亲兄弟。我已经连续几个小时没看见任何人了，很想在这寂寞的乡间和他们聊聊，可他们醉得太厉害了。我只好继续向前走，沿着一眼望不到头的省际公路，两旁是歪斜的树木，像那两个男人一样歪斜着。不知过了多久，我听到他们在身后大呼小叫的声音。两人已经重新骑上自行车，正向我这边歪歪扭扭地骑过来，超过我的一刻他们又是大笑又是挥手，这进一步危及了他们本已摇摇欲坠的平衡。现在是陡峭的上坡路，他们迎着想要把他们吹回去的狂风奋力蹬车。不过，最终两人下了车，远远地可以看到，灰色原野中两个摇摇晃晃的身影在推车上坡。

我们这些被从故乡驱逐出来的人，有一点也许应该感到庆幸：我们至少还能将背井离乡归咎于二十世纪的魔咒。其实，我们所有人难道不都是远离自己精神故园的无家可归者吗？

整夜都在下雨，没有停下的迹象，看起来未来几天还会没完没了。一个低气压云团在向东移动，傍晚也许会开始下雪。赖兴巴赫，现在的名称是杰尔若纽夫，在一月底这个灰蒙蒙的早晨看上去那么荒凉，你几乎难以相信这里真的有人居住，难以想象某个窗帘后面的餐桌旁会坐着一位老人，正在读着街头小报，而他的妻子正将早餐用过的盘子放进洗碗池；或者某处的学校中，五年级的孩子们正在上第二堂数学课。集市广场上的鹅卵石湿漉漉的，反射出亮光；雨水在街边聚集成一个水洼，偶尔有一辆汽车轧轧作响地碾过石块铺就的街道，短暂地打破寂静，盖过了雨声。

战争将斯切林化为废墟，却放过了赖兴巴赫。苏联红军转而向西北方向挺进，扑向格尔利茨、德累斯顿和柏林。赖兴巴赫因而得以幸免于难，市政厅、教堂、集市广场上的一排排老房子秋毫无损，其完好程度几乎没有任何一座德国城市能与之相比。它也逃脱了随后现代资本主义的贪婪。一座舒适、温馨的小城，街道、建筑保养良好，修缮适度。淡绿色的药房紧挨着米黄色的助听器商店，店门前方有铸铁底座的长椅供人休憩。

下西里西亚的所有城镇和村庄都有两个地名，一个是以前的德国名字，一个是现今的波兰地名。重新命名发生在1945年，新的波兰名称要么是从发音上模仿原来的德国地名，要么采用了以前古老的斯拉夫地名，或者是将原来的德语翻译成波兰语。就这样，原来的Grottka变成了Grodków（格罗德库夫），Freiburg变成了Świebodzice（希维博济采）、swoboda和Greiffenberg（格赖芬贝格）变成了Gryfów（格雷富夫）。赖兴巴赫是个例外，它的名称被改过两次。第一次是在1945年，小城更名为意第绪语Rychbach；一年后于1945年5月再次更名，也就是它今天的名字Dzierżoniów（杰尔若纽夫），是为了纪念昆虫学家让·杰尔若（Jan Dzierżon），他被人称作"蜜蜂爸爸"，也是一位天主教神职人员。

在离老城集市广场不远的地方，我惊奇地发现一座犹太教堂赫然矗立：一座灰色的、巨大的四方形建筑，如同一块硕大的积木被扔在四周色彩缤纷的房屋中间。教堂周围环绕着砾石小径和修剪得整整齐齐的松柏，前门上方刻着希伯来铭文，高窗的拱形部分嵌着大卫之星。虽然这里是小城的中心地带，它却显得格外疏离、孤单。周边的房子一间靠着一间密密匝匝地挤在一起，而它却像个地下掩体一样，空旷而拒人于千里之外。一楼窗户都加装了钢制护栏，教堂篱笆前有块黑色的大石头，俨然站岗的哨兵。上面的铭文被人涂了白漆，画了一个粗大的X，看来有人曾试图将铭文毁掉。白色的漆料已经褪色，可能是由于雨水的冲刷，或者曾有人试图把这些白漆清洗掉吧。教堂的入口处上了锁。

为什么这座犹太教堂得以保全？它如何躲过了1938年11月的劫难[①]而幸存下来？当时西里西亚的犹太教堂也被殃及，它怎么会逃过此难？现在是什么人在供养这个教堂？在下西里西亚的一个小城里会有这么大的犹太社区吗？教堂篱笆上挂着一个牌子，上面写着一个电话号码，我拨了过去，没有人接听。雨水现在变成雪花飘落下来。

我走进了小城里的博物馆。我当然知道你们当时没有去博物馆，

[①] 十一月大迫害，又称水晶之夜，指1938年11月9日至10日凌晨，希特勒青年团、盖世太保和党卫军袭击犹太人的事件。

你们必须继续跋涉，无论天气如何。不过我会去的，我已经几天没和人说过话了，同时我也想了解当地人如何看待自己城市的历史，如何看待七十五年前的那场变故。赖兴巴赫的市博物馆是一座新文艺复兴时期风格的别墅，装饰有石膏花饰的天花板和深色橡木墙板。这个建筑当初为三兄弟所建：科恩、赫尔曼以及阿诺德，他们是富有的布料制造商，犹太人。我想，也许我能在这里了解到一些关于犹太教堂的事情。

博物馆开馆于2011年5月，距今还不到十年的时间。开馆时间距离"二战"结束已经过去了六十多年，离东欧社会主义倒台也已二十多年。馆内展览讲述赖兴巴赫历史的方式很谨慎，也并不完整和全面，一些事情仍然被隐去；但是历史，包括德裔人的历史，已不再是禁忌。历经两代人和一次政权更迭后的今天才终于走到了这一步。伤口已经愈合，现在可以小心翼翼地拆掉裹在上面的绷带了，还是会痛，但已经可以忍受。

我是博物馆里唯一的访客，穿过房间时，老式木地板发出响亮的吱吱呀呀声。展品有原始时期的陶罐、城市模型、老文件、旧地图，文件和地图全是德文的，此外还有一幅名为"1800年西里西亚地区的赖兴巴赫"的版画，一台织布机，一台旧缝纫机。在德国，人们会将这样的博物馆称为"家乡博物馆"。

这是充满了"违禁品"的博物馆，里面陈列着不少德国人被驱逐时留下的东西：一个杯子、一个陶制点心模子、一个木制黄油盒、一个刻有"银婚纪念"字样的盘子、一个布谷鸟钟……各种各样的日常用品。在波兰语中，被驱逐的德国人留下的东西被称为

poniemieckie，意为"以前德裔人口的遗留物"。它们曾经是违禁品："二战"后，人们被要求抹去所有德国人留下的痕迹，私人生活和公开场合中的德语语言和文字首当其冲，其中包括地名、街道名称、书籍、地图、店铺招牌、墓碑铭文，甚至上面写着德语单词"面粉"或"米糊"的罐头盒，印有德国孩子名字的杯子，甚至十字绣绣上了格言警句的擦碗巾。现在，宛如一夜之间人们突然被允许展示自己压抑已久的钟爱物品，大家要把这份缺憾以双倍的热情加以弥补，于是各种各样的物品都在博物馆里展示了出来，事无巨细：奶牛场一个印着胖乎乎孩子的广告盘子；一个面粉袋，是一家当时名为 Hilbertsmühle K.-G 的面粉厂出产的一公斤小麦面粉（1050型面粉）的包装，上面印着麦穗和一头站立在山巅的猫头鹰。赖兴巴赫的人们送来了他们在地窖和阁楼中发现的东西。看得出，当地人收集、展示展品时热情满满而且细致入微。这些物品满载着人们对历史的渴望，将自己融合进历史的渴望——包括德裔人口的历史，也许尤其是德裔人的历史，对和解与治愈的渴望。

我们德国人习惯于将历史作为教科书，充满了道德耻感，追问谁是战争的罪魁祸首。德国的历史叙事总是与内疚与责任相关，尤其是被诅咒的二十世纪，只有如此我们人类才能从中吸取教训，只有如此才能防止重蹈覆辙。

而在赖兴巴赫市博物馆里，历史没有道德属性。在这里，历史俨然变身为考古学，一点点地收集、汇聚证据。对历史的思考不是在国家层面，而是地区性的，它不是一个国家的叙事，而是地区的故事：我们所在的这个城市曾发生过什么？这种思路会将许多棘手的问题排除在外,比如曾生活在此处的人们的国籍归属变得不再重要。只有抑制某些因素,才能将其他事情变为可能。

这家博物馆好似在发出声明:我们接受这片土地,它是我们生活的地方;它既往的历史就是我们的历史,尽管我们的父辈和祖父辈并非来自这里,尽管这里直到几十年前还只有德裔人口居住,这是一块被我们占有了的土地。

祖籍西里西亚的德国人总是将西里西亚视作一块失去的领土,一块被波兰人夺走的土地,这是他们看待这个问题的出发点。但是,那时的波兰人并未想到要夺走西里西亚,这块土地是别人分配给他们的,在某次遥远地方的会议上。没有人问过这里的人是否愿意,既没问过这里的德国人,也没问过这里的波兰人。"二战"后的波兰并非胜利者,而是任人摆布、被人推诿。西里西亚是对波兰付出的代价、承受的损失的一种补偿,一个安慰。这并非一块波兰人中意的土地,但是他们只好收下它,连同它的历史,一个本来与波兰无关的历史。这类话题在很长一段时间都是波兰的禁忌之一。

在德国,此话题总是被定位为"我们失掉了西里西亚"。有人认为当时本应坚持留住这片土地,有人认为当时只有放弃这片地区一条路。不管怎样,背后的潜台词总是:西里西亚不再是我们德国的了。但是我想到的是问题的另一面:这片德国人当初不得不放弃的土地,也是波兰人不得不接受的东西,这对于波兰人而言同样不是一件容易的事情。

博物馆里的一张照片上,德国人正推着手推车、提着箱子穿过赖兴巴赫集市广场，他们将被转运离开这里。关于那时赖兴巴赫人口大迁徙的事件，整个博物馆只有这么一张照片。照片下面注释着：战后的头几个月里，整座城市都是大量涌入的来自东方的波兰人和犹太人，即将被驱逐到西边地区的德国人，以及令人讨厌的苏联驻军（直到1947年）。

简洁明了的一句话，似乎描画了当时的一切：德国人被驱逐，波兰人和犹太人来了，俄国人令人生厌。

关于1945年冬天穿过城市的逃亡难民，展览没有只言片语。好似没有人知道哪怕一点点什么，如同你们的逃亡从未发生过，没人记得它，也没有人询问，没人动过缅怀的念头。

我正要离开博物馆时，一个小个子男人走过来告诉我，离开前最好看下特展。这是一个关于"克拉科夫马厩"的独一无二的展览，十分精彩，绝对不容错过。当他意识到我对"克拉科夫马厩"是什么一头雾水时，十分错愕，那可是名闻遐迩的"克拉科夫马厩"啊，用木头、纸板、彩色银箔纯手工做成的；建筑都是掐丝做成的，有一米多高，可谓耐心与对上帝敬畏之心的结晶啊；富丽堂皇的建筑下面有微小的人像，那是玛利亚和约瑟夫正在照看自己的孩子，对啊，就是耶稣出生的马厩；所有的建筑、教堂、塔楼和宫殿都参照了克拉科夫地区的建筑风格；就这样，伯利恒贫穷的马厩被重新诠释为美轮美奂的建筑；它是虔诚与时间的产物，工匠们要一小时又一小时、一天又一天地工作，可能要花上几个月甚至几年时间精雕细琢，才能完成这样一座乡村风格的多姿多彩的圣殿。

因为我们活在人世间的时间太短啦，小个子男人说。也许因为在人世上的日子对我们来说太长了。

我向他询问有关犹太教堂的事情,是否有可能见见生活在赖兴巴赫的犹太人?

赖兴巴赫已经没有犹太人了。他说道。

那我能参观下那个犹太教堂吗?

那里几乎从不开放,已经上了锁。

那肯定有人拿着钥匙吧?

掌管钥匙的人在以色列呢。

历史的伤口就是这个样子。很多东西湮没在黑暗之中,关于赖兴巴赫犹太人的历史在城市博物馆里没有一席之地。

小个子带我去见博物馆馆长彼得。他剃了光头,刺着文身,留着修剪过的短胡须,看起来很狂野的样子,却有些羞怯地微笑着,友善、仔细但是小心翼翼地回答着我的问题。历史在当下波兰是一个敏感的话题。彼得说道。他在博物馆的厨房间为我煮了杯咖啡。

人们怎么看待一段不属于他们的历史?

这个问题比较难回答。情况正在起变化,有些事情正在改变。老一辈人陷入"二战"的历史中不能自拔,但年青一代有着不同的想法。这片土地以前属于德国,现在是波兰的领土,这一事实并没有困扰现在的年轻人。对他们来说,这都是已经过去的事了。

犹太教堂呢?赖兴巴赫一度是大屠杀中幸存下来的犹太人的聚集中心,为什么在博物馆中却找不到一丝痕迹?

对犹太人的大屠杀属于你们德国人的历史。彼得说。哦不,大屠杀是人类历史的一部分,他随后更正道,但尤其是你们德国人的历史。需要强调的是，大屠杀不是我们的历史，不是波兰的历史。德国人选择在波兰犯下罪行，我们波兰人又能怎么办？

我们德国人总是盯着自己，我们的命运，我们的损失，我们的痛苦和我们的内疚。我们审视德国人犯下的罪行，深究我们做下的恶。这也许也是一种自恋吧，我们始终将"我们"放在第一位。我们关注的不是波兰人的痛苦，人口大迁徙带给他们的痛苦，不得不生活在异地他乡的痛苦，很多人只能生活在一个本不属于他们的村庄，生活在一个陌生的、被德国人的罪行蹂躏过的国度里的痛苦。

我们德国人没弄明白，大屠杀不仅仅残害了犹太人，也害了波兰人；后者不得不生活在这个发生过骇人听闻暴行的地方，只能无奈地制定法律以切割自己国家和德国人恶行间的联系。有多少德国人知道华沙起义和华沙犹太人聚居区起义之间的区别？① 犹太大屠杀对波兰的残害，不仅仅体现在波兰人、犹太人或非犹太人在集中营被杀上，更是因为德国人选择在人家的国土上做这件事，选择在波兰干下这样的恶行，从而强迫那里的人们成为恶行的目击者。一个

---

①华沙起义，1944年8月1日开始的波兰家乡军反抗德国占领军的战役。为在苏联红军到达华沙前解除德军占领，以免战后由波兰爱国者联盟占主导地位，波兰家乡军以游击战对抗德军。起义共持续了六十三天，10月2日波兰军队向德军投降。波兰方面约一万八千名军人、二十五万名平民死亡，另两万五千人受伤；德军方面约一万七千人死亡、九千人受伤。

华沙犹太人聚居区起义，1943年4月19日居住在华沙的犹太人发动的一场反法西斯起义。该起义持续了数星期，5月8日被德军残酷镇压。起义前，由于饥饿和纳粹设集中营，居住在华沙犹太街区的犹太人数由最初的四十五万骤降到六万。起义失败后德军将犹太街区付之一炬。

上述两次起义彼此并无关联。

杀人凶手带着受害者住进了一所房子，请问，后来者如何在这所房子中继续生活下去？

对于德国人作恶，波兰人只有三个选择：合作，视而不见，或者反抗，而后者要以牺牲自己和家人为代价。德国人是罪魁祸首，结果却是波兰人无法再清白无辜。

彼得说，德国人、欧洲人对纳粹占领波兰的事情又了解多少呢？你们应该知道，德国占领波兰和占领法国不同，波兰没有法国维希政府那样的通敌政权。当然，没有哪个国家的人都是圣人。在波兰，也有人出卖犹太人并将他们交给德国人。但是波兰地下政府将这些人视为罪犯，而且这些人后来也被判以死刑。这样的事情在法国却从未发生。

为什么过去发生的事情当下在波兰变得如此引人注目？入侵波兰并攻击苏联的是德国，为什么俄罗斯人和波兰人现在对谁受害更多、谁应该负有哪些责任而争论不休呢？

你知道俄国人在东普鲁士地区做了什么吗？

当然知道，可是你了解德国人在苏联的所作所为吗？

这不是以牙还牙的理由。我们波兰人并没有以这种方式报复德国人。

解放波兰的是苏联红军，俄罗斯人认为今天的波兰没有感恩之心。

苏联军队将波兰从德国的压迫、纳粹统治中解放出来，的确如此；但这并没有让我们自由，迎接我们的是共产主义的极权统治。

外面的雨势变小了，彼得又给我倒了一杯咖啡。我讨厌政治，他说。所有可怕、悲惨的事情，不管是波兰人和德国人、波兰人和俄罗斯人，还是犹太人和波兰人、德国人和犹太人之间发生的一切，都已成为过去。人们必须要记住、缅怀这一切，但它不应该影响今天彼此之间的关系。还是将历史留给历史学家去处理吧。

犹太人大屠杀是你们德国人的事情。曾有一段时间，居住在赖兴巴赫的犹太人比波兰人还多。战争结束后，附近的格罗斯－罗森集中营及其附属集中营的犹太人来到了这座城市，原因之一就是这里有西里西亚地区唯一幸存下来的犹太教堂。不久，犹太人称赖兴巴赫为西里西亚的日托米尔[①]。

1937年，这座犹太教堂被出售给了犹太人墓地的园丁康拉德·斯普林格。他并非犹太人，据说交易金额只是象征性的。据传，犹太人为了挽救这个犹太教堂，就把它交到"雅利安人"[②]的手里，这个目的也的确达到了。作为雅利安人的财产，教堂在整个纳粹时期得以幸免于难。关于该教堂还另有一个小插曲，据说有人曾准备在水晶之夜向教堂里扔手榴弹，可是手榴弹却在投掷者的手中爆炸了。后来，那个园丁先是将教堂租给了希特勒青年团，在"二战"结

[①] 日托米尔位于乌克兰基辅以西，在历史上曾以犹太人大量聚居而知名。
[②] 18世纪在印度生活的英国学者威廉·琼斯（William Jones）意外发现了梵语、希腊语和拉丁语之间的相似之处，并且给说这些语言的人取了一个名字"雅利安"，这是一个梵语词汇，意为"高贵的"。"二战"时，德国纳粹宣扬自己是高贵的"雅利安"民族，是优等种族，"高大、强壮、苗条、金发碧眼"。实际上，即使纳粹政府的几个高层领导人也无法符合这一标准：戈林肥硕，戈培尔跛脚，希特勒更谈不上健康，而且并无一头金发。

束后把它交还给犹太社区，实际上他在很长一段时间内经手保管了这座教堂。

赖兴巴赫一度成为来自波兰和苏联的犹太人的聚居地，曾在两国参加对德作战的退伍士兵以及犹太人纷至沓来，生活在这里的犹太人曾一度超过了一万八千人。来自利韦夫附近的波兰犹太人、信奉共产主义的雅各布·埃吉特（Jakob Egit）梦想着在下西里西亚为波兰犹太人打造一个家园，以替代犹太复国主义的理念。他组织自治政府，开办学校、医院、剧院和报纸。这座被遗弃的犹太教堂在战后那段时间常常人满为患。但随后在1946年7月发生了凯尔采惨案[①]，四十名波兰犹太人被杀。恐惧感又回来了。就在惨案发生的同一年，于纳粹大屠杀中幸存并留在波兰的犹太人中，超过一半选择了离开这里。在随后的年份中，反犹主义几乎将所有波兰犹太人驱居海外。1980年的时候，留在赖兴巴赫的犹太人两只手就可以数得过来，犹太教堂也随之关闭了。

对犹太人的大屠杀是你们德国人的历史。玫瑰谷村坐落在奥斯维辛集中营西北约一百八十公里，前往死亡集中营的一条铁路线极有可能曾驶过下西里西亚。那些火车曾经过洛森吗？叔叔曼弗雷德每天从洛森乘火车去布里格的皮亚斯特高中上学，满载犹太人的火

[①] "二战"后，波兰的许多城市都发生了反犹事件，其中，数凯尔采那次规模最大。1946年7月，犹太人返回凯尔采后，生活在那里的人们害怕会有更多的人回来要求归还他们的房屋和财产，反犹传说开始再次流传，甚至有谣言称，犹太人杀害了一名波兰男孩并以血祭祀，之后，暴民们袭击了这群犹太幸存者，史称凯尔采惨案。

车是否曾就停靠在这个车站？毕竟，洛森和玫瑰谷相距只有三公里，而且恰好在连接柏林和上西里西亚的铁路线上。玫瑰谷的村民们对屠杀犹太人的事情了解多少呢？他们会知道些什么？村民们有没有发现那些返程的列车上空空荡荡，杳无人迹？

玫瑰谷村里没有犹太人，但在洛森有一位希夫坦医生，戈特哈德的大腿骨折就是他医治的。后来不知什么时候，一位叫兰格菲尔德①的医生取代了他。还有鲁汶的布商格拉泽，爷爷对与他讨价还价乐此不疲，后来他也在一夜之间消失无踪。你哥哥曼弗雷德曾在回忆录中记述过布里格的犹太教堂窗户被人打碎的事情。

  人们当时有不好的预感，但最终还是顺从了时势。

玫瑰谷有一个名为弗朗茨·德卢戈施的村民因拒绝参战而被处决。这样想来，玫瑰谷的人们应该对纳粹的行径有所耳闻，他们肯定知道些什么。但具体知道什么呢？

1月31日，也就是苏联红军解放奥斯维辛集中营的四天后，玫瑰谷的难民们穿过了赖兴巴赫。那时的犹太教堂仍然是希特勒青年团的聚会场所，当时难民有可能会被安置在那里。不过实际上玫瑰谷村民们并未在城里过夜，而是去了城外的几个村子。

---

① 兰格菲尔德是比较典型的德国人姓氏，而前面提及的希夫坦医生则是典型的犹太人姓氏。不过，并非所有的德国犹太人都可从其姓氏判断出来。

格蕾特尔·科佐克在回忆录中写道，我们在旅馆大厅、空荡荡的营房、体育馆或工厂厂房里过夜。如果走运的话，有时能睡在某家农舍温暖的厨房里，甚至床上。

在到达赖兴巴赫之前你们竟然得到了两天休息的时间。那年一月底席卷西里西亚的暴风雪非常猛烈，你们实在无法继续前进了。于是，你们在一个叫作 Gnadenfrei（德语意为"决不宽恕"）的小村里停了下来。多年后，人们依然确信那个村庄就叫这个名字，因为逃难时还是孩子的他们在那里得到了两天的恩典，两天的歇息。这两天里，你不需要再跋涉，不需要走进冰天雪地之中；而你的妈妈也免于在暴风雪的清晨将马套上车，不需要用毯子将瘸腿的叔叔裹起来。

可就是在这个小村子里，沃尔特叔叔失去了理智。他变得神志不清，总是嘟嘟囔囔地自说自话；清醒的时候他变得无所顾忌，他诅咒元首，取笑所谓"最终的胜利"。孩子们听了咯咯笑，被大人们轰出门去。沃尔特叔叔时而哭泣、尖叫，时而唱歌。有时候，当你们和其他家庭交错着躺在体育馆的稻草垫上时，他会突然放声高歌：在那最美丽的草场边上呦，是我的故乡，我的家。起初还很小声，之后越来越响亮，直到变成狂野的嘶吼。有时他也会唱起另一首歌：世界不会就此结束。

后来的某个时候，沃尔特叔叔不能继续在车队里待下去了。你的原话是这么说的：他无法再留下来了。是谁做出了这个决定？谁决定沃尔特叔叔必须在某个地方离开车队，被送上火车？陪着他离开的还有他的母亲，你的奶奶乔安娜，她那时已经是一个年迈的老妇人了。一个脑筋出了问题的跛脚，在那样一个时代没有活下去的权利。不管我如何追问，你对于沃尔特叔叔的事情总是这么一句干巴巴的回答。

雨已经停了，我得赶在天黑前到达希维德尼察。现在我的步行速度比以前更快了，不再是每小时 4.5 或者 5 公里，而是 6 公里，我的身体已经适应了步行。每小时 4.5 至 7.2 公里就可以算作快速行走了。如果以步频来算，那就是在步长为 75 到 100 厘米的情况下，每分钟走 100 到 120 步；根据维基百科上的说法，携带轻便装备的部队行军速度是每分钟 120 步。每天晚上我都会在地图上标记自己当天走了多远。由于最近天黑得早，我每天步行的路程很少能超过 30 公里。

每次到达你们逃难时宿营过的村庄，我都会试着找出一栋你们当时可能停留过的房子。比如派斯克多夫，你们在那一年的 2 月 1 日曾在此留宿。我在村中的商店买了一些面包和奶酪，将其中一些分给了一个九岁男孩和一只猫，这样就不必因为吃不完而要随身带着它们了。

风看来不喜欢我，狗也不是我的朋友。我希望狗能成为我的朋友，我们是天生的盟友不是吗，你和我都是孤孤单单漂流在人世间，而别人却能坐在温暖的火炉旁。但狗终究没能成为我的朋友。村庄房屋的栅栏上挂着各式的指示牌，"院内有恶狗"，"好狗，但咬人"，或者简单地写着"凶犬"。不过这些狗看来普遍神经脆弱。它们的攻击对象有时显而易见：鸡、猫，还有两条腿的人，而且只限于那些已经臣服于它们的人，这十分有趣。往往狗的块头越小，栅栏上的标志牌内容就越发耸人听闻。"小心，院内有恶犬！"的恶犬可能是一只短毛猎犬，小小的，急匆匆地跑过来狂吠个不停，在栅栏的另一边散布着恐慌。那些新建的房舍里，看家护院的往往是声音低沉的大型犬。它们往往在我几乎已经走过时才突然发作，以显示自己的尽职尽责：嘿，我可是看见你了啊！尽管我知道这一点，也对此有所准备，可是每次都会被吓一大跳，身体马上缩成一团，做出人类为了减少受攻击面的本能反应。大部分情况下会有一道栅栏将我和狗隔开，偶尔会看到狗被拴在院子里，至于狗从敞开的大门里跑出来的情况则很少见。如果它真的跑出来，我会找一根棍子或对着它大喊大叫。试想一只吠叫的狗与一个大喊大叫的女人在路边对峙的场景，真是麻秆打狼——两头害怕。

狗不是我的朋友，风现在也成了我的敌人，一股今天想要搞定我的架势，好像受够了我那股不屈不挠的劲儿，要给我个教训。我在公路上匆匆赶路，那个九岁的男孩不见了，可能是被我落在了后面。此刻，我的左侧是猫头鹰山脉的山丘，右边是平坦的平原。我看到了它，看到了风是如何平地而起，然后逐渐成形、变得厚重，朝着我的方向压来。这是一个压倒性的对手，它有着深色的前锋，我听到了它恶龙般的咆哮。我刚刚把雨裤从背包里拽出来，它就沿公路向我逼了过来，一百米、五十米，顿时冰雹噼里啪啦砸了下来，沥青公路已经变成了白茫茫一片，天色也随之暗下来，风墙的前沿现在像滔天巨浪一样拍向我，雷声大作，我什么也看不见，几乎不能站立，分不清上下和前后左右。每天都在警告我的风低语着：转身，回去！我爬进公路边的沟里，蹲在那里，一如童年噩梦中战斗机俯冲过来时的情景。我什么也看不见，脸和手都火辣辣的。外套在不到几秒钟的时间里已经湿透了。柏林商店的那个售货员信誓旦旦地说这件冲锋衣不会透水，他肯定不知道西里西亚狂风加冰雹的厉害；要不就是这个家伙把我耍了，他一副行家里手的样子，满嘴压强之类的行话，却对我的问题避而不答，像是我提的问题有多愚蠢似的。现在倒好。

过了不知多长时间，风墙刮过去了，冰雹的势头也已减弱。我从沟里爬出来，挺直身子在倾盆大雨中迎着狂风继续向前。在这个地狱般的场景中，一辆校车在一座孤独的农庄旁停了下来，一群孩子尖叫着跳下车。雨依然瓢泼般下着，校车掉头，然后在我身边停下，车门打开，仿佛在友善地等待我上车。上车？我没有认真动过这个念头。你们那时候会有坐上一辆校车的机会吗？风，你这个家伙不要以为我会放弃，不要以为你的狂暴能够击败我。

半个小时后，一切都结束了，天光又亮了起来。我继续向前，思绪越来越少，脑子好像已被清空。我不再对公路的边沟里散落的东西感兴趣；我只是在走，不再唱歌。我全身湿透，凛冽的风让我气恼，路边的树木让我失望：它们怎么能听天由命地站在那里，从无抱怨与反抗？过去的五十年里它们在等待什么？它们接受一切，承受一切，寒冷、狂风、抽打着树身的暴雨，它们静静地忍下了这一切。树不配做我的盟友，它们会低头，它们知道如何适应这个世界。树什么时候会起身反抗呢？我想我能够理解沃尔特叔叔当时的心境了。

我的小女儿玛丽娜曾告诉我，家族逃难的经历在她的童年时期总是时隐时现，她知道玫瑰谷逃难的故事甚至要早于她知道创世记的故事。大人们一遍又一遍讲述逃亡，也让我的小女儿第一次与德国的历史相遇，她说自己知道爷爷逃亡的缘由甚至要早于知道希特勒和犹太人大屠杀。

我带着玛丽娜去玫瑰谷时，她只有十二岁，和我当时与你、曼弗雷德叔叔首次去玫瑰谷村时的年纪不相上下。回来后不久，她问我能否带她去一次奥斯维辛集中营。我从未去过那里，同时觉得她现在参观也许为时过早。可究竟多大才是参观奥斯维辛集中营的合适年龄呢？

如何和孩子们讲述犹太人大屠杀？在什么时机，以什么方式讲给孩子？有些类似用鹳鸟[①]的故事解释小宝宝如何来到世界上。与给孩子讲述婴儿由来时的难为情不同，这是一种完全不同的耻辱感，你要告诉孩子们，他们将背负上一个怎样的过去，继承一种怎样的历史遗产；你既要让孩子们明白，他们的祖辈曾经犯下了怎样的恶行，同时又要尽量努力保住她们的纯真和对人类的信心。

我们先是和孩子们谈了希特勒。我们说，希特勒是一个坏人，一个很坏很坏的人。去瑞士的路上，我们在贝希特斯加登作了停留，还参观了上萨尔茨堡。那时孩子们小，还没有到上学的年龄。出乎

[①] 中国将喜鹊、燕子视为吉祥鸟，德国则是白鹳，被称为送子鸟。当孩子们问起自己的来历时，德国人和中国人一样也会感到有些难为情，就会托词说，小孩都是白鹳叼到家里来的。

我意料的是元首山庄①的展览是以一幅真人大小的照片开始。照片拍摄于布痕瓦尔德集中营，被布置在一堵隔墙上，画面是体积有几立方米的一堆尸体，赤身露体、瘦骨嶙峋的尸体。我不想孩子们看到这样的场景，于是挡在照片墙前，张开并挥舞着手臂，用身体遮住大屠杀的惨景。我当时觉得，自己在这大山般沉重的恐怖和痛苦面前真是渺小得可笑。我刻意和孩子不停地说话，直视着他们的眼睛，这样她们就不会将目光从我身上移开而转向我背后的照片。就这样，我总算将她们引入了旁边的房间。

玛丽娜在学校里申请参加了德国-波兰青年交流活动，曾经在克雷绍度过了一周的时间。那个地方有西里西亚冯·莫尔特克家族的庄园，是"二战"时波兰抵抗纳粹运动的中心，现在辟为了纪念馆。玛丽娜读过关于弗雷亚·冯·莫尔特克②的传记。她年满十五岁时，我们带她去参观了奥斯维辛集中营。

玛丽娜对我说，玫瑰谷事关你和爷爷一辈人的历史，但我在意的是奥斯维辛。对那些被杀害的人而言，德国人的罪行比我父辈的个人命运更重要。

从柏林到奥斯维辛的路上，我们临时决定在弗罗茨瓦夫之前驶

---

① 元首山庄，又叫伯格霍夫别墅，位于贝希特斯加登山的上萨尔茨堡，是希特勒的度假别墅。该别墅是第三帝国最重要的政治中心之一，希特勒在此的时间比在柏林办公室还要多。
② 弗雷亚·冯·莫尔特克（Freya von Moltke，1911—2010），生于德国科隆，后随丈夫前往克雷绍生活。"二战"时参与了反纳粹的抵抗运动。

出了高速公路，因为玛丽娜想带我去看看克雷绍。那是一个八月炎热的下午，我们开车穿过波兰村庄。沿路皆是结满果子的苹果树，破败的农场，骑着自行车的孩子，以及远处的巨人山。我们驱车前往克雷绍，仿佛要为明天的奥斯维辛集中营之行汲取力量，求得良心的安慰：那时毕竟曾有人拼着性命抵抗过纳粹的统治。

我们在晚上抵达奥斯维辛。第二天早上七点刚过我们就来到了集中营前的广场，此时排在售票处前面的队伍已经长达一百米。我曾闪过一个念头，是不是要请上一位英语导游。在这个地方四处走动，如果胸前贴着"集中营导游（德语）"的小纸条，该是一件很难堪的事情吧。

玛丽娜想在奥斯维辛集中营中感受那个大屠杀。六百万人被杀，这是个她难以想象的数字。她告诉我，她无法理解这个数字意味着什么，也许身处集中营现场，亲眼看到事情的发生地能对她有所帮助；她要花些时间在集中营里面走走，而不只是通过阅读书本，书都是幸存者讲述的故事，会让人误以为很多人逃过了那次劫难。玛丽娜所在的学校曾经组织学生去过萨克森豪森[①]。那是十一月一个寒冷的冬日，她们乘坐轻轨到了那里。那天风很大，下着倾盆大雨。尽管穿着羽绒服，她还是冷得要命，却也能让她更容易想象当时的人们穿着薄薄的囚服在广场上站几个小时是什么滋味。她说，那天

[①] 萨克森豪森集中营建立于1936年夏天，紧邻柏林。这是在1936年7月海因里希·希姆莱被任命为德国警察总长后建立的第一个新集中营。三角形布局、囚犯的木棚扇形分布其间的建筑设计体现了纳粹的世界观，即囚犯应服从纳粹的绝对权力。该集中营成为后续集中营的样板，并作为培训中心，在纳粹集中营中具有特殊的地位。

的萨克森豪森寒冷而阴郁。

而这一天的奥斯维辛却是一个灿烂的夏日清晨，温暖、美好。太阳在森林的树梢间升起，鸟儿在歌唱。不过，小鸟儿在焚尸炉熊熊燃烧的时候是否也在如此啾啾欢唱呢？想到这点，便有了不小的心理障碍需要克服，我们不能用小动物的无动于衷作为我们冷漠的借口。对我来说，这个地方五十年来一直是一个符号，而现在它成了眼前的具象，反而失去了一些恐怖的意味。这让人痛苦，也让人羞愧。想象可以比现实更可怕，在一个阳光明媚的八月早晨尤其如此。此前的想象中，集中营是黑白的、光秃秃的、阴冷的。这种印象源于曾看到的那些照片，是当年一月底集中营解放时以及解放纪念日时拍摄的照片，奥斯维辛集中营在这些照片里永远是冬天。而此时此刻，此处俨然一处奥斯维辛森林边上的美景：入口前的草坪绿油油地发着光，集中营中红砖主建筑看上去坚固牢靠、经久耐用，很像我北德家乡被高大树木簇拥在中间的房屋，还有栗子树、杨树以及根深叶茂的大橡树。这些树肯定目睹了这里曾发生的一切，可这些树反抗过吗？

我们的导游是一位波兰女士，身材娇小，金发碧眼，身穿黑色裙子和深色夹克，讲一口流利的德语。她不动声色地讲述着，引用了很多大得骇人的数字，一切都正确无误，无可挑剔；一连串的数字和史料脱口而出，讲述语调平缓没有起伏，与内容保持着距离，没有感情的流露，像是在诵读洗衣机的使用说明书。也许这是最佳的方式吧，只是我心里有一丝狐疑。这位女士无所不知，能详尽回答我们提出的每一个问题，感情上波澜不惊。她试图通过事实、数字拯救自己，仿佛信息、知识能提供救赎。

我问她如何能忍受日复一日做这个工作。她对我的问题很惊讶。

这是一份重要的工作呀。她说。

这些导游讲不出什么新东西，德国人旅行团中的一个人这么说道。这些德国人已经听过了很多关于集中营的事情，也看到过那些照片和影像：堆成小山一般的眼镜，一堆堆的头发，以及比克瑙的那个著名的斜坡①。所以，此行对他们而言没什么新鲜，好像他们来这里只是为了猎奇新颖的故事。

一切还是那么抽象，玛丽娜说。

她看起来沉默、严肃。一块关于三名囚犯的展板触动了她。那三个人被判处了绞刑，当绞索套在他们的脖子上时，其中一人的动作比刽子手更快，后者还没有来得及将他蹬开，那人已经自己跳了下去。

玛丽娜说，这也是一种反抗啊。

最后一点残存的自由，死的自由，比其他的更触动我的女儿。

我现在正走在通向西边的路上，刚刚经过克雷绍，细雨绵绵，乡间道路永远没有尽头，我此刻什么也想不起来了。这是你们

---

① 1944年5月中旬以后，在匈牙利被捕的四十多万名犹太人中的大多数被运往奥斯维辛-比克瑙。超过三十二万人立即被送入毒气室并遭到杀害。"斜坡"是指该车站一处新建的卸货用的斜坡。该"斜坡"变得知名，是因为有死亡天使之称的纳粹医生约瑟夫·门格勒曾站在这个坡道的中间挑选他用于实验的犹太人。他戴着白手套，喷着香水，用口哨吹着快乐的曲调，让犹太人一个接一个地从他身边走过，他仅凭外貌决定哪些人可以暂时活下来，做他的试验品，哪些人马上进毒气室。后者占了绝大部分。

七十五年前的逃难路线，要途经克雷绍，恰恰与弗雷亚·冯·莫尔特克从柏林返回时的路线相反。那时，已经有越来越多的人像你们一样踏上了西向的逃亡之路。1945年2月，一支德军后勤连队驻扎到克雷绍宫的地下室，负责为此地以北数公里的前线士兵提供补给。弗雷亚的丈夫，抵抗战士冯·莫尔特克于一周前的1月23日在普洛兹湖被处决，那是你们逃亡的第二天。

走在乡间时我不去想这些，这样的路不适合思考。我后来恍然悟出了女儿玛丽娜对克雷绍感兴趣的原因，还有她为什么决意去参观奥斯维辛集中营，以及随后开始阅读汉娜·阿伦特，这一切都和玫瑰谷有关。她想弄明白，为什么会发生种族屠杀，为什么会有人站出来加入抵抗运动，这一切都以某种方式相互交结联系，无法将它们精确地分离。

我后来问过我的波兰语老师，奥斯维辛集中营的导游为什么如此刻意地与历史事件保持距离。

不知道，乌尔苏拉说，我也无法向你解释。

她说这话时透着不耐烦，我想应该是我提了一个不招人待见的问题，这个问题可能让她觉得，我这个德国人现在想要教波兰人如何在奥斯维辛进行解说。

乌尔苏拉十五岁时第一次去了奥斯维辛。她那时生活在离那儿大约八十公里的一个小镇上，正在上八年级，学校组织当地所有的学生一起去参观。

我们并不太了解那里发生的事情，她说。

在她的家中，人们很少提及犹太人大屠杀这一话题。不过，乌尔苏拉知道奶奶在战后不久曾去过奥斯维辛集中营，那时还没有博物馆。

我奶奶曾对我们说，他们在那里杀了很多犹太人。

乌尔苏拉和同学去参观奥斯维辛集中营时，并没有人提及犹太人，当时的提法是：德国人在这里杀害了波兰人。

回想起来，我不记得在那次参观期间曾出现过"犹太人"这个词。乌尔苏拉的爷爷奶奶生活在克拉科夫以东数百公里的小镇斯托尼卡附近的一个村庄，和我的爷爷奶奶一样都是农民。

老人们会和乌尔苏拉谈起战争，他们最难以磨灭的记忆是对德国人的恐惧，以及德国人带来的羞辱。乌尔苏拉能记起儿时看到的第一张照片，那是爷爷给她看的，照片上一群德国士兵正在推倒德波边界的栏杆，那是1939年9月1日，战争开始的那一天。

看看他们，那就是德国人，爷爷对她说，他们像对待蟑螂一样对待我们。

乌尔苏拉那时候还不知道蟑螂是什么呢。

"二战"前，斯托尼卡地区生活着很多犹太人，大家交错混杂着住在一起，他们是同学、同事，也是朋友、酒友。每当乌尔苏拉的爷爷奶奶谈及犹太人时，总是会讲述一些日常生活中发生的事情。

乌尔苏拉告诉我，她爷爷喜欢犹太人，但奶奶对犹太人却没有什么好话：什么波兰的不幸应归咎于犹太人，波兰人挨饿时犹太人很高兴，波兰搞社会主义也是犹太人的错，等等。

她的爷爷奶奶几乎从不谈及对犹太人的大屠杀。但他们说村里一个农民曾告过犹太人的密。每当提及此事,乌尔苏拉的奶奶都会流泪,这位认为犹太人会给波兰带来不幸的老太太不允许乌尔苏拉和那个农民接触。可是不久她又会说:现在波兰没有犹太人了,这是件好事。

在德国,经常有人问乌尔苏拉波兰人是否反犹。乌尔苏拉的回答因人而异,她会仔细辨别这个问题背后有没有什么弦外之音。想利用指责波兰人减少德国人的罪恶感吗?她会反问回去:如果我说是,波兰人是反犹的,你会感觉好一些吗?

德国人处理历史问题可谓楷模,所以我们德国人现在是高尚的人了——类似观点令乌尔苏拉反胃。她认为德国人不够谦卑。

苏联红军在2月4日占领了玫瑰谷。此前一天村子就开始遭到猛烈的炮火攻击,红军的飞机轰炸了村庄附近的德军炮兵阵地,一枚炮弹击中了距离教堂不远的韦劳赫家的房子,房子烧成了灰烬。机关枪彻夜哒哒哒地响个不停,当第一批苏军坦克在黎明时分驶入玫瑰谷时,德军已经差不多完全撤出了村庄,双方几乎没有怎么进行像样的战斗。红军的队伍一整天都在络绎不绝地穿过村子,有坦克、汽车,还有马队。这些部队来自科彭,红军在结冰的奥得河上架了一座木桥。他们经过你们的农庄,沿着公路向洛森方向行进。你们逃难的车队在大约两周前走上了这条公路,而我在七十五年后的今天也走在这条路上。

村里的威廉·舒尔茨没有加入逃难的车队。他六十五岁了,妻子已不在人世，几个儿子都上了前线。

舒尔茨在回忆录中记述了俄国人进村的情景：早上八点后，屋外开始有了响动，苏联士兵不断走进家里，有的和善，有的凶恶。有的士兵会和他友善地聊上几句，也有人揍他，打掉了他的牙齿；还有士兵把手枪顶在他的脑袋或者胸膛上，或者把他推搡到墙边用机枪指着。走运的是，危急时刻要么来了一位女政委，要么来了一个军官制止了士兵的行为。村里其他人则没那么走运，留在村里的人中只有少数几个幸存了下来。

红军进了玫瑰谷村如同来到了童话中的天国。

苏联士兵已经打了三年半的战争，个个筋疲力尽，又累又饿。整个俄罗斯都在挨饿，这本来也是德国人在战争中的计谋，他们就是要困死、饿死列宁格勒这些有着百万人口的城市。现在这支军队开进了满是巨大谷仓的玫瑰谷，牲口棚里是肥硕的猪、牛，奶牛的乳房胀满了牛奶；地下室里是装着奶油的木桶，架子上摆满了自制的罐头，一些房间里也许还挂着为圣诞节准备的火腿。士兵们走进建筑规整的大宅子里，衣橱里装满了衬衫和衣物，大木箱中是羽绒被。于是，他们开始大吃大喝，大肆劫掠。

舒尔茨回忆道：

> 士兵们从储藏室里拿来了一个装有九升糖浆的大锅、十二罐蓝莓酱、六罐酱鹅和猪肉罐头。他在地下室藏的一个装着糖、衣物和布料的箱子，也被翻了出来。他们又捉了四只能下蛋的母鸡和一只强壮肥硕的兔子。稍后又来了两个大个子，他

们将整个储藏室又重新搜了一遍,翻出了他藏在一个盒子里的二十三个腌鸡蛋。两人找我要了一口锅和三勺油,一股脑将所有鸡蛋放进锅里;鸡蛋熬成了糊糊,两人随即往锅里切了大香肠,又倒入了两瓶苹果酱,随后两人风卷残云般将这一锅东西吃了个精光。我瞠目结舌。

亨内克一家很早就脱离了逃难的队伍。一家人在饱受战争蹂躏的地区误打误撞了三周后,于2月中旬回到了玫瑰谷。后来表明这是一个致命的错误决定。

起初还算顺利,住进他们家里的是一些友善的苏联士兵,有几个甚至会说一点德语。一天,士兵们拎着一只小猪走进厨房,要求亨内克夫人为他们做烤乳猪,要整只烤,大概这道菜在俄国有什么美好的寓意吧。烤乳猪时要将猪皮烤得肥嫩、淌油,然后配上土豆和红卷心菜。令俄国人吃惊的是,西里西亚农夫的妻子竟然不会做这道菜。

当时九岁的贝托尔德·亨内克在他的回忆录中写道:妈妈从来没有做过这道菜,所以在准备时砍掉了猪头。她还在清洗时,俄国人走了进来,看到眼前的情景马上大发雷霆。

不是这样!不是这样!猪头呢?

士兵们又射杀了第二只小猪。这次,在来自符拉迪沃斯托克的一个年轻士兵的指导下,亨内克夫人开始准备大餐:先取出动物内脏，然后加工内脏，在猪肚中加入填料，烘烤，撒上调料，最后在小猪身上系一个红色蝴蝶结。最终，烤乳猪端上了餐桌，俄国人邀请这家德国人一起进餐。

俄国人和德国人坐在了同一张桌旁，其乐融融。这一天是1945年的2月21日。

不过这样的场景几乎是仅有的例外了。贝托尔德·亨内克的笔记中记录了大量俄国人追逐他二十岁的妹妹吉塞拉的场景。每一天，不论白天还是夜晚，那个姑娘总是处于恐惧和惊吓中。按照她哥哥的描述，吉塞拉跑得很快，敏捷得像一只黄鼬。她常常靠着敏捷逃脱掉苏联士兵的追逐，可并不是每一次都那么走运。贝托尔德称那些苏联士兵为"俄国野兽"，他们躲在阁楼里、地窖里，夏天的时候还会藏在玉米地里。这个姑娘还被村里人一而再再而三地出卖，那些村里少数还活着的德国人、幸存下来的人民冲锋队成员，还有街坊邻居。但凡有新的苏联士兵进到村里，总会有某个玫瑰谷村民告诉他们，离教堂不远的亨内克家里有一个女孩。目的何在呢？也许只是为了捞到些微的好处，或者为了取悦俄国人，或者希望借此争取自己的一条性命，挽救剩下的一点家产。村里人对一家之主亨内克说，他应该把女儿交给俄罗斯人，这样大家就能相安无事了。正如奶奶常说的一句话，那是一个能见人心的时候，最善良的和最恶心的人心。

父亲，我正在走着你当年走过的路，可是却找不到你。身上的疼痛与疲倦，风、雨，还要不时在心中估算到下一个休息点的路程，这些让我无暇他顾。可也许恰恰是这些让我靠近了你：疲惫，身体的伤痛；大脑不再转动，一片空白，傍晚费力地回想白天发生的事情；一再鼓起和路人交谈的勇气，靠近我正在用脚逃离的这个世界，尽管我遇到的人要比你那时友善得多。无尽无休的行走中，我变得迟钝；我恍然间明白，为什么你几乎不能回忆起这次逃亡了。也许恰恰是这些让我离你更近了。

沿路的教堂都大门紧闭，村庄里、城市中、墓地旁、市中心集市广场侧，所有教堂都是如此。这个印象让我差点错过希维博济采郊区的圣弗朗西斯教堂。

我没兴趣再一次站在紧锁的教堂门前，这样的场景我已经遇到过无数次了：高大的教堂木门，相形之下格外纤细的黑色锻铁门把。我转动把手，心中的希冀在手压下时向上升腾，可这个时刻很短暂，木门在门框中微微晃了晃，随后传来木门碰上挡块的闷闷的撞击声，那是木门撞击门闩的声音，宛如棺材合上盖子的声响。门锁着，无法打开。

可是在希维博济采，在这座纪念圣徒阿西西的圣弗朗西斯的教堂前停了很多汽车，人们正在络绎走入教堂，此时是下午三点。

祭坛前方稍稍高起的地方放着一口棺木，逝者躺在里面，双脚朝向祭坛，头部冲着信众的方向。我蹑手蹑脚地在后排找了个座位坐下，前排的家伙脑袋很宽，谢顶，就像你一样。

安魂弥撒还没有开始。人们经过教堂中间的过道走上前去，在棺木前下跪，亲吻圣徒的光头，随后走下来在一排排座位中找到自己的。来的人越来越多，已经将近一百人。这是一座朴实无华的教堂，引人注目的是左边墙壁上嵌入的圣克里斯托弗的纪念像。雕像看起来有五米高，一个留着浓密胡须的巨人，白袍外披着绿松石色的斗篷，下摆处露出赤裸的双脚，右臂抱着小小的圣婴耶稣。打动我的是面前这位巨人温柔的眼神。就是这位巨人将圣婴扛在肩上小心翼翼地带到了河的另一边；圣克里斯托弗，这位旅人、卡车司机、水手的守护神，当然也会保佑一个走在乡间小路上的徒步女人。难道不是他把我从狼的手中解救出来，助我越过沼泽的水坑，还派友善的人与我相见吗？谁知道呢，也许他还会在什么时候出手相助吧。

过了一会儿，风琴声响起，一个男人开始对着麦克风伤感地歌唱，音量很大，音质低劣。教堂里的人们仿佛被吓到了，没有人跟唱，人们的嘴唇几乎一动不动。我立刻逃也似的跑了出来。

你葬礼那天，我因为感冒而无法唱歌。教堂里挤满了人，座位已经坐满，不少送葬的人只能靠墙而立。站在走廊上的唱诗班开始唱歌，四十年来，你一直是这个唱诗班高音部的主唱。

你那时出院回家后，妈妈从阁楼上取来一些文件，包括那张A5纸便条，你在上面写下了自己葬礼上应该演唱的歌曲曲目。不看那张纸我就知道你的选择：巴赫《耶稣，我心所慕喜乐》中的最后一首合唱。歌曲以"走开吧，你们这些悲伤的灵魂"开始，以"喜悦"一词结尾，男高音在大调和弦进入尾声时加入进来，唱出乐曲高潮的三度音。你不希望自己的葬礼上弥漫着悲伤哀悼，所以会选择这首歌。下一首曲目会是《把我们交给主》。

没有哪一首赞美诗会像这首一样让我想起你，它和我记忆深处的童年画面如此契合：你坐在教堂长椅上，虔诚歌唱着对上帝的信任和心中的宁静。我的内心充盈而安宁，深信一切都掌握在上帝手中，一切都会有条不紊地向前推进。我憧憬着自己不会把生活弄得不堪重负，远离失去和痛苦，远离逃亡和死亡。杞人忧天有什么用？你天生如此，单纯、乐天；顺从命运的安排，知足常乐，不要期望太多，更不要说向生活索取什么。而这个秉性的另一面是：不要去争什么，这有时妨碍了你潜力的发挥。

也许是童年形成的奇思怪想的思维惯性吧，让我把这首歌和你联系在一起，让我坚信你会选择这首歌。可你列出的葬礼歌曲曲目中，这首歌并没有出现。很明显，你对自己葬礼的安排和我预想的并不一样。

在逃离玫瑰谷前，你们算不上特别虔诚的信教家庭，这一点在你哥哥曼弗雷德不下七十页的回忆录中可以看出。宗教在家里几乎没有什么地位，无非是全家圣诞节去教堂做礼拜，或者纪念逝者的那个星期日在祖先的坟墓上献上花环。曼弗雷德行坚信礼的那天，家里杀了一头猪庆贺。刚到任不久的牧师在布道后为元首、人民和祖国祈求上帝的保佑，他的前任牧师已经自愿加入了武装党卫军。

那时家中的宗教更多是一种农民式的自然而然的虔诚，信仰上帝是天经地义、理所当然的事情，除此之外也并没有什么特别的深意。爷爷喜欢唱歌，什么类型都唱，有街头艺人的小调、流浪人的歌曲，也有时髦的口水歌、流行歌曲，还有歌剧和轻歌剧，不过虔诚的赞美诗却不在爷爷的曲目之内。

你全身心皈依宗教是在逃亡之后。你加入了新教的青年会，同大家一起旅行、唱歌、朗诵、讨论圣经。新教青年会唤起了你对新教的热忱。对你而言，宗教意味着团体与参与，意味着可以同自己的教徒朋友一起，从基督教伦理的角度讨论时下的政治问题。你到很多志愿机构做义工；你阅读圣经，在饭前祈祷，每个星期天去教堂做礼拜；你还被选入了教区理事会。法事结束后，我们在教会办公室里清点捐款，把硬币卷进纸里，放进那个铁制的保险箱，你则保管着开箱的钥匙。你对社区里的人熟谙于心，知道是谁将大额钞票塞进了捐款箱，有时你会登门拜访他们，代表社区表示感谢。后来你还加入了教堂的唱诗班。教堂是你的家，是你逃难来到韦德尔后建立的安全舒适"巢穴"的一部分。

你是福音派新教教徒，不过你对宗教的信仰和妈妈那种笃定虔诚总是给人感觉不太一样。妈妈的虔诚源于她东普鲁士神职人员家庭的出身。我前往玫瑰谷，又在随后的徒步旅程中穿越了三十年战争①时期遭到摧毁、大量人口死亡的地方，之后，我才明白了你们二人对宗教的不同理解。

1534年宗教改革后，玫瑰谷村的大部分人改信了福音派，我们

---

① 三十年战争（1618—1648年），由神圣罗马帝国的内战演变而成的一次大规模欧洲混战，也是历史上第一次全欧洲大战。战争基本以德意志新教诸侯和瑞典、丹麦、法国（法国是信天主教的，但是为了称霸欧洲和新教国家站在了一起）为一方，并得到荷兰、英国、俄罗斯的支持；神圣罗马帝国皇帝、德意志天主教诸侯和西班牙为另一方，并得到教宗和波兰的支持。这场战争使德意志各邦国减少了百分之二十五至百分之四十的人口，其中维滕贝格阵亡人口占四分之三，波美拉尼亚百分之六十五，西里西亚四分之一，各邦国男性占到了将近一半。

家也在其中。逃亡前，村中三分之二的村民信奉新教。洛森的教堂由约翰尼特所建，它在十九世纪前一直是天主教教堂，之后天主教、新教两个教派协商后约定共同使用。自那以后，每个星期日，在同一座教堂里，天主教教徒会在早上先做弥撒，仪式完成后，新教教徒会在留下的袅袅香火中聆听新教牧师的布道。

一位十九世纪下半叶到访过玫瑰谷的旅行者写道：

> 我的印象中，这里的居民勤劳、睿智，相处得很融洽，而且看来未沾染人类最愚蠢的恶习：彼此为难。举个例子，在这里，两种宗教信仰的人彼此相安无事，甚至会共用同一座教堂：星期天上午，天主教教徒先做弥撒，然后新教徒会开始自己的仪式。世界上哪里还能找到这样的宽容与相敬如宾呢？！

我此时行走的就是你们当年的逃亡之路，这片地区在三十年战争中被彻底摧毁，许多城市化为废墟，寥无人烟。人们从惨痛的经验中学会了宽容，学会了如何在相互残杀后继续生活在一起。人们明白了需要做些什么才能制止仇恨卷土重来，让和解成为可能，让彼此嗜血鏖战的人们再度和平共处。这一地区的人民在1945年前延续了这一传统，他们学会了相安无事地生活在一起，要彼此让步，要共享乡村、城市和教堂。一切都在按部就班地和谐运转着，直到血腥的二十世纪为此画上句号。

按照斯大林的计划，红军最迟应在二月底前抵达易北河一线。

但是下西里西亚的军事行动未能按计划进行，乌克兰第一方面军的推进比预期要慢许多。你们逃亡第二天经过的格罗特考于2月8日投降，可是直到3月，玫瑰谷西南地区一直处于双方的拉锯战之中，在该交战地区红军一个月内只向西推进了三十公里。

当时的天气很糟糕，德军的抵抗也超出预期，红军士兵已经筋疲力尽，军纪自越过奥得河后也变得涣散。中途，由于红军士兵们处于抢劫的狂热中，本应向前的推进一度陷入停滞。苏联前线士兵每人每天都可以得到一百毫升伏特加酒，而实际上，这些士兵还从各个村庄的储藏室和西里西亚的酒窖中抢掠了大量白酒、啤酒、葡萄酒和谷物，其中尤以陆军步兵为甚。因为士兵们经常喝得酩酊大醉无法有效警卫阵地，反而给了德国人反击的机会。红军部队一度处于崩溃的边缘，最高指挥部关于"整顿军纪"的命令在实际执行中近乎一纸空文。2月中旬，科涅夫将军不得不修正原本雄心勃勃的计划。因此，红军直到3月中旬才开始向施特雷伦方向推进，德军在激战后被迫于3月24日放弃了该地区。但是苏军在施韦德尼茨地区再次停滞不前。尽管如此，科涅夫将军夺取苏台德外围地区的目标并未改变。当时包括你们在内的大批难民正逃向那里，西里西亚人跋涉在逃难途中的有大约一百万。

你们的逃亡队伍上路整整两个星期后，红军攻占了玫瑰谷村。当时你们距离家乡一百六十公里。

格蕾特尔·科佐克的回忆录记述道：车队走得很艰难，人和牲口都已经筋疲力尽，我们希望能尽快找到一个地方安顿下来，在那里等待战争的结束。但难民像潮水一样涌来，我们每天早上听到的都是要求我们继续前进，不要停下。我们要给后面的人腾地方，俄国人正追在我们的身后呢。

那是战争的最后几个月，你就这样在紧靠前线的后方四处奔波，误打误撞。一切都在瓦解，所有秩序荡然无存，一群极度疲惫的人们在这片土地上徘徊。男人们上了前线，女人和孩子要么跋涉在逃亡的路上，要么彻夜不眠地躲在地下室中，而头顶的城市正在被烧为灰烬。数以百万计的人们被德国人宣布为敌人，他们奔走在苏台德外围地区，忍受迫害、饥饿、殴打、杀害。而此时，玫瑰谷村里的亨内克夫人正在为符拉迪沃斯托克来的苏军士兵做烤乳猪；村中两个老妇人死在堆肥的粪堆里，要到很久以后才会被发现。布雷斯劳要塞周边的包围圈正日益收紧，爷爷轻声细语地和马说着话，他正赶着马车将弹药运往前线。爷爷已经停止了唱歌，满心忧虑着自己的几个儿子。此时，你的兄弟戈特哈德所在的德军部队已经无法守住奥得河一线，正往德累斯顿方向撤退；而你的哥哥曼弗雷德已经在哥腾哈芬完成了单人自杀式潜艇的培训，可在最后一刻由于缺少设备，却被命令前往"汉萨号"客轮，负责将难民跨越东海运往石勒苏益格-荷尔斯泰因州。这艘船比"古斯特洛夫号"[①]晚启航一天。他们开船启航时，得知了后者沉没的消息，那条船上装载

[①] "古斯特洛夫号"是纳粹德国的一艘邮轮，船名取自纳粹党瑞士分部领袖。"二战"末期，此船被用来运载被苏联红军围困在东普鲁士的德国人（包括平民及少数官兵）。1945年1月30日，该船在波罗的海被苏军发射的鱼雷击沉，成为历史上遇难人数最多的海难，遇难人数约为泰坦尼克号的六倍。

了成千上万名难民。

2月4日，也就是红军进入玫瑰谷的那天，曼弗雷德所在的轮船载着四千五百名难民驶入了基尔港。

有时候，风在傍晚时分会停歇下来。它也许出于仁慈放我一马，也许是见识了我的不屈不挠。我不在乎是什么原因，我要感谢圣克里斯托弗的保佑。云朵飘在空中，蓝天变成了一片一片，我的脖子也不再疼了。

有一天，我在夜色降临后仍在赶路。因为只顾着不断前进，眼前的黄昏随后变成了漆黑一片，谁让我出现了失误，白天在一些地方停留的时间过久了：我在希维德尼察的和平教堂旁吃了早餐，在希维博济采参加了追悼仪式，又在威图斯索的博根多夫参观了一家别具一格的露天军事博物馆，你们逃亡途中曾在那里住宿过一晚。当时老旧农舍旁边的田野里突然出现了坦克、装甲运兵车、自行火炮、米格-21和苏-22战斗机、红色福克、榴弹炮，以及飘扬着波兰国旗的雷达装置。这是一个有着两千件军事展品的私人博物馆，其守护者却只有一只牧羊犬。

一整天我都在犹犹豫豫、磨磨蹭蹭，没有在一些本可以过夜的地方停下来。我对距离博尔库夫还有多远毫不关心，那是下一个有旅馆的小城。说实话，我现在对这些事情已经到了无所谓、无动于衷的境界，什么也无法让我陷入慌乱。我不再担心，也不再害怕，无论是人还是狼，没有什么能吓到我。

路边流淌着一条细长的小河，地图上标注着它的名称"愤怒的尼斯河"。月亮挂在小河上方,在水面上投下银色的光亮。远离公路的地方散落着一些农庄,偶尔从那里传来几声狗叫,一片静谧,只能听到我的脚步声和均匀的呼吸声。路灯间隔很远,散射出昏黄、摇曳的光,这肯定是仁慈上帝的安排,要不就是欧盟。路灯间的距离刚刚好,其间的昏暗可以让人忍受。整整六公里,我一直在担心面前的路灯会是最后一盏,随后将陷入深深的黑暗。不过还好,星光灿烂,月亮明晃晃地悬在天空。我借着月光走啊走啊,甚至为了抄近路拐到了一条田野小路上,那应该是去往博尔库夫的最短路径。我在结冰的田野和小树间向上走,天气越来越冷。我爬上最后一座小丘陵,上面落着的积雪映出我的身影,像一个旅伴。然后我一路向下,朝着小城的方向走去。

我在夜里醒来,伤心莫名,仿佛坠入巨大的悲伤中,笼罩在一团浓密的乌云之下。这个悲伤并非无边无际,它是有边缘的。我任由自己浸没其中,希望如此可以耗尽它,然后它就会消失。

在遥远的欧洲另一边,英国正在脱离欧盟。没人晓得,这究竟是某个事件的开始还是结束。在西里西亚,欧洲大融合的场景无处不在:色彩缤纷的学校,配备轮椅通道的健康中心,崭新的健身房、社区中心、图书馆,建筑物外观雅致、质量一流。看不到摇摇欲坠的破败景象,城镇中最现代、最坚固、最别致的建筑上总是能看到蓝底黄星的欧盟标志:由欧盟资助,由欧盟农业基金资助,由欧盟卫生基金资助,由欧盟教育基金资助,由欧盟环境基金资助,由欧盟区域发展基金资助，由欧盟下西里西亚开发基金资助……

与我交谈的许多波兰人对欧盟并不十分热衷。波兰加入联盟是为了保护波兰，让波兰变得强大，并非出于对欧洲理念的接受。

波兰语老师乌尔苏拉告诉我，波兰人觉得欧洲欠波兰一份道谢。欧洲必须感谢波兰人，因为波兰至少在三个重大历史时刻拯救了欧洲。1688年，土耳其人攻向维也纳之际，是波兰人扬·索别斯基率军保卫了基督教西方，击退穆斯林解救了维也纳。1917年俄国革命之后爆发内战，是波兰人在1920年阻止了红军在华沙以西的推进，使欧洲免于沦落于布尔什维克之手，波兰再一次拯救了欧洲。而1989年的东欧剧变，将东欧从苏联独裁统治中解放出来的转折点也起始于八十年代波兰的团结工会运动，那是第一个反抗共产主义的运动。由此观点出发，自由、统一的欧洲实际上源于波兰。乌尔苏拉说，很多波兰人都这么认为，他们觉得波兰人是欧洲的拯救者，上面提及的维也纳、华沙、但泽发生的事情是波兰对欧洲的贡献，而欧洲亏欠波兰，那些来自欧盟的拨款、从布鲁塞尔流向这里的资金是欧洲偿还的人情债，波兰不亏欠任何人。

她说，波兰人对得到其他国家的认可有着巨大的渴望。

波兰人认为，德国人现在又有钱了，可过往的历史并不光彩，德国人不配拥有现在的财富，乌尔苏拉说道。德国人发动了战争，然后输掉了战争，德国人犯下无数的罪行，可现在他们不仅有钱了，还主导了欧盟的话语权。德国人受到尊重和认可，波兰人却被瞧不起，而欧洲本应对波兰怀有感恩之心。乌尔苏拉说，德国人又一次在欧洲产生了如此巨大的影响力，这让波兰人感到困惑、愤怒。

你知道的,我讨厌右翼民粹主义者,但他们在这个问题上并非全无道理。

对于右翼民粹主义来说,让历史创伤继续流血而不是愈合更有意义。这样能带来政治回报。宣讲历史会助力他们赢得大选,宣讲抵抗妄图毁灭波兰的外国势力,对抗披着羊皮、打着欧盟幌子的德国能拉来选票。依他们的说法,德国其实还是从前那只老狼,强大,而且有着很强的统治欲。尽管恐惧缺乏根据,但只要简洁易懂,就能赢得选票。维持长久以来的恐惧、唤起过去的屈辱感很容易,而从历史的黑暗中找到出路却无比艰难。

许多波兰人认为,当下的德国人不了解他们的先辈曾对波兰做下的罪孽。德国人总是谈论对犹太人的大屠杀,他们不仅为此专设了纪念日,还在柏林市中心开辟了纪念区。波兰政府同样要求在柏林建立一座纪念碑以纪念波兰被占领时期的受害者,一个专为波兰人设立的纪念碑,而不是泛泛地缅怀所有战争受害者。

波兰人对此的敏感度和犹太人并无二致:距离战争的时间越长,纪念碑就愈发重要。

波兰人希望在柏林为波兰立一座纪念碑,举行纪念碑落成揭碑,德国总统应在仪式上讲话,这应成为每年一次的例行仪式。柏林政界将波兰人要求修建的纪念碑称为"献花篮的地方"。

波兰政府还要求德国予以经济赔偿,数百万战争中死去的生命和一个几近废墟的国家,德国应该为此支付数以十亿欧元的赔款。经济赔偿和纪念碑是这件事情中浮出表面的部分,与重新"和好"无关。"和好"一词充满了孩子气,好像随后一切会完好如初似的。

波兰人的目的是提醒强大的德国：你们应该更加谦卑、低调，我们不是无理取闹，我们有充分的理由提出这些要求。

你想要得到什么？我问乌尔苏拉。德国人应该怎么做？你想让德国人怎么做？

这是个非常难的问题。她说。

她沉默不语，思索着。

下周我会告诉你。

我希望德国人能更谦虚一些。她一周后对我说。我有感觉，德国人好像看不起我们波兰人。我读过大学，甚至获得了两个学位，但是当我遇到不认识我的德国人，当他们获知我来自波兰时，你知道他们是怎么看我的吗？

怎么看的？

他们会把我当作清洁女工。这是德国人见到波兰女人时冒出的第一个念头。你可能想象不到我在柏林有多少次被人当作清洁女工。

实际情况比你说的还要糟糕，我告诉乌尔苏拉，大多数德国人对波兰漠不关心，他们对波兰完全无感。我们德国人已经转头背对着东方，只面向西方。出于对故土的思念之情前往波兰的老一辈德国人，已经老了、逝去了，现在德国和波兰的联系已经变得更加弱不禁风。在德国人的心中，波兰是所有邻国中陌生感最强的那个国家；学习波兰语的德国人寥寥可数，只有少数人会选择到波兰去度假。欧盟的所有大国中，德国人对波兰的了解最少，尽管两国在历史上的关联曾如此紧密，远超德国与其他欧洲国家，比如西班牙。不仅历史将两个国家联系在一起，日常生活中也已经你中有我我中有你：大量波兰人在德国工作，他们翻新德国人的浴室，看护照顾德国老人，很多波兰人在握着我们垂垂老矣的父母的手施以安慰。可我们并不了解波兰人。

第二天更寒冷了，沿途的景物也变得越发寂寥。这里随处是山，山上树木繁茂，各村落的间隔越来越远。当我登上高处时，看到的不再是房屋和教堂塔楼，目之所及只有森林和草地，以及一条孤零零的大路，沥青路面满是深深的裂缝和大大小小的坑洼，有的有被修补过的痕迹，有的则无人问津。路上车辆很少，有时二十分钟都没有一辆车驶过，我可以走在大道的中央，此刻，这条大路只属于我。

这条路上过去曾挤满了难民和撤退的德军士兵。主干道上密密匝匝的全是军队，难民车队则拥挤在辅路上。格蕾特尔·科佐克写道。

玫瑰谷村的马车并不适合山路，马车甚至连刹车都没有。下坡时，人们会在马车车轮的辐条之间插入粗棍子以让马车减速。上坡时，每个人都会帮着推车，包括你。有时上坡的路过陡，村民们就会套上两匹马来拉一辆车。

人们这样互帮互助着通过了这片山区。后来，村民在沿途的一个铁匠铺里请人为马车打制了刹车片，将它用铁链固定，以便在下坡时制动车轮。路边有时会出现一辆倾覆的马车或一匹死马，人们见后在心中默默向上帝祈祷，保佑自己免遭这样的不幸。

逃难车队进入了苏台德山脉的余脉，然后穿越了博伯-卡茨巴赫山脉，在2月初来到了克莱因赫姆，并在村庄里住了两晚。我到达这个村庄时已是午后，它与迄今为止我经过的任何村庄都迥然不同：这个村庄更友善，更热闹，不再是一副冷清、荒凉的样子。大幅告示牌上用波兰语、德语和英语介绍了这里的景点：教堂、陶瓷作坊、养蜂场、丝纸作坊和一所地质学校，后者由冰岛、列支敦士登和挪威资助设立。整个村庄宛如一届天然的手工业博览会，一座趣味盎然的露天博物馆。引人注目的还有这里的格蕾塔别墅。

我走进别墅的庭院，一只硕大的伯恩山犬并没有咆哮，一动不动静静地卧在台阶上，友善地对我闪着眼睛。客厅的壁炉生着火，墙上挂着的黑白结婚照已经显得很陈旧，还有一顶新娘在婚礼上戴的白色刺绣帽子，这些东西都被装在玻璃镜框里。帽子上面用十字绣绣着德文：永恒的约定。

格蕾塔出生于1931年，别墅就是以她的名字命名的。她娘家姓维特韦尔，婚后的全名是玛格丽特·科瓦尔斯基。她的一家在"二战"后被驱逐，而她却因为爱上了来自波兰东部卢克地区的年轻波兰士兵雅尼克·科瓦尔斯基而留在了克莱因赫姆村。雅尼克曾随波兰军队远赴柏林作战，战后和许多人一样无法返回自己的故乡，因为那里已经被划给了苏联。他别无选择，只好留在了这个小村庄。他和维特韦尔一家，包括他们家中的女儿格蕾塔，共同在一个屋檐下生活了几个月，直到维特韦尔一家被驱逐。几个月的时间不算长，但足以让两个年轻人坠入爱河并决定生活在一起，永永远远，一生一世。

雅尼克的家人被驱逐到了哈萨克斯坦，他孤身一人在此。格蕾塔的家人当然反对这份感情，可是父亲的威胁与母亲的恳求都无济于事，格蕾塔选择了雅尼克，决定留下，就是爱情该有的那个样子。格蕾塔一家被驱逐出境的文件来了，雅尼克将未婚妻隐藏在邻村一个朋友的阁楼里。当格蕾塔的父母、兄弟姐妹与所有其他德国人一起被驱逐出这个小村庄时，雅尼克跑去了华沙，请求新政权允许他与来自敌国的姑娘结婚。

战争让人们因缘际会，这就是可诅咒的二十世纪独特的方式。雅尼克和格蕾塔，还有来自耶申的玛利亚和她的男友，他们被新政权推来搡去，时而团聚，时而被强行分离，但他们仍然彼此相爱、结合在一起，不论对方是德国人还是波兰人，不论他们来自哪里，讲什么语言。

在社会主义波兰做一个农民，在一个被德国人蹂躏过的国家作为德国人后裔留下，继续生活在父辈留下的农场中，所有这些，对于两人，尤其是对格蕾塔来说，远非易事。况且即使在战争过去了几十年的今天，村民们仍在担心有朝一日德国人会衣锦还乡夺走农庄。雅尼克是一个见多识广的男人，有主见，是一个不好惹的狠角色。要是出了什么问题，他不会选择报警，而是以自己的方式搞定。对于一个上世纪五六十年代希望和一个德国女人生活在西里西亚小村庄的男人来说，这也是一个必备的生存能力。尽管如此，格蕾塔也曾动过回到德国汉诺威附近的家人身边的念头，当时要是能拿到全家移民许可，她肯定会那么做的。但如果她只能独自一人回去，不能带上雅尼克和孩子们，她就决不会迈出那一步。

这个农庄如今在格蕾塔的孙子克日什托夫·罗兹彭多夫斯基的名下，战争那一代的孙辈已经接了班。奶奶格蕾塔 2003 年去世后，克日什托夫与妻子埃韦利纳接管了农庄。夫妻二人以前生活在克拉科夫，念过大学，也曾周游过世界。他们搬回了现在称为Dobków的克莱因赫姆，那时这里的居民还不足五百人。他告诉我，奶奶留下的农庄很大，有不少单独的房间。因为在此出生的德国人常会到访这里，于是夫妻二人就准备了客房，起初是两间，后来越来越多。克日什托夫干脆辞掉了工作，夫妻二人将农场改建为酒店，附设一家慢食餐厅提供当地的农产品，现已在波兰上市。酒店经常作为公司研讨会和瑜伽工作坊的举办地。大学读了地质学的埃韦利纳还成立了一个非政府组织，推动将当地的死火山入选联合国教科文组织的地质公园之列；这个小村庄还曾荣膺"下西里西亚最美村庄"竞赛的冠军。村庄的主页上称这里是"一个远离城市，曾经充满悲伤、灰色和绝望的村庄"。而现如今这里已经成为一个欣欣向荣、引人注目的所在。

　　克日什托夫家是村里，也是周遭村镇中唯一一个祖祖辈辈在这里生活了几百年的人家。他说，战争正在慢慢被遗忘，只有波兰的右翼民粹主义政府还在继续试图操弄历史。

　　您应该对我们的政府有所了解，他们宣传的方式和戈培尔①是一个路数，常常找茬挑起与俄罗斯、德国和捷克的争端。可作为普通老百姓，德国人和波兰人之间的关系已经缓和多了。

　　他讲述了在这里出生的莱比锡人弗朗茨·丁斯特的故事。他四

---

①戈培尔，纳粹德国政府中教育部与宣传部的负责人，被称为"鼓动天才""纳粹喉舌"。

处收集信息，终其一生都在专注于写作这个村庄的村志，后终于写出了一本六百页的村庄编年史，记录了这个最多时曾拥有一千名村民的地方。书是他自费的，但印数却逐年下降：第一卷的印数是两千册，第二卷八百册，第三卷两百册。一来是因为此地的德裔新出生人口越来越少，二来这个村庄对那些此前生活在此地的德裔后代们的吸引力也逐年降低。但弗朗茨·丁斯特仍坚持写下去，村志越来越厚，而印数却越来越少。去年秋天，他在去世前不久出版了村志的最后一卷，仅印刷了区区二十五册。

时过境迁啊，克日什托夫说，丁斯特最初出版的所有书籍都被德国人买下，而到了最后一卷时，购买者只剩下了波兰人。他的本意是为当初被驱逐的德裔居民保存一份对克莱因赫姆的记忆，不意却为如今生活在这里的波兰人记录了村庄的历史。

丁斯特毕其一生都在为我们这些当地的波兰人写作，他对村庄非常重要，在这一带知名度很高。他起初反感波兰人，而最后我们几乎成了朋友。

如今的波兰人对自己的村庄和当地的历史渊源兴趣盎然，包括此前在这里生活过的德裔的历史，赖兴巴赫博物馆就是个明显的例子。

是德国人白手起家建造了这里的一切，我们波兰人是在战后才来到这里的，我们了解这一点，克日什托夫说，我们知道西里西亚从前并非波兰的领土，所以也就不存在什么失而复得的问题。

丁斯特生前每年都会来村里几次。村民们会帮他留意他可能感兴趣的老物件，比如刻着村名的自行车零件等。有一次，他在村中一个朋友处发现了一个德国人逃难前埋藏的盒子，里面装着衣服，还有半升自酿的烧酒。这些东西已经深藏地下，近半个世纪不见天日了。

于是我们打开了酒瓶，几个人一起把它喝干了。在场的有两个波兰人，还有丁斯特。

关于1945年冬天途经村庄的难民车队，克日什托夫一无所知，丁斯特的村志中也未提及。克日什托夫认为，当时难民们可能是在村中心的旅馆里过夜的，可这个旅馆几年前已经被拆掉了。

我来晚了一步，丁斯特以及克日什托夫的奶奶格蕾塔都已不在人世。没有谁对当时经过这里的难民感兴趣。战时不也一样吗，那时每个人也都在关注自己的命运，关注彼时发生的战争和随后的人口大迁徙？谁会记起一个披着羊毛毯、在马车边蹒跚而行的九岁男孩呢？我为什么要等待这么多年才开始这次旅程呢？而且偏偏要在你去世后不久？

当然，由于人口大迁移的缘故，即使我早二十年甚至四十年来到这里，恐怕也很难遇到1945年1月生活在这里的人家了。

格蕾塔别墅酒店的餐厅俨然一个温暖舒适的巢穴，灰色、粗糙的原石墙壁，红砖砌成的低矮拱柱，壁炉里生着火，一位年轻的女服务员用陶盘端来了胡萝卜汤。我忽然生出了留在这里的念头，徒步旅行也一下子失去了意义，我想在这个安乐窝里面消磨掉整个冬天，不想再像你那样顶风冒雪走入严寒。可我面前的路还很漫长。

你们逃难的路很漫长。玫瑰谷村民经过克莱因赫姆村时，已经在路上走了两个多星期，甚至还没到逃难全程的一半，这一点村民们那时当然无法知道。尽管村民们每天清晨一早就出发，可平均下来每天只能走十四公里左右。我在旅程中每日天光大亮时才醒来，可你们当时是要摸黑起床的，好在那时的农民已经习惯了早上五点就要下地干活。奶奶在黑暗中给马添上草料，大人们可能会在出发前给你喝上一杯热牛奶。

真舍不得离开温暖安逸的房间，我磨磨蹭蹭，很晚才出门，走进寂寞的寒风和省际公路。酒店餐厅里服务员已经开始收拾早餐用过的餐具，我却又赖着喝了一杯咖啡。尽管出发比较晚，我每天走下的路程还是超过了你们。昨天黄昏时我看了下自己的行程，当天走了四十多公里，这一点我的肌肉和骨骼都能感觉到。

我离开格蕾塔别墅的时候，冬日的褐色田野上日光已经暗淡了下来，田野后面光秃秃的森林像一件深色蓬松的外套覆盖着大地，一直绵延到天际。其间点缀着一些白桦树，让人联想到花白的头发，白桦由浅灰色过渡到深灰色，而树干之间则充斥着黑暗。这一带寒冷而荒凉，地势高一些的地方落满了积雪。

别墅酒店房间里装有壁炉，温暖舒适，也让我的内心变得柔软和脆弱起来。我此时已经没有足够的意志力走二十公里去弗伦，那是我计划中今天过夜的地方，这段路程需要差不多四个小时呢。我的耳边响起和善的酒店老板的话，他告诉我，只要我需要，他随时可以开车来接我。现在距离弗伦还有十二公里，周遭漆黑一片，月亮也躲进了云层，手机电池即将耗尽，我放弃了。我本想凭双脚走完你们的逃难之路，可是面对这段十公里，我和那时候的你一样，希望能坐进一辆车里，随便什么人的车。我伸出手臂，挥舞着试图拦停过往的车辆。没有人停下来。我并不埋怨这些司机，谁会在漆黑的夜晚停车让一个满身泥点的徒步女人上车呢？最后，我只得拨通了酒店老板的手机。二十分钟后，我就坐在了鲁克的车里。

鲁克·范豪瓦特年过七旬，是一个说佛兰德斯语的比利时人，留着灰色的水手胡须。他是二十年前来到此地的。当时这位安特卫普的商人正在前往克拉科夫的途中，却一见钟情爱上了这片土地，于是就留了下来。如他所言，对这片土地的爱让他永远地留在了这里。

这里的风景就是我真正想要的，我立刻明白，我要在这里生活，我想在这里终老此生。

鲁克买下了已经破败的兰豪斯城堡。城堡依稀可见此前庄严的样子，不远处的山上是一片中世纪城堡废墟的遗址。城堡占地六十公顷，附带六座已经破落不堪的附属建筑和一个观景大厅。由主楼放眼望去可见数百棵果树，其中不乏一些稀有、古老的品种；天际处巨人山脉隐隐可见。正如鲁克所说，在这里你看不到任何扫兴、煞风景之物。城堡里还有马厩、农事房和小教堂。他告诉我，刚来的时候他独自住在古堡的一个房间里。雨天时外面下大雨，屋内下小雨，雨水会顺着屋顶流下来；而且庄园那时还没有通上电。他是一个喜欢冒险的人，勇敢、执拗而有些忧郁，喜欢过离群索居的生活，所以才选择了下西里西亚而不是意大利的托斯卡纳。

乡间小路上一片漆黑，鲁克竟然还一再加速，受到惊吓的鹿和野兔从汽车大灯的光柱前窜过。鲁克特意从主路拐到了这条小路，因为他知道一条抄近道的路线，至少他相信自己知道，可是现在车却开进了一片农田。鲁克已有很长时间没有开车来过这里了，但他信心满满，虽然目视所及根本看不到什么路。鲁克依然十分镇定，他不是那种会被现实折服的人，否则就不会在二十年前出资买下一处废墟了。

来到这里后，他开始学习波兰语，翻修城堡，与波兰政府的官僚们抗争，与偏见、排外的人们斗。当地的市长在争议中停掉了城堡的供水，鲁克没有屈服，这一来与其强悍、执拗的性格有关，二来也得到了当地人的支持。他增加了客房，为公寓顶层和客房加装了大量玻璃窗，客人可以凭窗瞭望辽阔的风景。他钟爱此地的风景，他想让住进房间的每个客人都能理解他为何会爱上这片土地。他还开了一间咖啡馆，那里烤制的蛋糕已经在当地颇负盛名；他希望此地的观光旅游能适度发展，还想发展生态农业；他申请了波兰国籍，因为他想在这片土地扎根，皈依。

当初选择移居还有其他的原因。他不再喜欢安特卫普，那里的外来移民越来越多，城市变得过分喧嚣吵闹，不再是他记忆中故乡的样子。这是移居波兰的理由吗，因为自己的故乡让他感到陌生？波兰对他而言也同样陌生啊，他对波兰语一窍不通，听不懂人们说的哪怕一个字。

鲁克说，你们德国人可能对此无感，不认为外来移民是个多大的问题。

因为不少德国人当初也做过难民。

酒店刚开张的那几年，很多当初逃难离开波兰的德国人到过他的酒店，鲁克跟他们中的不少人有过交谈。现在来的客人大多是那些德国人的下一代，甚至孙辈，曾经的难民一代大多已经离世。老人健在的时候，孩子们对过去的事情毫无兴趣：我们现在住在科隆，或生活在莱比锡，我们不想知道你们当时的事情，不想了解什么西里西亚。但现在老一辈已经离世，他们却开始后悔没有询问过父辈，想要寻根。还有一点与过去不同，现在探究自己身世的人中，波兰人的比例越来越高。

鲁克说，以前波兰人会朝德国人丢石头，如今却用糕点来招待他们。波兰人向德国人询问当时的情景，想了解过去住在他们房子中的那些德裔人家是些怎样的人；他们请德国人讲述过去的事情，以知晓自己脚下这片土地的历史。

鲁克一边在深夜的农田里开着车，一边向我讲述这一切。他染上了感冒，还发着烧，服药后在床上躺了一整天。我有些内疚，自己是不是有点过分了，也许本不该给他打电话。他告诉我，这个城堡成了他的拖累。时间一晃过去了二十年，可修复工作还是没能全部完成；城堡的确变得很漂亮，可一些基本的功能仍然欠缺。西里西亚有很多这样的庄园，有的已经修葺一新，有的还在败落下去，这些上个时代留下来的房子现在几乎派不上什么用场，作为一个外国人，他在波兰享受不到任何补贴，看来鲁克最终还是没能入籍波兰，再加上近年人工越来越贵，找到能负担得起的工人越来越难。他并不后悔自己当初随性而为在此地落脚，但也承认那时低估了事情的难度。

我们终于到了城堡，他引我上楼到我的房间。屋内宽敞雅致，采用陈年的木材进行装饰，还配有一个现代感满满的浴室，壁炉里的木头正熊熊燃烧着。他与我道别。他并不住在这座古堡里，远离城堡的森林后面有栋现代化的宅子，那是他幽静地离群索居的地方。据说那座房子装了巨大的玻璃窗，那里眺望到的风景比此处更加优美。他独自住在那里，陪伴他的是他的风景，他的挚爱。

第二天早上我出发继续穿越伊塞山脉低矮的群山。这里与奥得河边的西里西亚非常不同，不再有那种一条路贯穿全村的村庄，也见不到附设大谷仓的农舍。村庄散落在山间，房屋大多由石头砌成或是半木结构。

我在村子后面拐上一条蜿蜒向上的小路，路面覆盖了一层薄薄的积雪。一个男人从村落最边上的一座院子里出来，步履蹒跚地穿过泥泞向我走来，他像碰到老熟人那样热情地招呼我，还与我握手。我还没提任何问题呢，他就开始磕磕绊绊地向我解释前面的路。他嘴唇间咬着一根干草，可能是无意的，也可能是出于有些怪异的习惯。道别时他再次紧握了我的手。

我继续前行，你们的马车忽然出现在眼前：一辆用粗木板拼成的旧马车，有车厢底板，左右和前方装了车帮，与你们逃难时的马车一模一样。马车立在那里，如同你们刚刚把它放在那里一样。只是车轮不是辐条的而是全橡胶的，好吧，肯定有人在某个时候更换了它们。七十五年前，我家的马车不得不留在了这里。逃难人群中的一些人不得不被转运走，因为有人生了病，有人发了疯，比如你的沃尔特叔叔。

下午早些时候,我到达了卢博米尔兹,它以前的名字是利本塔尔。天下着雨,气温稍稍在零度以上。街上行人稀少,偶尔有人低头弓背匆匆走过。离此地还有几公里远,我就在心里碎碎念着,想象自己坐在咖啡馆里取暖,甚至或许能找到一家开业的餐馆。可集市广场上的比萨店关着门,土耳其夹肉大饼店上的门板也已经被钉子封死。那一排排精心装修过的房子,全都上着锁,教堂自然也不例外。在唯一一家开门营业的商店里,我买了一罐可乐和一包饼干,在毛毛雨中饥寒交迫地坐在长椅上。在我看来,卢博米尔兹也许是旅途中遇到的最凄凉的地方。我上网搜了下,发现这座忧郁的小镇竟然是波兰知名的喜剧之都,这可真够幽默的。

上世纪六十年代中期,卢博米尔兹是波兰声名远播的电影拍摄基地。此地声名鹊起源于一部喜剧,波兰语名为《Sami swoi》,意为"请勿外传"。剧中的台词对话已成经典,波兰人耳熟能详。小城专门为这部电影建了博物馆,馆前立着主角真人大小的两个木雕。令人意外的是博物馆竟然在开门营业。馆内明亮而充满了现代感,干净得让从森林、泥泞中跋涉而来的我有些惭愧,恨不能脱掉自己脏兮兮的鞋子。售票处的男人很和善,他宽慰我,解了我的尴尬,还在计算机上为我这个唯一的访客点开了那部电影的剪辑。剪辑汇集了该电影的经典场面,图像是黑白的,画质十分糟糕,台词我一句也听不懂。演员的方言很重,音调夸张近乎嘶喊。不过我能分辨出影片是在我刚刚走过的广场上拍摄的,这么多年,这里除了房屋的颜色外并没有太大变化。

《Sami swoi》讲述了卡胡尔和帕夫拉克两户波兰农民家庭的故事。"二战"后他们从东部的克雷西迁居到波兰西部,来到了一个废弃的德国村庄。对他们而言,这里几乎一切都是陌生的,但他们必须在这里挑选自己的新家、新农庄。两家几十年来都关系不睦,此时却偏偏选择了彼此相邻的农庄。熟悉的对手会成为家乡的一部分,势不两立却又相依相偎。由于死对头也住在附近,这块生疏的土地反而不再那么陌生了。

这是第一部关于战后移民大迁徙的影片。拍摄地是社会主义波兰,虽然有电影审查制度,但喜剧这种形式却让影片得以打破禁忌,触及了这个波及数百万波兰家庭命运的话题。影片善意地调侃了来自东部地区的"未开化"的农民,人物形象真实可信未做过分渲染:这些人缺少教养、咄咄逼人却朴实善良,多疑执拗的同时又热情开朗。从东部移居到西里西亚的两个家庭的经历令人开怀大笑,同时对观众而言也是一种情感的释放,人们终于能笑着谈论这段历史了。可在六十年代的自由德国,如果谁想到要以喜剧形式拍摄一部关于驱逐西里西亚人的电影,那肯定是一件匪夷所思的事情。

你们是在二月初穿越这个地区的,当时天气稍微暖和了些。算起来,你们已经在路上跋涉了将近三个星期。每一天,你们都与玫瑰谷村渐行渐远,与宁静的故乡渐行渐远。此次逃亡之前,你只是去过布里格县或者到克莱塞维茨探望过外婆,还从未去过离家如此远的地方。此刻,你们在战争的喧嚣气氛中蹒跚而行,身前身后是上百万的难民，依赖着外界的施舍、帮助，任由暴力摆布，被活下去的意愿驱使着，这时没有什么比活下去更重要；你们还要仰仗马匹的耐力与坚忍，同时希望自己不要丧失理智，不要像沃尔特叔叔那样发疯、嘶吼。没有什么比那更糟糕了，秩序的最后一根支柱一旦坍塌，恐慌就会在人群中蔓延。每个人都在耗费着巨大的能量克制自己不要发疯。沃尔特叔叔的丧失理智其实不过是这种情势下唯一合情合理的反应。其他人呢，你们当时如何能忍下这一切而没有发疯的？

我在你们的逃难之路上已经走了一个半星期。脑子渐渐地越转越慢。我和风、大树对话，孤独、伤痛与倔强一齐袭来。我走过这片经历过战争的土地，一月时节下西里西亚的荒凉令人颓唐。我走上这条路，是为了感受你们曾经的痛楚，用我酸胀的双腿和疼痛的脖颈；是为了记起你们忘却的一切。我的朝圣之路上，多少人友善地将我视作一个疯狂的圣徒，然后摇摇头笑着接纳了我。我忏悔，却不知道为了什么。为了被人遗忘的一切？我要感受伤痛，那些大人们在我童年缄默不语的背后隐藏的伤痛。那是你们没有察觉到的伤痛，我感觉到了，那种旧事不允许被重提的伤痛，它们无时无刻不在那里。这些伤痛潜入了你们的身体，进入了妈妈的骨髓和你的心脏，否则你为何年纪不大就患上了心脏病呢？

风笃定了要折磨我，而且还纠集了增援部队一起向我发起了冲锋：送货车、简易卡车、巨无霸卡车和重型卡车等不断从我身边呼啸而过。

逃离故乡如同大树被连根拔起，我们整个家族从此就没有了根。

我现在就走在这条逃离故乡的路上。这次逃难让我开始质疑所有的迁徙。俗语说逃之大吉，可一众被驱赶的人，一群突然被强制离开故乡的人，有何吉祥可以追寻呢？对于这群人，今后所有的迁徙、变动都将永远和苦痛关联，因为这唯一的一次迁徙带给他们的只有丧失。

路两旁是绵延不绝的行道树，像一道永无尽头的围墙，光秃秃的树枝在不安分的女徒步者头上摇晃着。这些树的根须深入地下，岿然不动地屹立在那里。想要移动它们，除非把它们伐倒、杀死。

我不断变换着自己的行走路线，一会儿在沥青路面上，一会儿跳进边沟里面。货车、水泥搅拌机、拖车，这些重型卡车迎面冲来，它们扬起的阵风几乎把我掀翻，车顶上的积雪随后扑面而来。

动带来痛苦、磨难，静是安全，生活的真谛在于坚忍，这是你的生活箴言。房子，妻子，我们这些孩子，以及你的朋友，你平生所做的一切就是成为一棵参天大树，好让我们有安全感。尽管我们知道那种安全感根本就不存在，也永远不会存在。

望见攻击者向我疾驰而来时，我会先远远地评估风险等级。冲击力取决于重量、横截面积和速度。最容易低估的是水泥搅拌车，车不大但重量惊人；最危险的是快递车辆，那些司机肆无忌惮，开起来一股不要命的劲头。

行动才能获得救赎。拒绝逃亡的人死掉了，逃出来的人尽管无家可归，尽管受人威胁刁难，可人总算活了下来，走运的话也许还会找到一个避难的所在。因而逃亡总归是一种解决问题的办法；在生活的任何一种境遇中，逃离总是一个出路。

汽车冲我驶来时,我就避让到边沟里面。至于避开多远,要视危险程度而定。我会转过身背对公路,等待阵风扫过后再次前行。我不怪那些司机,是我在自找苦吃。

出发、离开,随时可以;到达,永无可能。一个即使已经在某地生活了三代的家族仍然无法扎下根来,他们永远不会再回到自己的精神故园,至多能在这里或那里临时安顿下来,如同此时坐在冬天冰冷的街边长凳上的我,随时准备着继续出发,放手,放弃你的一切,甚至生命。

只有那些再也感受不到痛苦的人是安全的。

一如当年的你们,我并未对这次徒步旅行做什么准备。逢山开道,遇水架桥。我又能做什么准备呢?

我要在徒步中将这个被诅咒的二十世纪从我自己,从我们所有人身上甩掉,我要回忆起一切,然后忘记一切;我在步行的终点将获自由,将被治愈。如果我能熬过这一切,我就能不再回首往事,而是直视未来;我会开始学习中文,在 Tik Tok 上注册账号。我将从自己和欧洲及其惨痛历史的纠缠中解脱,一切将一去不复返,我会只为明天活着。

格雷富夫(以前名为格赖芬贝格)火车站内空无一人,荒凉得让我怀疑自 1945 年后火车是否还停靠过这里。车站大门紧锁,窗户被木条封了起来。一条泥泞的小路穿过车站,指向一个散发着尿骚味的地下通道,循着通道我走上了空无一人的站台。这里会是当初沃尔特叔叔和太奶奶被送上火车的地方吗?

走神间，一列现代得令人诧异的火车驶入站台，车里满载着涂了黑指甲、身着破洞牛仔裤、头发染成粉红色的女高中生。好了，一切正常，我又回到了文明世界。我已经走了两百二十公里，还不到你们逃难路程的一半。我现在要短暂地中断旅程，回柏林看看家人。几周后我会回来，从这里继续我的行程。这是我当时的打算。

三

你来到了这里,可你不能在这里留下来。
——引自齐陶市"逃亡"专题展中
一位当事人

2005年4月的一个夜晚,玫瑰谷的老乡们在格尔利茨的一家酒店里聚会。开始的时候,大家彼此称呼对方的姓,伊尔塞·舒尔茨、鲁迪·派斯克,用娘家姓来称呼在场的女性。然后大家开始以你相称。[①]尽管不十分情愿,你还是和我们一起参加了这个聚会。你哥哥曼弗雷德去世后,玫瑰谷对你而言变得愈加缥缈了。而且,除了聚会的组织者伊尔塞·舒尔茨以外,你并不认识其他人。

你觉得参加聚会的人彼此熟识,而自己却是个局外人。

最后,只是因为我的缘故你才决定同去。

[①] 按照德国人的交往惯例,关系不亲密的人之间总是以您相称,称呼对方的姓氏,类似我们中文语境中称对方为李先生、张女士。只有关系亲近的人才互相以你相称,叫对方的名而不是姓。德国女性一般在婚后随丈夫的姓。

大部分玫瑰谷村民在逃亡后定居在了苏联地区,而且距离西里西亚不远,应该是村民们当时都以为迟早会回到故乡的缘故。有几户人家没能渡过尼斯河,而是落脚在了德累斯顿和科特布斯之间的一个村庄,玫瑰谷以东三百五十公里的地方。随后一些村民循着老邻居的足迹来到了这里,与那部波兰喜剧《Sami swoi》中的情节如出一辙。人们又开始了在田里的劳作,当然一切都发生了变化,他们在那时的东德被称为新农民。这个名称给人以开始新生活的感觉,可以淡化他们背井离乡的遭遇。定居在波兰、东德的这些村民此后生活在贫困和饥饿之中,不少老人早早地就离开了人世。

赶来参加聚会的竟然有近六十人,这出乎所有人的预料。老一辈人很感动,说这次年轻人也来了,他们指的是我这一代。老人们不停地说,代代相传,这真是太好了。其实聚会上的大多数人都像你一样,在逃难时还是个孩子,只在村中度过了短暂的童年。时隔六十年后,人已苍老,不少老人已经很少外出,这次旅行让他们不堪其苦。

老人们唏嘘不已,称这肯定是不少人的最后一次相会了。

一副副饱经沧桑的农民面孔,一双双干农活的手。如同老同学聚会,又像五十年后的坚信礼仪式,大家兴奋、热情极了,互相聊着自己在做些什么,分享孩子、孙一辈的境况。聚会上人们还吃到了西里西亚特有的发面蛋糕。人们全体起立,格蕾特尔·科佐克宣读了两年前聚会之后去世的乡民名单,为他们默哀一分钟。重新落座后，格蕾特尔讲起了西里西亚的风俗和方言，还为大家朗读了一首关于西里西亚发面包子的打油诗，竟有长长的十六节。她的方言已经不那么利落了，童年时耳濡目染的语汇已经变得生疏。有人给大家分发了歌词，只是用西里西亚语合唱的尝试在歌曲第二段就不得不放弃了。

有一户人家第一次参加聚会，来了三代人。他们计划去玫瑰谷寻找当时埋在农场里的贵重物品。那家人已经拟订了计划，还画了图，其实这张图全无必要，因为家里那位当时只有五岁的老奶奶将一切都记在了脑子里。尽管时光流逝已六十年，她仍能清楚地回忆起农庄的样子，确信东西肯定还会埋在那里。汉兴·齐波尔兹带来了儿时的照片，这些照片都被他扫描成了电子文件。照片中有学校开学、教堂大钟开光的场景，还有两张村民逃难时的照片：收拾得妥妥帖帖的马车，一望无际的长长的公路；凯斯紧靠着妹妹站在马车边上。照片中看不出一丝惊恐的痕迹。

聚会上的人们不会主动谈论那次逃亡。不过如果被问起，他们仍旧记得一些细节。那是孩子的记忆，他们历经艰险，只是在成年后才晓得经历中的可怕之处。他们不约而同回忆起的是寒冷，双脚感觉到的寒冷，走路时像踩在钉子上一样痛入骨髓。他们没有忘记那个名字古怪的小村子"决不宽恕"，村民们在那里住了两天；人们在施特雷伦看到远处一列医用列车遭轰炸的场景；沃尔特叔叔发疯的时候十分有趣；在某地过夜时，那个让人提心吊胆的煤气灯，人们总是担心煤气泄漏会让大伙遭殃。人们很少谈到那次逃亡，即使谈及也刻意不流露情感。与此相对照，他们对玫瑰谷的记忆是鲜

活的，谈起村庄、农场、村里的人和动物时眉飞色舞。人们谈起村里的趣闻逸事，比如你出生的故事，比如他们短暂的童年时光。这些人那时只有五岁、九岁，年龄大些的也不过十四岁。

鲁迪·派斯克在1944年12月27日被征召进了人民突击队，他的童年在那一天戛然而止。你的哥哥戈特哈德也在同一天被征召。与此相似，苏联红军也将国内1927年出生的孩子全部征召入伍，这样双方战斗部队中都有了十七岁的士兵。鲁迪被送往布雷斯劳参加巷战，他在投入战斗之前只接受了一天的培训，人们向他演示了如何使用手榴弹：引信有四秒半的引爆时间，计数，一，二，三，……

二十一，二十二，数到二十二时扔出。他随后进入了战场，火车司机会在每天早上四点发给他们一瓶烧酒，士兵们传递着它，十个人共享七百毫升，轮到每人只有拇指肚高那么一段。鲁迪从酒店桌子上拿起矿泉水瓶，将拇指靠在上面以显示他们那时每天凌晨分到的烧酒份额。他的上半身微微地前后晃动着。

然后开始瞄准，射击。

苏联红军也给士兵提供伏特加。那是战争接近尾声的时候，人们看到，醉醺醺的少年战士很快就稀里糊涂死在了阵地上，人们甚至不知道他们是怎么死的。就像你的哥哥戈特哈德。

鲁迪清楚地记得他的第一次冲锋。他们受命夺回俄罗斯人在奥得河以西建立的桥头堡，要从掩体中跳出来用火焰喷射器瞄准对面的房屋进行喷射。跳出去的第一个士兵被对方一枪撂倒，击中要害，一头栽进了战壕。下一个是鲁迪，人们将火焰喷射器绑在他身上。对方的机关枪扫射密不透风，他观察了一下，然后纵身从掩体中跳了出去。

火焰喷射器的射程可达六十米，对面的房屋立即燃起了熊熊大火。

事前人们叮嘱鲁迪，射击后要立即返回战壕，但他那时已经无法思考，脑子里一片空白，是同伴将他拖回了战壕，他那时已经被吓得几乎失去了知觉。

我当时已经筋疲力尽。

那个桥头堡最终也没有夺回来。

鲁迪说话的时候头部微微前倾，双肩低垂，驼着背，嘴角忧伤地向下，眼神十分忧郁。他说，我那时是个妈宝一样的孩子，到今天还是。看上去也的确如此，一个年近八十的男人，却依然是个孩子的样子：硬挺的衬衫，一头白发看起来刚修剪过，干净整洁，像一个去教堂做礼拜前被妈妈打扮一新的男孩。他此刻的眼睛中闪烁着渴望，对童年的渴望，对他从未有过的童年的渴望。他头上有一个硕大的疤痕，一直延伸到前额。

脑袋上挨了一枪。他说。

他向人们仔仔细细地解释这几乎致命的一枪的经过，描述子弹是如何在撞击后爆炸的，仿佛讲清了这一点，人们就可以身临其境见到当时双方互相杀戮的场景。他当时戴着钢盔，不过看来它的防护作用十分有限。他的伤势似乎很重，以至于人们撕下了他的号牌，拿走了士兵证。那是 1945 年 3 月 11 日。三天后，鲁迪在军队医院里恢复了知觉，记忆也慢慢恢复了，只是说话不再利索，直到今天还有一点点磕巴。他在战争结束后被认定为三级残疾，从而躲过了一劫，没被送往苏联的战俘营。俄国人颁发的三级残疾证书让他免受囚禁之苦。

脑袋上这一枪让我因祸得福。

鲁迪辗转周折回到了玫瑰谷，可村里没有遇到一个相识的村民。他随后前往格尔利茨附近，在那里找到了家人，只是他二十岁的哥哥已经在维也纳附近阵亡了。

翌日清晨，一辆满载玫瑰谷老村民和他们后人的大巴启程开往玫瑰谷。"回老家。"人们这么说，让人联想到他们后来又有了新家。

他们不说自己去波兰，而是"去那边"，意指前往西里西亚的波兰部分。西里西亚一词挂在人们的嘴边，像以前一样，成了大家的通用词汇，虽然现在他们不得不与波兰人共享它。

车到达玫瑰谷时，村内的街道正沐浴在清晨的阳光中，村里安静极了。路上没有汽车，没有来往的车辆，毕竟这只是通往弗罗瑙的一条支线。这是五一劳动节的前一天，蒲公英和雏菊点缀着绿色的草地。大巴沿着村路驶入村庄，途经老客栈门前，当地政要和郡望已经在等着了。可大巴并没有停，而是继续前行，驶过以前的教师宿舍和教堂，直到村子尽头墓地不远处，才掉头开回客栈门口。客栈在波兰人的治下改作了文化之家，实际上成了村里的社区活动场所。车上这些玫瑰谷的村民和后裔将1945年之后的时段称为"在波兰人的治下"。

当地市长和区长上前问候，双方互赠礼物，有人在一旁翻译，场面十分热闹，毕竟大家在以前的碰面中就已经结识了。午餐是特意从附近的小城预订的，村里的女人们则亲手烤了蛋糕送给大家。

来自德国的玫瑰谷村民坐在富尔曼客栈一楼舞厅的长桌旁。他们的父母曾在此举办婚礼，当时村中老人葬礼后的答谢筵席也在这里，而你的哥哥曼弗雷德在他最后一次从部队返乡休假时曾在这里看了电影《为德国而战》。波兰人能共情德国人心中的苦楚，理解他们重回故乡的渴望，他们相处得不错，但并不亲密，也没有发展出什么友谊。返乡的玫瑰谷村民和后裔几乎没人能说波兰语；波兰人虽表现得很友善，但对德国人没什么期待，他们有自己的忧心事，尤其是当地的失业问题。搞农业不再有什么赚头，有能力跑到国外工作的人都走得差不多了：男人们在英格兰和爱尔兰的屠宰场打工挣钱，女人们则去了德国，给那里的老人和病人做护工——让这个村庄和德国产生联系的是这些人，而不是每隔几年来访一次的玫瑰谷老村民。

餐后，德国人三五成群地到村中漫步。已是正午，村子仿佛依然沉睡着。波兰人看来为了回避德国人都待在家中，只有几个孩子在村路上来来回回地骑着自行车，发出咯咯的笑声。这群德国人像参观露天博物馆一样游历自己曾经的故乡。谷仓里空空如也，农田也撂了荒；某处停着一辆老式的四轮木制马车，上面摆满了鲜花；部分谷仓后面立着生锈的犁，或者几个草堆，这都是这群人的父辈、祖父辈过去常常走过的地方。兴奋，掺杂着痛苦的兴奋。人们指着房屋和谷仓，彼此念叨着，这里是韦劳赫家，那里是齐波尔兹家。

你随身带了一张地图，上面对每块宅基地编了号，写上了对应家庭的名字。这张图让你将房子和姓名一一对应，可这些名字对你而言已经那么遥远。你大部分时间都在盯着那张地图，却很少看眼前的村庄，仿佛那些黑色矩形框里面的编号与名字能更多地唤起你对家乡的记忆，而面前活生生的村庄却让你倍感陌生。人们随后一起去参观了村里的教堂。时间才过去了一小时，人们已经不知道自己还能干些什么。

整个村子全看完了啊。人们说。

他们为此行准备、筹划了几个星期，可现在已经不想继续在这里逗留了。无论再来这里多少次，他们也不会找到他们想要的东西。他们对波兰人并无微词。波兰人已经尽其所能了，他们将村中打理得不错，干净又整洁。一些德国人受邀到他们出生的房子里做客，享用咖啡和点心。他们与房主人沉默地对坐在客厅桌边，德国人心怀感激却又有些尴尬。准备寻宝的那家人根本没有拿出那份藏宝图，他们已经走遍了这个村庄，在这里能找到什么宝物呢？

　　首次来到玫瑰谷的年青一代明显比父辈更受触动。他们也讲不清是什么让自己心绪难平。不，玫瑰谷不是他们的故乡，但它是一个起源，他们感受到了此地与自己的关联。这些年青一代很可能希望在这里破译那些笼罩在自己童年生活里的阴影，那些大人不曾言说的痛苦，这些痛苦不知不觉中传递到了他们身上。他们的祖母或曾祖母如今或已不在人世或行将就木，现在终于有一丝光亮洒进幽暗的家族历史了。葬礼上人们往往对逝者的经历语焉不详。缄默的一代正在离开这个世界，而活着的人却对此知之甚少。你们在逃难时还是孩子，没到记事的年纪，而你们的后辈也只是在家庭聚会上听到些只言片语，或是在大人们的窃窃私语中得以窥见尘封几十年的黑暗故事的碎片：女人如何在父亲或者丈夫面前遭到凌辱，老人如何在妻子与孩子的眼前死去。这是双倍的痛苦，一半来自遭受折磨的亲人，一半来自不得不亲眼见证的惨痛。在这个幽暗世界最深处的角落是死去的孩子们的故事。亲身经历过这些的人，由于痛苦，也出于羞耻感，沉默着将这些遭遇埋进了心底。他们不想让子一辈、孙一辈知晓自己曾经历过什么，害怕给孩子们带来心灵上的重负。如果讲述了这些，怎么可能在随后的周末坦然地和他们一起吃奶油蛋糕，或是一起打牌呢？

　　与其他家庭相比，我们算是对过去谈论较多的一家。即便如此，仍然有许多事情隐身在黑暗中：爷爷对他在布雷斯劳的人民冲锋队，以及后来在战俘营中的遭遇闭口不谈；在1945年夏天曾被苏联占领者征用为劳工，去了哈茨山的奶奶，也不曾谈及此事的细节。还有，我们至今不知道戈特哈德的死因，以及沃尔特叔叔最终到底是怎样的结局。

你呢，爸爸？你又经历了什么？

比缄默更要命的是大人们之间的窃窃私语。这让孩子们感觉到曾发生过可怕的事情，让他们夜不能寐，恐惧战争的迫近。比如，大人们曾嘀嘀咕咕地谈起外公的姐姐。她在战后逃离了东普鲁士，据说她此后的经历让她年纪轻轻就满头白发。我儿时对她的记忆就是那一头白发，我紧盯着它，好像它能够揭示你们不愿谈及的幽暗似的。我的鬓角在三十出头时也已有了白发，是基因的传递吗？

扬和雅德维加没有参加客栈的聚餐。他们不知道那群德国人里会有自己认识的人，压根儿没想到我们也会来。当我们来到黏土坑旁我们的农场时，雅德维加正坐在天篷下乘凉。我的确用了"我们的农场"这个词，也许是因为你这么称呼它的缘故吧。

雅德维加起初没有认出我，时间已经过去了三十年，那时我还是个孩子。她费了些周折才辨认出来。你告诉她自己是曼弗雷德的弟弟，这应该对她的回想有所帮助。她很高兴我们又一次来到这里，把我们拉近她软软的胸脯，拥抱、亲吻我们。农场的主屋空置着，老富尔曼已经去世，孩子们搬去了奥波莱和弗罗茨瓦夫，他的遗孀现在和儿子住在克拉科夫，每年只来玫瑰谷一次看看自己的老屋。

田地租给别人种了,扬和雅德维加已经不干农活多年。

雅德维加马上开始了抱怨,她看起来有太多的烦心事。No co robić, co robić,这可怎么办啊,这可怎么办啊。煮咖啡的水还没烧开,我们已经知道她的养老金只有区区五百兹罗提,扬可以拿到一千兹罗提,两人加起来不到四百欧元。而家里的屋顶需要修补,还要资助上小学的孙女,早产的曾孙子的住院费更使他们家的境况雪上加霜。这可怎么办啊,No co robic, co robic。

雅德维加兴高采烈地回忆起老村民的来访,还提及我们家族里的一些亲戚,有些人的名字我甚至从未听说过。扬带我们去看了空荡荡的马厩和谷仓。农田里长满了蒲公英,爷爷的果园已经废弃了,整个农庄里甚至看不到一块菜地。雅德维加告诉我们,现在干农活没什么意义了,养鸡的话,饲料的价格比鸡蛋还贵;只有一个儿子还在种地,他干活很上心,孩子们放学后会帮忙做些农活,不过这基本上于事无补。扬告诉我们,村里已经有十个农庄人去屋空,十二所宅子里分别只住了一个人,而且全部上了年纪。玫瑰谷的学校早就关了,幼儿园也在九十年代中期关门大吉。

谁还想在这里生活呢?

你哥哥曼弗雷德在世时,冷战还没有结束,任何事情都能和政治扯上边。现在,奶奶厨房餐桌上争论过的话题变得遥不可及,什么公不公正啦,什么返乡的权利啦,谁是土地的合法拥有者啦,都变得虚无缥缈起来。如今,任何来自德国的玫瑰谷老村民都有财力花上几个兹罗提在这里买下一栋空房子,可事实上没人这么做,前往玫瑰谷的年轻人中大概不会有任何一个想在这里生活。老人呢?

同样没人打算返回这块曾经的故土，他们曾经魂牵梦萦的世界已经烟消云散了。人们热烈争论过的财产、农庄以及这片土地，实际上并不是他们真正失去的东西。

将你和玫瑰谷关联到一起的纽带是你的父母，还有他们遭受的损失。只有曼弗雷德在场的时候，你才会将玫瑰谷称为故乡。不过，即使对曼弗雷德而言，对玫瑰谷的渴望与其说是对实际存在的村庄的渴望，不如说是对自己童年生活过的土地的留恋，而那次被迫的逃亡为这个地方镀上了一层特别的色彩。

大泥坑在波兰人接管村庄后已经干涸。下午，那里开始了一年一度的"舞进五月"庆祝活动。沙滩排球场旁，玫瑰谷的新老村民并排坐在木凳上喝着啤酒。天气和煦，果树已经开花。天篷下，三位漂亮姑娘对着麦克风低声哼唱，随后一支五人乐队唱起了《鸽子》，之后波兰人的摇滚乐队登场。活动的最后，人们合影，大巴鸣笛以示告别。车开动时，格蕾特尔·科佐克在车里带头唱起了《再见，我亲爱的故乡》。

大巴行驶的路正是你们1945年1月22日逃难时走过的路。六十年后的今天，这条路依然颠簸得让人难以忍受。格蕾特尔一直在流泪。这段路，你们当时整整走了五天，而大巴车只花了一个小时。

我当时确信，随着我的第二次玫瑰谷之旅，一些事情会告一段落，比如彷徨的心情，还有探求的渴望；我一次又一次寻根的、近乎痴迷的愿望，将就此治愈并画上一个句号。第二次故乡之旅时我已年近四十，我相信已经一劳永逸地为玫瑰谷在自己的心中找到了一个合适的位置。这不是我的农庄，而是我爷爷奶奶的农庄；玫瑰谷不是我的故乡，而是我祖上的家园。不过，我把事情想得有些过于简单了。

这次旅行中我还真了解到了一些关于你的事情，它们与战争和逃亡无关，而与你的出生有关，更确切地说，是你来到这个世界的因缘。爷爷赫伯特工作认真，喜欢唱歌，爱笑也喜欢逗别人笑，总是出现在各种聚会上。在村子里，他以善于交际和幽默风趣知名。村里的节日、婚礼或一年一度的消防员舞会上，他总是会耍到凌晨才离开，这种场合很有可能会发生些让人难以预料的事情。不过从未有过什么出格。可谁知道呢，有些事人们永远无从得知，这种狂欢到深夜的机会毕竟为他提供了尽情享受生活的可能。

他与格奥尔格·舒尔茨、古斯塔夫·齐波尔兹两个牌友打牌的故事人们耳熟能详。每个星期六的晚上，这几个人会雷打不动聚在小酒馆里，赫伯特开始讲笑话和故事为朋友助兴。夜深了，酒馆老板给他们倒上当晚的最后一杯酒，暗示该是离开的时候了。不过偶尔这几位牌友仍余兴未尽，离开酒馆后，爷爷赫伯特会拉起手风琴，众人穿过马厩牛圈，对着奶牛唱歌。

1935 年 12 月一个星期六的晚上，这几人就这么坐在富尔曼的客栈里。三个年近四十的男人，也许肌肉、骨骼的变化让他们感觉到了老之将近，还有辛苦操劳带来的倦怠，可能正是这些驱使着赫伯特半玩笑地吹嘘自己在那方面的本事。他的妻子奥尔加分娩在即，肚子里的孩子就是你，他们的第三个孩子。奥尔加三十出头已经生育了两个儿子，老二戈特哈德是八年前出生的。她累了，疲倦了，

不想再要孩子了。

赫伯特一边吹牛,一边言语挑逗着身边的几个牌友:打赌吗,我赌你们干不了那事啦!格奥尔格·舒尔茨、古斯塔夫·齐波尔兹笑着岔开话头。可赫伯特不依不饶,最后那两人再也不能对赫伯特的话听之任之了,于是三人又点了一圈酒,行将半夜的时候立下了赌誓。九个月后,玫瑰谷村里两个孩子呱呱坠地,是舒尔茨和齐波尔兹的孩子:伊尔塞·舒尔茨和汉兴·齐波尔兹。你父亲赌输了。

关于穿防护服是为了什么,保护谁,当时的解释含混不清,医院方面讲你身上携带了病菌。这本应让人担心，可看起来医生并不以为意，我们也没有追问。母亲猜测也许这个病菌并没有多厉害，和爸爸身上其他更厉害的病菌相比，这种病菌也就无足轻重了。防护服是为了保护我们探视者免受你身上病菌的攻击，还是为了抑制病菌在医院内的传播？事实却是你被院内感染了。我压抑自己的想法竭力让自己相信：穿上防护服，把自己包裹起来是为了保护你。

隔着手套我依然感觉到你手的冰冷，可你看起来一点也不畏寒。我陪你坐着，握住你的手，你从未抱怨过冷，只是你冰凉的手总是让我不寒而栗。我去问医生原因，医生不以为意，他告诉我你的身体正在忙其他事情，而不是温暖四肢。他很和气，和气到让我觉得自己提了一个多余的问题，一个任何人都应知道答案的问题。他的话语甚至有些安抚人心的力量，他原话是这么说的："身体正全神贯注于其他事情。"这让我觉得，目前这样很正常，很好，你的身体很聪明，它此时此刻正专注于更重要的事情。没有什么可担心的。我相信了医生。

虽然我并未理解其中的含义。

我在医院听到的总是被重复来重复去的一句话是：别担心。直到今天，当我想起你戴着橡胶手套的冰凉的手，依然会后脊骨发凉。一个有生命的躯体竟然会如此冰冷。

你去世六个月后，我再次联系了医院，我想和陪你生命最后一周的主治医生聊聊。最后时间里你拒绝继续治疗，主动选择了死亡，我想知道所有我没在场时发生的对话。

为什么？

医院网站的主页上病人在微笑，还有手术中的医生、怀抱婴儿的母亲的照片，这些一起配着醒目的标题：创造未来。就像他还没在这家医院死去。

亲爱的霍夫曼女士：

我今天收到了您要求会面的电子邮件。我很乐于与您见面，想和您约个时间。S博士和我是重症监护室的主治医师，去年9月为您父亲治疗过，当时尊重他的意愿对治疗手段采取了限制措施。

我在正常工作时间结束后，也就是每天下午四点以后，可以安排时间与您见面，不过2019年4月18日星期四那天除外。

致以真诚的祝愿！

约尔格·克斯滕博士

2月中旬的时候，我在希隆斯克地区的格雷富夫中断了徒步旅程。我当时的计划是先返回柏林，短暂停留后再返回这里继续。可计划泡了汤。两周后，新病毒在欧洲传播开来，德国随之关闭了与波兰和捷克的边境。直到6月底，我才得以重新回到格雷富夫火车站。面前的车站里几乎全部变成了黄色，我还以为人们肯定给这里重新刷了漆。我错了。原因很简单，夏天来了。

明媚的阳光下，人们坐在花园里喝着啤酒，猎鹰站在收割后的草甸上，第一批樱桃也已经成熟。紫罗兰色的羽扇豆在田野里绽放，田埂上长着罂粟、勿忘我、野三色堇和风信子，居民的花园里则盛放着牡丹和绣球花。鸡在啄食，马在吃草。夏日这里将美得无与伦比，最好的时刻还没有到来，现在是 6 月 22 日。

连着下了两天雨，空气变得凉爽，夏风舒适宜人。到处水流淙淙，小路上遍布着小水洼，路边的沟里有水汩汩地流过，村里的池塘已经满溢了出来，小溪欢快地奔流而过，甚至冲出了小河床，被水冲得倒伏的长长的蒿草在水流中轻轻摇曳，俨然野马奔腾时扬起的鬃毛。

蜗牛出没在人行道上，各式各样，带壳的、不带壳的，独自一个或者成双结对。两只鼻涕虫在我的前面爬行着，彼此靠得很近，宛如一对相互依偎的恋人。我小心翼翼地跨过它们，有些感动，也有些尴尬，像无意中闯入了别人的卧室。

一切都那么鲜活，充满生机。蒲公英的叶子像棕榈叶一样高高耸起，那些被雨水打弯的野草重新挺直了身子，竟然够到了我的胸部。当地人以一种别样的方式爱着他们的花园，他们任花草恣肆地疯长。爱并非循规蹈矩；爱是慷慨，是充盈和色彩斑斓。一家前院里停着一辆被漆成了五颜六色的旧自行车，花篮里的天竺葵盛放着，而绚烂过后的杜鹃花和丁香正在褪去鲜艳的颜色。

克维萨河边的一个村庄里，一辆汽车停在溪边草地上，旁边是一栋新房子。这是一栋由粗糙树干搭建而成的木制房子，有些像俄罗斯农民的农舍，又有些美国狂野西部木屋的轮廓，原始而明快。两个女人，看来是一对母女，从车上下来，一边好奇地打量着我，一边互相交谈着。

木屋很漂亮，我搭讪道。

女儿笑起来：一个和老公离婚的女人还能怎么办？

那就给自己盖所房子？

对啊，那就给自己盖所房子。

她建议我去参观附近的锌矿，她后天也会去那里，到时可以带我一起转转。

后天啊，我说，那时我已经在捷克境内啦。

就这么徒步吗？对，徒步。一个人？一个人。

她转头对妈妈说道：瞧，我说的没错，她是个洒脱的人。

在你们不得不踏上逃难之路的几个世代以前，霍夫曼家族的血液里就流淌着一些不安分的基因，一种对远方和漂泊流浪的渴望。我们家族历代都是农民，但他们内心的某个角落却有着对遥远地方和异国他乡的向往，要不怎么会在十三世纪时离开了莱茵兰地区？当然，那次迁徙并非自愿，更多的是迫不得已，放在今天我们会称他们为经济难民。但他们有股闯劲，于是全家踏上了走向东方的旅程。

还有那个家族中流传的故事，虽然其真实性听上去存疑，更像个传言。你哥哥曼弗雷德的回忆录中写道，霍夫曼家族的祖先中曾经出现过一位"吉普赛女人"。据他说，这些是爷爷亲口讲给他的，说这个女人在家族历史中"有一定分量"，除此之外曼弗雷德并没有更多的记录。

不过，这是一个令人兴奋的故事，曼弗雷德显然很喜欢这个传言，我也是。而且的确能找到一些蛛丝马迹印证这个传言的真实性，比如爷爷爱唱歌，喜欢和人交际以及容易情绪化；爷爷和你、你的哥哥都肤色较深而且不高。我还找地方做了 DNA 分析，这也是我寻根的一部分呢。分析结果也佐证了那个传言：DNA 分析表明，我们家族祖先的血统中有巴尔干半岛人群的基因，准确来说血统比例有 15%。

这还不是全部，还有后续，那就是我们家族里具有传奇色彩的保罗叔叔。他虽然身处西里西亚腹地，却被一种对海洋的强烈渴望所征服并在十六岁那年离家出走。他费尽周折跑到了汉堡港，在那里当上了水手，得偿所愿驶入了辽阔的世界，广袤的大海。尽管这位航行在合恩角的远洋水手只是我的一个远房叔叔，可他在海上的冒险故事却在家里广为传扬。比如，他是如何在升任大副后在一次水手哗变中制服了叛变的船员；或者，某个下午，他正在吊床上做着美梦，却在千钧一发之际醒来，发现一个马来人正口含弯刀向他扑来，他及时刺瞎了对方的眼睛。

还有进一步的证据，叔叔曼弗雷德拿到高中毕业证书后就报名参加了海军。照片上，他穿着真正的水手服，而不是你那套童装海军服。家族血脉中的一些特质与西里西亚农民固有的脚踏实地格格不入，它总是将家族中的一些人引向遥远的地方。

"边界"一词源于斯拉夫语 granica，随后从欧洲东部传入德国。边界的本意不是一条线，而指一个地区，在那里语言、文化、宗教和统治得以平滑过渡，从而成为一个连接两个异域的区域。"边界"

一词由一片地区演变为一条线,是中欧近现代时期的事情。在今天,"边界"涵盖的范围更加广泛,如可以指接壤、封闭、排除、划定。边界可以是水平方向,也可以是垂直方向;可以指空间,也可以表示数量,比如国家边界、上限,后者如接纳难民数量上限。边界在区分彼此的同时又连接了彼此,比如我此时站立的地方就是如今波兰、德国和捷克之间的边界三角地带。

在这个夏日,一天之内,我竟然跨越了三次国界:一大早从波兰出发去捷克,下午回到波兰,邻近傍晚时分,经过波德界河尼斯河上的一座大桥,又进入德国的萨克森州境内。在1945年2月的时候这里并无边界,你们是所谓"境内逃难者",逃难途经之处全部在当时的德国国境之内。而此时此刻,2020年的夏天,这里实际上已经辨别不出任何边界了。边境设施早已废弃,路障被拆除,没有边境哨所,不会有人从某个小房子里走出来要求你出示护照,向你提出问题。相反,当我回到波兰境内时,一对经营水果摊的夫妇好心送了我一大捧草莓。

转天我的行程坠入了四野茫茫的虚空。整个下午我都在穿过一座褐煤矿山,一个宛如罗马圆形剧场一样的巨大无比的坑,视野所及直到远方的地平线。运送煤炭的卡车在我身边呼啸而过,远处的挖掘机怪物一样发出吱吱嘎嘎的声响。这些怪兽早已吞噬了弗里德斯多夫村,那是你们当年2月11日留宿过的村庄。过不了多久,巴特奥佩尔斯多夫村也会消失,连同那个教堂附近的温泉公园。教堂的钟在疯狂地鸣响,仿佛为即将到来的毁灭敲丧钟。

博加蒂尼亚早先叫赖谢瑙。我本想在这里住一夜,可是旅馆没有空房间，我只好前往四十多公里外的齐陶。夏天的时候，我为自己买了一双轻便徒步鞋，现在看来这是一个错误的决定。为了转移对脚痛的注意力，我做起了猜猜看的游戏，试图通过声音来识别后面驶来的车辆种类。开始是粗略的猜测：小汽车，抑或是卡车、摩托车？这个难度不大。然后我试着做更精确的推断：大排量轿车、小排量轿车、家庭面包车、SUV、皮卡、小巴、小型货车、公交车、送货车？普通的卡车还是带挂斗的拖车？开顶（如运送煤炭）还是封闭式货车（如集装箱）？或者，木材运输车？随后又进一步分辨农用车辆，如拖拉机、联合收割机，各种建筑机械，如挖掘机、轮式带斗装载机，等等。此事的难度在于，我只能在最后一刻，也就是这辆车几乎与我并行的时候，才能做出判断。当然我一定要在车辆现身前给出答案，否则就没有什么意义了。

我又遇到了那个九岁的男孩。他走在我身旁，穿着短裤，面容消瘦。他一定经历了很多事情，可眼前的夏天让他兴高采烈，还在我疲倦的时候试着感染我，让我振作起来。我们两人一起玩猜汽车的游戏。汽车发出的噪音因路况而异，新建的公路和修修补补过的公路的响声是不同的，而且其声响也会受到迎面而来的汽车的干扰，要是几辆车鱼贯而来，分辨其中单个汽车的声音就比较困难。如果一辆车听起来不小但却很安静，那多半是宝马；要是听起来像汽车，驶过的却是一辆摩托，那这辆摩托车应该到汽修厂去修理一下啦。有时我的自信心膨胀，甚至会去猜汽车的颜色：亮金色！男孩听后哈哈大笑起来。

临近傍晚的时候，我走到了尼斯河边，这里已经距离齐陶不远了。河边有一条自行车专用道，河水在绿色的草地中间向北方流去。河床窄窄的，看起来很温驯。

我站在桥上，俯视着脚下的奥得河—尼斯河边境线。这条界河曾是我童年时的恐惧，也是大人们在周日下午喝咖啡、吃蛋糕时争论不休的话题。争论的内容事关对与错、罪责与报复。那些大人说，这条界河的划定源于波茨坦会议上的一个误会，那些人搞混了、犯了大错；成了胜利者的同盟国不了解德国地理：有两条同名的尼斯河，一条是我面前的这条，称为劳西茨或格利策尼斯河（Görlitzer Neisse）；另一条是格拉策尼斯河（Glatzer Neisse），流经此处东南方二百多公里远的地方，在玫瑰谷附近汇入奥得河。大人们声称，一定是那些人将两条河搞混了，毫无疑问。这是一个可怕的失误，如果那些人没有弄混，西里西亚和玫瑰谷村今天仍然会是德国的领土。真要那样的话，我就不会在汉堡城外的一个小镇中长大，而是在西里西亚的一个村庄里。争论往往在大人们重重的叹息声中结束。

这个说法在西里西亚广为流传，但它并非真相。斯大林在雅尔塔会议上呼吁将劳西茨—尼斯河作为波兰未来的西部边界，并非出于失误或地理上的无知。1943 年底的德黑兰会议上，斯大林建议将奥得河作为西部边界。1944 年夏天，斯大林在克里姆林宫的地图上亲手画出了边界，即以奥得河和格拉策尼斯河为界，这条界线也大致符合当时下西里西亚战役的前线现状。

但情况在 1945 年 2 月起了变化。1945 年 2 月 4 日，当斯大林、罗斯福和丘吉尔坐在雅尔塔的利瓦迪亚宫讨论如何瓜分欧洲时，红军先遣部队已经攻入格尔利茨以北的地区，它的西边紧邻劳西茨—尼斯河。当时，苏联红军已经解放了波兰，华沙起义失败了，因为斯大林料定波兰会建立起社会主义政府，并被纳入苏联的势力范围，他希望将下西里西亚和苏台德的一部分划入波兰。但罗斯福和丘吉尔表示反对。会议结束前，三方只是原则上达成一致，波兰领土将向西推移，但此时奥得—尼斯线尚未得到确认。其实各方心知肚明：红军当时正在向西推进，占领已成定论，吃进去的怎么会再吐出来呢？

逃难途中的玫瑰谷村民对此一无所知。2月11日，英国首相和美国总统离开了克里米亚，住进了位于劳西茨—尼斯河以东几公里的一处地方，那里距离雅尔塔会议上争议不休的界线只有几公里远。第二天，两位领导人在齐陶附近渡河离开，也许就是我在此刻，2020年夏天，拖着疼痛的双脚一瘸一拐走过的地方，陪伴在我身边的是那个疲惫不堪的男孩。那时村民们无从得知，这条狭窄的小河将决定他们的命运；几个月后它将成为边界，成为他们中的大多数人无法逾越的界线，他们将自此无法返回河流另一边，无法回到故乡。

玫瑰谷村民渡过尼斯河半个世纪后，我来到了克里米亚。此时克里米亚已不再属于俄罗斯，而是乌克兰的领土。我站在一楼硕大的圆形会议桌前，当年三巨头在这张桌子上划分了欧洲，也划定了使数百万人无家可归的边界，但这些边界在当今欧盟国家中已不复存在。我参观了利瓦迪亚宫，这是末代沙皇最喜欢的行宫，号称黑海上的白宫、克里米亚的意大利。这是一栋比例匀称的二层楼，采光充足，楼前庭院里栽满了棕榈树和柏树。沙皇的卧室在建筑的一层，从窗户可以望见波光粼粼的大海。我穿过院中的园林，德国国防军1942年夏天曾在此举行了一场盛大的派对，以庆祝克里米亚战役的胜利结束。

家里有关尼斯河边界的讹传听起来给人些许慰藉，因为它让人心生一线希望，希望有一天人们会发现当时的错误。但讹传只能是讹传，当初边界的划定并非出于失误，而恰恰是刻意为之。那些人知道自己在做什么，包括其中的西方盟国：一份定级为"机密"的美国国务院1945年1月10日的地图上，划定波兰西部边界的几种方案清晰可见，相关方曾经对此进行过论证。罗斯福总统在雅尔塔时一定已经对这张地图了然于胸。美国人以准确得近乎怪诞的数字测算了边界变化后的各种后果：德国将放弃多少平方英里的土地，有多少德国人居住在这些地区，以及需要被重新安置的德裔人口数量。该地图展示了ABCD四个选项。

选项B，即所谓东部选项，是以奥得河和格拉策尼斯河为界，照此方案，玫瑰谷和西里西亚将依然是德国领土。按照1939年的国界与人口计算，德国将割让35 317平方英里的土地，失去6 956 060的人口。选项A的变动最剧烈，被迁徙的德国居民总数上升到9 677 562人。与选项B相比，选项A德国割让的土地多了8 106平方英里，并将额外失去 2 721 512 的人口。① 这个方案囊括了下西里西亚,包括你,包括了你们一家人:三个孩子、爸爸、妈妈、奶奶和叔叔。你们是 2 721 512 之中的七个。这七个人中,有三人没能逃过战争和逃亡的劫难,到 1945 年只有四人幸存了下来。当时,西方盟国准备在波茨坦会议上力推 A 选项。

雅尔塔会议桌的中央摆放着三个战胜国的国旗。这三个国家决定了你们的命运和战后的秩序,并随后开启了冷战时代。今天呢?苏联已经解体,美国和英国则陷入了严重的危机。樱桃木椅子、灰泥天花板、大理石柱、花卉浮雕和会议桌,这就是会议室里的一切了,这几个人就在这个房间里将欧洲重新洗牌。斯大林倾向于惯用的将某个民族全部迁徙的方案,而其他两位领导人则认为,为欧洲长远计应选择有利于和平的方案。他们筹划着重启欧洲,设定了欧洲的原点时刻,尽管这么一个原点时刻历史上从未有过。不过,人性如此,人们总倾向于相信一张白纸才好画出美丽的图画,一切应从头开始,没有记忆,没有伤痛,没有对复仇的渴望。

此时提出的种族隔离政策夹杂着希望借此维持持久和平的美好期许。以历史学家阿诺德·汤因比为首的英国学者制定了"稳定战后欧洲秩序"的计划,其中具体建议之一就是进行"人口迁徙"以维持和平。简言之就是建立民族单一的民族国家。人们希望,当一个国家中没有少数民族,当德国人只和德国人、波兰人只和波兰人、捷克人只和捷克人生活在一起的时候,他们就会相安无事,和平相

---

① 疑原文有误,应为"额外失去2 721 502的人口"。下同。——编者注

处。他们对自己的想法深信不疑，驱逐德国人不是为了惩罚他们，而是为了防止未来的战争。他们称之为"种族脱离"，听起来有些种族主义的味道，实际上却是务实的、非意识形态层面的考量。

驱逐德国人是令人满意的、最能持久的解决方案，丘吉尔在英国下议院的一次演讲中说，不会出现族群混杂，造成无穷无尽的麻烦……一切将焕然一新。

不再有无穷无尽的麻烦。

齐陶坐落在尼斯河的对岸。方济各修道院博物馆正在举行主题为《逃离——驱逐、逃亡和抵达，三国交界处的齐陶》的展览。整整七十五年前，即1945年6月，被驱逐的德裔后代跨越尼斯河来到了齐陶。但这只是展览的一部分，"驱逐"这一主题被置于更加广阔的背景之下，从历史和地理的角度展现了三个时代中的三次逃亡：十七世纪从波希米亚来到齐陶的新教难民；1945年夏天被驱逐的德裔族群；以及当下来自叙利亚、阿富汗和乌克兰的难民。策展人用心良苦，意在"去中心化"，避免1945年的事件成为焦点，表明逃亡不分时代也不分地域的普遍存在性。

布展过程中，博物馆与波兰、捷克的历史学家共同合作，避免展览的单一国家视角，宣传册也使用了波兰语和德语。博物馆在当地报纸上刊登广告，呼吁亲历者与博物馆联系，还组织了相关主题的座谈会。人们十分踊跃，有几十人报名，远超博物馆的预期。其中不少当时还是七到十二岁的孩子，你的同龄人。与会时不少人带来了自己的孩子甚至孙辈，显然他们有话要说：此刻，2015年，德国面临的境况与 1945 年互为镜像。一个参会者说，今天和当时没什么不同，那时也没人想接纳我们。

我询问博物馆是否有 1945 年 2 月难民在齐陶的信息，人们建议我去找哈特穆特·米勒。

米勒住在齐陶近郊的地方，侧街上停着一辆蓝色的大众途安，后窗上的车贴上印着：默克尔必须下台！！口号针对的是默克尔的难民政策。米勒的皮肤晒成了棕色，看上去很强壮，剃着光头，此刻他正坐在客厅的沙发上，沙发上放着中国刺绣靠垫。米勒的妻子端来了咖啡和草莓蛋糕，她告诉我草莓蛋糕是自家烤的，草莓是他们自己采摘的。墙上挂着一幅黑白家庭照片，照片中，他的祖父母坐在花园咖啡桌旁的藤椅上，一旁是身着德国国防军制服的米勒父亲。米勒出生于 1942 年，年纪太小的他对于当时的逃亡之事一点也记不得了。他是一位业余历史学家和集邮爱好者，他邮票收藏的主题是"故乡"，迄今已经出版了两本关于齐陶地区集邮历史的书籍，一本关于两德统一之前，另一本则延续到 2015 年。

邮票也能讲述故乡的历史。他说。

米勒告诉我，从 1945 年 2 月起，齐陶就成了东部难民的主要转运点，也是格尔利茨、德累斯顿到南部的布拉格、西部奥西希的铁路交通枢纽，许多推着手推车抵达齐陶的难民从这里登上火车继续向西的行程。这个地区在那时成为战争避风港，因为苏联红军正集中火力向德累斯顿和柏林进发。

齐陶在彼时是一片净土。德国军队将这里当作大后方，整个城市变成了一个大军营，每棵树后面都会躺着一名士兵。军队将伤员运到这里，所有学校、旅馆的舞厅、工厂里的车间，统统改成了医院或难民营，同2015年的难民潮情景相似。自1944年12月中旬以后，齐陶火车站上一直停靠着德军东部军团的补给列车。

那时候啊，每天光是做饭的就有上千人呢。

此外还设置了供应点，由纳粹的人民福利处负责，具体运作由纳粹妇女会执行，难民可以在那里得到食物、补给和医疗救治。

一切都井井有条，没有人挨饿。米勒语气中透着钦佩。

玫瑰谷的村民们经过齐陶时，米勒只有两岁半，还没来过这座城市。我已经步行了两百五十公里，他是我遇到的第一个对那次逃难有所了解的人。米勒不记得那时的事情，但能回忆起当时确有难民途经此处，他还向我展示了那时候停靠在齐陶集市广场上的难民马车照片。玫瑰谷村民2月12日经过齐陶时，城里已经挤满了难民。根据米勒的推算，难民大约有一万五千名。他们也许能分到一碗汤和一杯茶，但留下来是不可能的，难民不得不继续前行，每天只能走十公里左右，因为路上已经堵满了难民和撤退的德国军队。

米勒以前是数学和物理老师。他的主题为"故乡的记忆"的收藏始于2004年，相关内容现在已经塞满了二十个厚厚的黑色文件夹。都是关于齐陶历史的，有文件、报刊文章、剪下的旧照片，还有米勒写下的文字说明，全被他小心翼翼地收藏在塑料插页里面。

我投入了巨多的时间啊。

他曾在九个月的时间里每周两次前往市图书馆查阅齐陶的报刊，将1920年到1945年的报纸读了个遍，还前往市、区的档案馆检索资料。一些未经整理的资料仍然散放在沙发上的红色文件夹里。

那里面肯定有不少宝可以淘呢。那是他梦寐以求的宝物。

他的这一爱好始于他父亲的军邮收藏，这在当时的东德是被禁止的事情。是什么吸引着他做这些？他说不出来，但一定有什么力量在驱使着他，而且有些内容还未曾有人关注过。米勒详细讲述着俄国人、捷克人，这些战争的胜利者的暴行：他们射杀了所有的人民冲锋队的士兵；一万两千名战俘被掳到了西伯利亚，没有人活着回来；捷克人在奥西希的易北河大桥上将妇女和儿童扔进河里。

米勒的故事中只有德国人遭受的苦难，没一句谈到德国人做下的恶。坐在沙发上的我越来越如坐针毡，彼此的交谈也开始失去了平静。我说，德国人从捷克手中夺走了他们的国家，德国人拉开了与苏联的战争序幕，还有，您想一想德国军队曾犯下的战争罪行。米勒认为这不值一驳。

有国际战争条例，所有人都应遵守。他说。

对招待我草莓蛋糕的一家人致谢后，我告辞离开，重新踏上你逃难的旅程。那时已经是2月中旬，你们仍在逃难的路上。第一波死亡潮向你们袭来，倒下的大多是老人，他们染上了不知什么病就再也未能康复过来。你们不得不在人员拥挤的地方过夜，这种情况越来越频繁，有时能睡在草垫上，有时只能裹着马毯躺在光秃秃的地板上；孩子们在发烧；四周散发着人和牲口的气味，还有屎尿的骚臭味。而且常常是在天黑之后才能找到一个可以过夜的村子。

一部分村民有自行车，他们会先行离开队伍去寻找能过夜的地方，可常常无功而返。每一户、每个人首先想到的都是自己。有些人家还有未被征召上前线的男人，比如患有坐骨神经痛的韦劳赫和装着木腿的比勒，或者像格蕾特尔的姐姐安妮莉丝这样的大孩子。而你们，你和奶奶，只能靠自己。一个母亲带着一个九岁的男孩，你们属于村里的边缘户，就像你们位于村庄边缘的农庄一样。奶奶是嫁到玫瑰谷来的外人。

你们穿过波希米亚向西逃亡时，苏联红军正向北进军柏林。自1945年春天下西里西亚战役结束后，战斗双方在南线胶着了两个多月。直到1945年5月德国投降为止，尼斯河以西的齐陶、格尔利茨、西里西亚，以及瓦尔登堡、赖兴巴赫、施韦德尼茨和希尔施贝格的山麓地区一直掌握在德军的手中。俄国人最终还是没能追上你们。

波西米亚森林的夏日早晨如童话一般。遍处是高高的混交林，长满了冷杉和橡树；一条小溪忽左忽右地闪现在小路的两边，溪水潺潺流过，岸边长着水芹和毛地黄，阳光透过森林在草丛上戏弄玩耍着。草地上的小花绽放着淡金色的花蕊，而森林深处则现出深绿色，如柔软的湖底在轻轻地摇荡，性感，迷人，像一件有着长长绒毛的皮草，让这个徒步旅行的女人不禁要躺到它的怀抱，舒展四肢好好地休息一下——要是不必再这样翻山越岭该有多好！可她还要继续前行呢，穿过这些不高不矮的山脉中散落的村庄，走过溪边的小房子，或者有着深色木头直梁、石板屋顶、装饰着天竺葵花盆的老屋。村子在六月的阳光中静默着，几乎只能听到鸟的鸣啭，间或从森林深处传来电锯伐木的声音。在这里，甚至汽车都行驶得要比其他地方慢些。

我再次进入了以前的战场。小路两旁的十字架和纪念碑提醒着人们，这里曾是七年战争中奥地利和普鲁士厮杀的地方。纪念碑上是德语，但底座上摆放着捷克的塑料假花，这也是一种文化的融合吧。森林里的蕨类植物已经齐腰高了，旁边生长着木贼草——这是我整个童年念念不忘的野草，是潜入我家花园里的敌人，你的敌人。你对我说过，木贼草是所有杂草中最坏的家伙，是万恶之首。它的根扎得很深。人们看见的是它纤细的枝干，可那是它在狡猾地装无辜呢，它的根已深入地下，顽固地附着在那里，然后蔓延开来，阻止其他植物生根。你告诉我，只拔掉木贼草露出地面的部分无济于事，它的根已经深深地扎入地下。你穿着橡胶靴，戴着园艺手套，仔细地指给我看，一副对根深蒂固的木贼草怒不可遏的样子：简单地拔掉它们没有用，它可不像其他的杂草那样能轻易除掉，它钻入地下，用不了多长时间会再次长出来。你教我如何用铲子挖掉它们，一定要挖得很深，彻底根除。你叮嘱我，一定要将泥土中的木贼草挖得精光才行；为了保险起见，最好再多挖掉一些泥土，好像阴险的木贼草能将肉眼不可见的芽带入似的。要是不经心，它会再回来的，你对我说。

我小时候从没见过你咄咄逼人、勃然大怒的样子，后来也不曾经历过。我没见过你像有的男人那样大喊大叫过，更没见过你摔门而出、拍桌子。只有这一次，你关于木贼草的长篇大论是个例外，这是我见过你最气愤的一次。

在一片冷杉林的中间潜伏着一座碉堡，正方体，一人来高，被苔藓覆盖着。掩体的混凝土非常坚固，只是表面因风化呈现出些许斑驳。碉堡枪眼下散落着松果，像射击后掉落的子弹壳。碉堡前面是一丛地毯般的绿草地，落在上面的叶子在夏日的微风中抖动着。森林静默无声。

这个碉堡的外形和德国军队那些面朝波罗的海、大西洋的海滩碉堡很像，可眼前这个并非德国人所建，而是建来对付德国人的。上世纪三十年代，捷克人已经预料到了会有事情发生，而且自信能够抵御希特勒的扩张冲动，只是没有料到自己会在1938年的慕尼黑会议上被人出卖。于是，在波希米亚森林深处，在普鲁士人于七年战争中浴血死战的地方，捷克人建造碉堡，设置反坦克障碍，开挖壕沟，布下地雷阵。但是，德国吞并奥地利后，小国捷克与第三帝国的边界一下子变长了许多。当那一天真的到来，德国人开始入侵捷克的时候，没有人再需要这个碉堡和碉堡上的枪眼，因为压根儿没有发生战斗。捷克已经被抛弃，只能忍气吞声地在协议书上签字。

离碉堡不远处有一座陈旧的守林人木屋，地基用粗糙的原石做成，屋子的木头已经变成了深色。走近些我才发现，它原来是一家出售蜡染衬衫和登山用品的商店，在这么个远离村庄、城镇，远近不见一人的地方！门没有锁，一只猫在幽暗的走廊里迎接我，蹭着我的腿；店内的屋顶、墙壁也镶着木板，衣架上挂着五颜六色的蜡染服装，让人在波西米亚森林中恍然置身于印度。此外还有一些灰色的户外服。墙上悬挂着一些此地的黑白老照片。稍后出场的是一个穿着短裤T恤、留着胡须的年轻小伙,怀里抱着一个熟睡的孩子。他一直在笑,他开始讲话时,眼睛也会跟着一起笑起来。

我对历史很着迷。这次徒步旅行中我结识的民间历史学家数不胜数,每个人都对历史饶有兴致,这个年轻人也是。他醉心于二战史,他的母亲是波兰人,父亲是捷克人。夹杂着斯拉夫语和某种我们两人都不明就里的语言,我们交谈了起来。战争期间,他的爷爷先是被德军强征入伍,后被俄军俘虏,在被送往西伯利亚之前得以逃脱。他的父亲在共产党治下拒服兵役,不得不去煤矿工作。如此身世的人怎么能不对历史感兴趣呢?

对你来说,今天的德国意味着什么呢?

德国意味着成功。

那过去的经历呢?

那已成为历史。我们不会忘记,当然不会,慕尼黑协议、背叛、海德里希,等等,但那是过去的事了。

你们在2月17日到达了杰钦附近的易北河。转天是星期天,一辆辆马车一整天都在河边络绎不绝地驶过。易北河对岸的高地上耸立着城堡,少数玫瑰谷村民还有心气欣赏美景。我们对宏伟的城堡叹为观止,这些西里西亚人还是头一次看到呢。如果不是处于这么艰难的时刻该有多好!离家乡越来越远了,而且刚刚过去的三天是如此的漫长。

就在这个星期天,玫瑰谷村民们穿过了奥西希,也就是后来的乌斯季。

拉贝河畔乌斯季"Na Rychtě"啤酒厂带顶棚的啤酒花园，它的前身是易北河畔奥西希的艾米尔·许贝尔酒馆，瓦茨拉夫—斯梅伊卡尔中学的毕业班正在聚餐庆祝。长桌上摆着卷心菜和烤猪肉的拼盘以及黑啤。身穿花衬衫的菲利普和粉色衬衣的贾库布都只有十八岁，他们即将进入大学学习数学，菲利普去威尔士，贾库布去布尔诺。这两位欧洲青年聪明自信，能说一口流利的英语，希望欧洲的历史能翻开新的一页。

可是历史并没有翻开新的一页。他们说，过去的历史依然具有强大的力量，影响着时局以及与德国和欧洲的关系；老一辈人不信任德国人，有些至今仍然憎恨德国人。他们对此难以理解。

过去的已经过去了，当年犯下罪行的人，有谁还活在世上？即使今天依然在世的上了年纪的捷克人，又有谁亲身经历过德国人的恶行呢？

可是，这种思潮为什么一再出现？

在捷克，老一辈人怀念共产主义，中年一代则希望出现一个强有力的领袖。只有我们这些年轻人是真正亲欧洲的。

你们如何看待"二战"后驱逐德国人的事件？

那并不公平。

现在呢？你们担心德国会再次变得过度强大吗？

不，我们这一代人不担心德国人。捷克在经济上受益于德国，也受益于欧盟。

可你们的总理却总是抨击布鲁塞尔。

别拿他的话当真。他在国内说欧盟的坏话，因为这样能为他带来选票；可是到了布鲁塞尔，他会闭上嘴巴言听计从的。欧盟不必对捷克忧心忡忡，捷克人总是嘟嘟囔囔地抱怨，因为让我们焦虑的事情太多了。如果你的问题是这个意思的话，这么说吧，捷克不会离开欧盟。我们是外贸型经济，欧盟带来的好处太多了，它是捷克外销产品最大的市场。

捷克应该加入欧元区吗？

不，我们捷克不想为希腊人、意大利人或西班牙人买单，或者其他的什么国家，谁知道呢。

长桌上欢声笑语，大家兴致勃勃。在座的有老师也有学生，可只有男生跟我说话，女生们有些害羞，推说自己的英语太糟糕了。她们只是看着男孩们发言。

菲利普和贾库布认为，捷克和德国顶多会在文化、社会问题上有冲突，如少数族裔问题、LGBTQ以及男女平权等。每个人当然应该享有相同的权利，但在这个问题也不应走得太远。

这不符合我们的文化。我们不希望德国将它的文化强加给我们。

穿越捷克的途中，我经常和年轻人交谈。他们在布拉格或爱丁堡读大学，一致支持欧盟。可这种支持几乎总是出于功利、利益的考虑，并无激情，也和理想主义毫不沾边。比如十八岁的丹妮丝，我是在一家咖啡馆里和她聊起来的。她明年高中毕业后准备去欧洲读大学。她认为，捷克迟早得离开欧盟，只是现在为时尚早。

我们现在仍然需要欧盟的经济援助。

欧盟不是心中所愿，不是两情相悦，而是权宜之计，是露水姻缘，只因它会带来暂时的收益。如此清醒，不存一丝幻想。只是，如果没有梦想，没有激情，欧盟如何能成功？如果彼此只是阶段性的伴侣、为达到某个目的的共同体，欧盟如何能延续下去？契合自己的利益就加入，这远远不够。要准备好共担时艰，即使这并不带来任何收益，因为这是出于对共同体的信仰，无论好年景还是坏年景，如同婚姻的誓言：直到死亡将我们分离。

我倾听着这些年轻人的话语。他们坦诚、精明而且招人喜欢，他们是最开放、最有同情心、最聪明的一群人。他们客观冷静地侃侃而谈，却不由自主地唤醒了我对战争恶龙的恐惧，也许它只是还在打盹吧，眼前的时代只不过是一段幸福短暂的历史插曲。

你们的车队沿着易北河向奥西希行进的那一天，苏联红军完成了对布雷斯劳市的包围。爷爷晚上躺在洛伊滕军营的铺位上，忧心忡忡担心家人的时候，这个城市彻底陷入了苏军的包围圈。布雷斯劳直到一月底依然完好无损。由于它形单影只地位于德国的东南部，布雷斯劳成为德国境内最后一个还没有成为盟军轰炸目标的重要城市。德军在这座陷入合围的城市中持续抵抗了将近三个月。战斗结束时，城市中三分之二以上的建筑物被夷为平地。

布雷斯劳市疯狂的军事抵抗在德国城市中绝无仅有。一万五千名冲锋队士兵参加了这场最后的战斗。爷爷就是其中一员，作为人民冲锋队队员的他负责将弹药运到前线。当红军主力绕过被围困的布雷斯劳向西推进，冲锋队队员们继续战斗；2月，德累斯顿被盟

军轰炸夷为平地，他们继续战斗；4月初，布雷斯劳接连两天遭到不间断的轰炸，那时正是复活节周末，投下的白磷弹引发了冲天大火，他们继续战斗；当红军占领了布雷斯劳机场，炸毁房屋和教堂以便在市区中心开辟出一条机场跑道时，城里的人民冲锋队士兵还在幻想着突围，他们吊死逃兵，击毙趁乱抢劫者；当红军已经夺取了西北方向三百公里处的法兰克福（奥得河）时，冲锋队士兵还在城内和苏军巷战，寸土必争；当美国人和苏联红军在易北河胜利会师，当红军已经在柏林近郊发起进攻，甚至当苏联国旗已经飘扬在德国国会大厦上空时，他们仍在战斗。柏林陷落后的第四天，布雷

斯劳的德军才宣布投降。

爷爷赫伯特从未把元首宣称的"最终胜利"当真。他没有加入纳粹党。他妻子的几个兄弟是村庄和周边地区农民纳粹组织的头头,一直试图劝说他加入纳粹,利用洗礼仪式或是葬礼的机会不断游说,可爷爷不为所动,他不想和这个组织产生任何瓜葛。爷爷是一介普通的农民,只有小学文凭,毕业后学了木匠手艺。他从未想过反抗什么,即使纳粹枪毙了拒服兵役的玫瑰谷村民弗朗茨,他也没动过这样的念头。叔叔曼弗雷德为了出人头地要去参加希特勒青年团,爷爷并未阻拦。希特勒生日那天,全村每个农庄的上空都飘扬着卐字旗,黏土坑旁边的 89 号也自然有样学样。89 号,那是你们在玫瑰谷村的门牌号。但他不喜欢纳粹和希特勒,不想和他们扯上任何关系。

布雷斯劳的战斗在 5 月 6 日戛然而止。那个时候,爷爷在想些什么呢?除了对妻儿、母亲、兄弟和农场的思念和担忧,他还会想到什么?他是否感到如释重负,还是已经预料到更糟糕的事情即将来临?

2006 年,小城乌斯季做出了一个大胆的决定。人们决定在市政博物馆举办一个展览,展示从中世纪到二十世纪生活在波希米亚的德裔族群的历史,而且准备将该展览作为长期展出项目,地点就位于市中心那座大型新文艺复兴时期建筑的两层楼内,将占用其中的二十个房间。如前所述,这是一个令人瞠目的计划。展览主题涉及的内容半个多世纪以来一直被视为禁区，至今触及人们内心的隐痛，也是在捷克和德国一再被人操弄的政治议题。筹备展览的人称，展览将遵循一种不受限制的历史观。但那是什么意思呢？什么是"不受限制的历史观"？展览拟定的主题为"我们的德国人"，这是挑战，是爱的宣言，同时也是一种强行征收，既耸人听闻又轻巧聪明。原来占压倒性多数的德国人在捷克治下成了少数族裔，成了"我们的德国人"。位列"我们的德国人"名单上的包括弗朗茨·卡夫卡、奥斯卡·辛德勒、费迪南德·保时捷和贝尔塔·冯·苏特纳[①]。展览希望一反数十年来德国人作为侵略者的刻板印象，要将德裔族群——而非纳粹德国人，重新纳入捷克历史。

6月底的一个周六清晨，当我来到乌斯季的博物馆时，馆内的衣帽间、自助餐厅空无一人，巨大的建筑中我是唯一一名访客。展览在宣布筹备后十五年的今天没有了下文。人们对此的解释五花八门：资金出了问题，项目负责人也已经更换；民族主义者和共产党人的抵制；政府换届也有影响，支持力度有大有小；以及现下的新冠疫情。近几年来，来自布拉格查尔斯大学的历史学家、文博专家彼得·库拉一直负责该项目，他体格健壮像个大力士，而且相貌与马丁·路德惊人相似。

他说，和十五年或者二十年前相比，相关内容已不再那么敏感。展览要讲述的是捷克人和德国人的共同历史，这是一段丰富而艰难

[①] 贝尔塔·冯·苏特纳（Berta von Suttner），奥地利女作家，第一位获得诺贝尔和平奖的女性。

的关系史，展览并未回避过去曾出现的分裂、驱逐等事件。展览中将设有一个幽暗的小房间，库拉称之为"耻辱室"，那里将放映1945年夏天捷克业余摄影爱好者拍摄的影像：提着行李箱登上火车的德国人，拘禁营里的德国人，全部是黑白片，有男女老少的脸部特写，每张面孔背后都有一个故事。

库拉告诉我，放映的内容将仅限于原始拍摄的镜头，没有配音，也没有画外音解说。捷克人应该为他们对德国人施加的虐待感到羞耻。

德国人也会为他们对捷克人做下的恶事感到羞耻吗？

我现在正走在市区，很少能看到田野。城市隐藏的丑陋显露出来，钢筋混凝土的板楼，高速公路桥梁，不断出现的露天煤场，巨大的发电厂，各式各样高高低低的电线杆，铁路轨道，旧仓库，轮胎商店，游泳用品专卖店。专卖店的外墙上贴着两个比基尼美女的巨幅画像，已经有些褪色。还有随处可见的废弃的汽车。在这一切之间，压抑不住的是夏天的绿色，黑莓树篱、荨麻和蓟有一人来高，和人类平视着。众生平等。

眼前是这些村庄周五下午的常见场景，一家人围坐在花园的遮阴处喝着啤酒，放着音乐。近年来，捷克的城市附近普遍建起了新住宅区，我此刻所在的村子就是一例。这些房屋大多是可以坐揽风景的独栋住宅，中规中矩，和在波兰看到的没什么不同，只是这里的房子结构要厚实稳重得多，所有都用了真材实料，没有用仿料以假乱真的情况，木头就是木头，石头就是石头。这里没有倒塌的谷仓和破败的农庄,见不到补丁摞补丁的公路;道路中央和路肩会画上白色的行道线,干净清爽;村里的人行道则用石块铺成。房屋是白色、灰色或赭色,看不到波兰那样粉刷成柠檬黄、薄荷绿的屋墙。这里不是东欧,这里没有秘密,没有悲情。

我想找到能讲德语的人。你要做什么?想和人聊聊。人们指给我两个坐在长凳上的女人,去问下她们吧。她们年纪比我稍小一些,一个身着运动服,头发染成了黑色;另一个穿着牛仔裤,德语非常流利,她嫁给了一个德国人,住在德累斯顿附近,最近因为母亲去世回到了这里。一个让人感到亲切的女人,一头金发,留着孩子般的刘海儿。她回来得还算及时,能在母亲去世时握住她的手。父母去世是件艰难的事情,所以她能理解我重走父辈逃亡之路的选择。

徒步吗?徒步。

一个人?一个人。

过去发生的事情对您的母亲还重要吗?

过去的事已经过去了,我们捷克人和德国人之间已不再有什么芥蒂。

那第二次世界大战呢?还有希特勒?

希特勒其实很不错啊。他有自己的想法,也为德国人做了一些事情。

纳粹犯下的罪行呢?包括战争,还有对犹太人的大屠杀?

犹太人在毒气室被杀死的事情,希特勒并不知情。不过即使知道,事情也没有那么糟,没有人喜欢犹太人,是他们杀死了耶稣。

她向我告别,说和朋友还有事情要去处理。一个可爱的女人,一个留着刘海儿的金发女人，我们俩刚刚还谈及父母的亡故，曾有过片刻的亲密，突然冷不丁地来了这样一席话。同情希特勒，反犹，她脑中的这些思想来自哪里？源自捷克乡村，还是现在居住的德国德累斯顿？不过也许生活地点的不同并不会带来什么不同吧。

我到达克热米兹时，教堂的钟刚刚敲响。一个陡坡通向教堂的方向，那里聚集了不少正在做礼拜的家庭。孩子们穿着夏装，头发梳得整整齐齐。放眼望去能看到额头渗出汗珠的爸爸们，以及躺在迈可适提篮里的婴儿，祭坛前一个三人乐队正在演奏吉他、小提琴和大提琴，教堂外面已经准备好了烧烤架，长桌上摆好了啤酒和串好的长长的肉串。

我继续穿越欧洲，听令人心生好感的女人讲犹太人没有那么糟糕；我走过欧洲，和形形色色的欧洲人相遇，不是那些住在超大都市如柏林、巴黎、华沙的人们，而是那些在边远省份、中小城镇、乡村的人们，如乌斯季、克热米兹、比利纳。

山脉南边要暖和得多，甚至这里的梨都要更黄一些。已经成熟的樱桃无人采摘，我拿它们来充作早餐。白昼变长了，我现在总是早早地上路，这样七点刚过就能走在公路上，走进清新的早晨里。虞美人在田野的边际闪耀着，颜色艳丽却有些羞怯，宛如害羞时涨红的脸。

战火没有烧到你们走过的这个地方。身后来自东边的难民不止不休地推着你们向前走，你们无法停下脚步，更别说掉头返回。你们的确动过返回故乡的念头，可难民潮每天都把你们推向西方，如同小溪在暴雨后化为激流，你们被冲得越来越远，最终在埃格尔地区才得以脱开滚滚的逃难人潮。道边的果树或许那时就在了吧，只是那时正是冬季，应该是光秃秃的。这些树的树龄应该很长了，只剩下稀疏的树杈；有些已经枯干死去，有些还活着，枯枝间隐隐有淡淡的绿色，甚至还结出了几个小苹果，像胡子未刮干净的老人，凌乱、落魄，却不失威严。

风成了我的朋友。炎热袭来的时候，会有一股微风吹拂我的面颊，还会带来椴树花香和洋槐的蜜香，夏天的味道。我徜徉在接骨木的海洋中，感受着脚下青草的闷热，闻到油菜籽、割过的干草的味道，以及松柏篱笆后飘来的墓地特有的气味。

这里的村庄赏心悦目。不少房子已经翻修过，街上行人络绎不绝。村里大多会有一家商店，有些甚至还有一家咖啡馆或小酒馆什么的，这样下雨时我可以在那里避避雨。有时我会和那些喝酒的人坐一坐，就像我在寒冷的二月做过的那样，不过现在是夏天，人们和善地大声打着招呼，站在那里聊着天，有喝酒的人，也有不饮酒的年轻人，孩子们则在家中的花园里戏耍玩闹。饮酒的人当中有一个卡车司机，能讲一些德语，他几年前过世的母亲是德国人。这里已经没人记得那时难民的往事了，我来晚了一步。

雷雨过后湿润、凉爽，田野间的空气像利口酒一样甜甜的，浓浓的。

沿途所到之处都在提醒你这里曾发生过战争，每个城镇都会有一座纪念碑。佩斯维采的纪念碑上写着：纪念战争的受害者；乌德利采的纪念碑上写着：献给解放者，苏联之星；布雷兹诺的纪念碑上写着：纪念第二次世界大战期间的阵亡者；杰波尔托维采的纪念碑上写着：纪念1914年至1918年的阵亡者。纪念碑已经被修复过，金色的碑文列出了该地阵亡士兵的姓名和番号，名字中有不少卡尔、约瑟夫、安东、恩斯特这样的德国姓氏。第一次世界大战还算是比较正常的战争，战后人们可以列出阵亡者的名字。死者的母亲、姐妹、妻子"一战"后仍然住在此前的村庄里，人们能叫得出死者的名字，也知道他参军入伍的村子。纪念碑上的德国姓氏在有些村镇被人精心地改成了金字，而在其他地方则被用石板覆盖，石板上刻着：一战中的遇难者。

"二战"后类似的纪念碑则近乎绝迹，因为有太多无名无姓的阵亡者，太多的逃亡、驱逐与迁徙了。那些从某地被征召入伍走上战场的人，他们的后人却未能留在这里，自然无人凭吊。"二战"是一场混乱无序的战争，而且纪念缅怀也变得十分敏感。

旅途中，当人们问我从哪里来、要去哪里时，我总是无法说清楚。玫瑰谷和克林哈特，没人听说过这些地方的名字。那是什么地方啊？人们摇摇头，一脸雾水。我告诉他们，我从奥得河过来。但人们仍然一脸茫然，他们会问：那是波兰吗？

尽管是草木繁茂的夏天，我却感到一阵孤独与寂寞。男孩一言不发，他在思念自己的爸爸。我无法和他交谈，只能和他玩游戏。你也喜欢玩各种游戏，国际象棋什么的，不过你最喜欢的还是打牌，而且手气很好，总是能摸到六个点，游戏中的好运气仿佛是命运给你坎坷经历的些许补偿。

夏天,狗都要友善得多。一次,我看到一只小牧羊犬在公路上逡巡游荡,便急忙向汽车挥手,以免车撞到它,小狗随后就跟上了我。男孩记得当时在玫瑰谷村的家中也养过一条狗,后来被一辆出租车撞死了。那辆出租来自布里格,是当时周边村镇内仅有的一辆出租车。好像命运跟这条狗开了一个玩笑。

小狗陪我走进了下一个村子,跑前跑后地在我身边转来转去,有一段时间我甚至想象这条狗,而不是那个男孩会留在我的身边。我想象着自己不再独身一人走在公路上;我想象着带它回到柏林,小狗站在我家门前,房门打开时女儿们的表情。可到了村子的尽头,那条小狗突然转身向来时的方向跑去,就这么跑掉了,甚至不曾回头看我一眼。

我经过你们曾留宿过的每个村庄时都会询问是否有人记得当初的难民车队。没人记得。我来得太晚了。偶尔几次能遇到可以讲几句德语的老人,比如格蒂。商店里的几个女人陪我去了她家。她们在街对面的一家窗户上敲了敲,窗内先是出现了一只有着灰白色蓬松狗毛的贵宾犬,随后是一头灰白色蓬乱头发的格蒂。我被让进屋里,坐在厨房的长凳上,她的丈夫一语不发地坐在角落,仿佛已经逝去。

老年痴呆症。格蒂说道。

我已经很长时间没讲德语啦,至少有一年多吧。她曾经去德国看望过几次亲戚,到过兰茨胡特、芬斯特瓦尔德。她的口音很重,介于西里西亚和弗兰克的方言之间,会把教堂说成焦糖。

当初驱逐德国人的时候,因为挖战壕需要男人,有二十户德裔家庭留在了村里,其中就有格蒂的父亲。捷克人没收了他们的农场,安排留下的德国人住进了村中心的房子。晚上,这些德国人会坐在一起抱怨共产主义。父亲叮嘱格蒂绝不能把他们的谈话说出去,其实她早已心中有数。

后来有机会离开捷克的时候,她的父亲已经不再想离开了。那些逃到德国的人过得也不怎样,一切没有那么简单,他们毕竟是难民,是外乡人。出生于1945年的格蒂刚进小学念书时还不会说捷克语,但老师很帮忙,在学校里和捷克人家的孩子相处得还算不错。她在学校里认识了后来成为她丈夫的男人,一个斯洛伐克人。这样,一家人中,妻子是德裔,丈夫是斯洛伐克裔,而家里的三个孩子是捷克人。时至今日,她还记得和父亲一起走过村庄时的情景。父亲对她说:看吧,这些人可是睡在咱家的床上呢。他说话的音量很大,是故意说给别人听的。从此父亲再也没走进自己的农庄,每次接近时就会远远地绕开。和蔼慈祥的格蒂从未忘记过自家的农庄,尽管她一天也没有在那里生活过。它就在我的心里啊,格蒂说。

近下午时,我来到了小普里森,它现在的名称是小布雷兹诺,2月,玫瑰谷村的逃难车队在此住了两个晚上。今天是休息日,村里广场上的餐馆关了门,我只好在树荫下的一张桌旁坐下,吃起了面包。四周十分安静,两个男孩骑着山地车在街上兜着圈子,我旁边的一个男孩好奇地看着他们。一个女人推着割草机穿过马路,她看起来像一只来自异域的昆虫,染着粉红色的头发,鼻梁上架着一副硕大无比的太阳镜。

村里有谁会说德语吗?

您有什么事吗?

想聊一聊。

聊什么呢?

1945年这里发生过的事。

女人对街上骑车的男孩们说,嘿,小伙子们,你们带她去找一下西格。

这是一家商店,房子左侧的车库被漆成了黄色,车库门的位置被改成了一扇玻璃门。"特价! 100克鸡排只要19.90克朗",玻璃门上用白色颜料写着广告语。小店里充溢着洗衣粉和新鲜面包的味道,货架上有洋葱、土豆、巧克力棒、啤酒,当然还有烧酒。西格正在给一个男孩拿冰激凌和可乐。

没错,我会讲德语。

他穿着一件印有"皮尔卡丹,法国,1950"字样的T恤,下面是短裤、拖鞋。一只粗大的手伸过来,我是西格,西格弗里德·卢夫特。

花园里蓝色的游泳池边飘扬着各式各样的彩旗,花坛里竖着一啤酒品牌的灯箱广告。院子里还有一个好莱坞秋千,一个砖砌的烧烤台,一盆天竺葵,陶制的青蛙,等等。东西可真不少。

游廊上贴着"酒馆"招贴,放着两张啤酒桌。泡菜罐子改成的烟灰缸里装了一半的水,里面的烟头像淹死的黄蜂。一个身穿红色马球衫的男人正就着瓶子喝酒,角落里的电视机正在播放着什么。

徒步？徒步。一个人？一个人。

西格说他从未对过去的事情感兴趣过。现在偶尔会有人来，想和他的母亲谈谈那时候的事情，一家德国电视台甚至采访过他们。

你母亲知道一些当年路过村子的难民的事情吗？

西格笑着说：她知道的可多呢。

一会儿工夫，保丽·卢夫特，如今的名字是帕芙拉·卢夫托娃，就和我坐在了啤酒桌边。她1935年出生于霍穆托夫，一头蓬松的白色短发，金耳环，红格子上衣，目光如考官般犀利，考验着会谈者的定力。

我有一说一，不会拐弯抹角。保丽说道，她说的没错。如此多的事情被掩盖，被美化，如此多的事实湮没无声。保丽声音柔和，带着苏台德地区的口音，将P发音为B，T发为D。她讲述了自己看到的一切，毫无顾忌，毕竟她经历了太多。她家的房子在轰炸中被夷为平地，她亲手将死去的女友从邻居家的废墟中拖了出来；她的父亲在战争结束后不久就上吊自杀了，尽管那一天他说过会回家吃午饭。

当初德国人被驱逐，不少人不得不离开村子，她们却阴差阳错地留了下来，她的叔叔、姨母、朋友都没有走成。她们本应乘坐的那列火车没有开出，所以她们就留了下来。留下的后果，她很快就尝到了。在学校里，孩子们在她的裙子上用煤块写上"德国猪"，她还曾被赶下火车。也不是每个人都是这样，谁谁谁就不错，谁谁谁就很好。后来她与大多数捷克人相处得不错。

但保持着距离。

保丽平伸出双手划向前方。

始终与他们保持距离。

她再也没有过闺密。她不需要,她有自己的丈夫。村里的一位女人几年前上门找她,请她将一封信翻译成德语,保丽拒绝了。她绝不会帮她这个忙。那个人忘记当年德国猪的事了吗?

我有一说一,从不拐弯抹角。她的丈夫在4月的时候去世了。

保丽有不少亲戚生活在德国,亲戚们大多分布在艾斯莱本、比肯韦德以及不伦瑞克这些城市,她曾去那里探望过他们。保丽一家本可以在1965年移民离开捷克,但未能成行。1980年又有了第二次机会。保丽想回德国,但丈夫不愿意,于是他们就这样一直留在了这里,也当然错过了那些机会。

西格已经在烤肉架旁生起火,放上了香肠。他从店里拿来了小面包、啤酒,从货架上取来了伏特加,给我们几人的杯子满上。

你今天一定要离开吗?你也可以在这里过一夜。

保丽将杯中的伏特加一饮而尽。

暮色中,保丽陪我走进了村庄。她告诉我村庄现在和过去的样子,指给我看哪座房子曾经是酒馆,在那家谷仓大门处捷克人枪毙了两个德裔村民。她在离村广场不远的一大片荒地前停下。

这里原先是迈尔家的场院,你父亲他们当年就在这里过的夜。

如今此处已变为一片草地,几周前刚刚修剪过,绿油油的,上面残留着一些发黄的干草。远处,在道路的另一边树林开始的地方,有几个圆形的草垛子。爸爸，我终于追上你了，今天是 6 月 29 日，星期一。

你们在 1945 年 2 月 22 日来到了小普里森村。天气已经没有那么冷了，温度几乎总是保持在零度以上，只是雨总是下个不停。你们在这里住了两个晚上，在迈尔家的场院里休息了一整天。

天色渐暗，最后一抹明亮的云彩飘过夏日的天空。树静静地伫立在那里，仿佛在向我保证有些东西还在，一切并非悉数消失无踪。迈尔家的庄园旧址没有留下一丝痕迹，没有残砖剩瓦，也看不到地基，甚至没有一块石板。曾经为你们遮风挡雨的那所房子已经片瓦不存。

当时马车就停在这里。

我们两个越过草地向树林方向走去。脚穿凉鞋、身着格子衬衫的保丽是唯一一个仍然记得那些难民，把我和你联结在一起的人，是我步行五百公里路程中遇到的唯一一个。

迈尔是当时村里最有钱的农民，场院也是村里最大的。他家的场院四四方方，房子有两层高，屋顶上很可能曾经飘扬过纳粹的旗帜。他家还有一个宽阔的内院，难民的马车就挤挤插插地停在那里。迈尔当时并不知道，这个场院会在几个月后不再属于他，而他本人也将成为一名难民，踏上终点未知的逃亡之路，随身带走的只有两个箱子。

战后，捷克人搬进了迈尔家。东欧剧变后，搞农业不再有利可图，也乏人问津，于是房子被遗弃，墙壁斑驳脱落，风灌进摇摇晃晃的窗户。两年前，人们拆掉了迈尔家的场院。

西格说德语时嘟嘟囔囔、含混不清，嘴巴跟无法正常张开似的，像醉酒后的呢喃。这是一种他如此熟悉同时又有些陌生的语言，是他父母之间沟通的语言，是他儿时听到的语言。他的父母会轻声讲德语，而且只在家里没有其他捷克人在场时。在那时的家中，德语只是口语，西格从未学过德语书写。他和妈妈保丽之间现在只说捷克语。

西格学了钣金，后来去了矿上。东欧剧变之后，他把车库改成了商店。店里的生意很不错，城里人周末会涌入村庄的农场花园，夏天的时候，他们甚至会在这里待上一星期，每个人都在西格的店里买东西。他辞掉了矿上的工作，尽管他的父亲警告他不要这样做。如今他没有退休金可以领，小店的生意也不再红火，人们买东西都去 Lidl、Penny 超市，因为那里更便宜。当初因为暴富，西格添置了不少东西，也许多少招来了人们的嫉妒，人们可能背地里会嘀咕：就那个德国人的儿子。

虽然不怎么买东西，可是人们喜欢来他的店里。坐在他家游廊的啤酒桌旁，桌上放着泡菜罐改成的烟灰缸，是一件很惬意的事情。西格的四方脸被太阳晒成了棕褐色，一头浓密的白发，脾气和熊一样憨厚。当他从花园的椅子上立起他硕大的身躯，为客人续饮料或去取啤酒时，观看的人会乐在其中。我欣然接受了留宿的邀请，告诉他们我希望今后能有机会再来，那时我们将不再谈论政治之类恼人的话题。此时，角落处静音了的电视上正在播放一篇有关南美的报道，一个在巴西游历的家伙正在撬开牛油果、烤制巧克力香蕉蛋糕、砍甘蔗等。西格又给我递上一支烟，满上酒，保丽也要了一支。

西格说，他对政治不感兴趣。后来回想起我们的对话，我倒是希望他真是如此，我们也最好从未谈起那些话题。他接着说道，在他看来，默克尔是另一个希特勒。希特勒没能通过战争征服欧洲，可默克尔通过欧盟做成了这件事。默克尔也给德国带来了灾难，他说，让难民涌进德国，那么多的叙利亚人和阿富汗人，都是穆斯林，他们会把德国搞得天翻地覆。难民什么都能得到，手机啦，住房啦，他们饭来张口，无所事事。西格说起这些，是因为我问了政治方面的问题，他本推说自己不感兴趣。而他此时说出口的这些话，感觉像是从谁那里听来的，也许是别人提及的手机、住房以及难民游手好闲之类的内容唤起了他的关注。我向他解释，难民不工作是因为他们没有工作许可，即使想工作也拿不到德国政府的官方许可。西格摆摆手打断了我：就这样吧，我对政治不感兴趣。然后帮我把酒满上，又取来了香肠，热心地为我忙前忙后，尽管我也是一个陌生人，一个难民的女儿。

现在电视上开始播放古埃及背景的影片，一对男女正在东方情趣的床笫间亲热。西格正谈得起劲，完全没有注意到屏幕。他讲起了过去的时光，捷克的社会主义时期，他渴望回到那个时代。

过去一切都要好得多。晚上，大家坐在一起聊天，现在呢，每个人都守着眼前的电视，要不就是摆弄手机。普里森这个地方，以前人们都是喝当地的牛奶，吃村里的猪肉，现在谁知道吃进嘴里的东西是从哪里运来的。人们在过去不会围着钱转，如今却被怂恿着购买越来越多的东西；不管什么东西用不到五年就坏了，洗衣机、电视都是如此，这样人们就会不停地买买买。以前一个产品在一个地方就能生产出来，现在呢？运货卡车满世界跑，无所不运，无处不及，把零件运到欧洲各地，每个地方都做那么一点点，拧个螺钉什么的。而且现在人们旅行得太多啦，干吗不待在家里呢，像我这里，多漂亮的地方，不是吗？

夜里，我做梦梦见自己又要出发，随后是整理行装、打包。这是我从你那里继承的另一个噩梦，这回不是逃亡，而是逃亡前的忙乱：担心忘记重要的物品；马上就要出发了，可行李箱或者背包还没有装好；找不到想要的东西；太磨蹭了，早就该出发了，可我就是快不起来，总是丢三落四忘记什么。梦里的我知道这次出行事关生死。

第二天早上，西格和保丽陪我穿过花园的大门来到街上。我挥手作别。当我已走远，几乎看不清他们的身影时，两人依然站在那里向我挥手。我最后一次转身向他们望去时，两人依然站在那里。

我继续向西行进，太阳现在只能照到我的后背。走过了那么多村庄城镇，途经的地方在心中变得模糊而相互混淆：每座小城都有一个位于城中心的集市，以及无休无止的柏油路、森林、田野，随处可见的甘菊花。我只是一路埋头走下去，如同你们在那年2月里所做的那样，一直走下去，尽管身后不再有尾随的苏联红军，他们早已转向了北部。时至今日，我仍然惊诧于人对折磨有着怎样的耐受力。格蕾特尔·科佐克回忆道：现在，日复一日，我们只是在走，向前走。她随后的记录中不再有什么描述，从2月中旬开始格蕾特尔就只列出你们宿营村庄的名字了：Krzemusch、Luschitz、Hochpetsch、Klein-Priesen、Radonitz、Weljau、Voigtsgrün。

我能理解她。辗转于逃难的人们会变得冷漠、无动于衷，村民们只是蹒跚着向西而行，到达的希冀已经在心中熄灭了，你们甚至不知道自己在走向何处！你亲眼看到妈妈发生了变化，原先的那个妈妈消失了。虽然她还在那里，可只剩了一个躯壳，不再是原来那个女人。她只是机械地每天做着同样的事：清晨将马套上车，傍晚将马解下来，喂马。人还在，但心不在。你知道自己最好别提什么问题或者要求，你得自己想办法照顾好自己。

我也能理解奶奶。她逃入了自己的内在世界，留下冷若冰霜的外表。我知道，即使那个九岁的男孩时时刻刻勇敢地陪伴着我，我也无法再找到你。我不再试图寻找，能够感知你的疲惫我就很满足了。尽管我的徒步旅程只有短短几个星期，可我已变得空虚、无所谓，像你们一样无家可归与落魄。

我去博物馆是为了摆脱孤独感。我希望能在那里结识如我一样追忆过往的同道，希望有人还能记起你们，而我可以在分享记忆中不再孤独。我要讲述你的故事，虽然你从未提及，但这是你交给我的任务，你期待我像收集邮票一样收集起历史的残片、碎片，比如那辆齐陶市镇广场上的马车，还有迈尔家场院上的马车。我有责任来讲述你的故事，连通彼此陌生的世界，丰富上代人留下的遗产，保存记忆，为下一代人留住、保护好这段历史。这本书将是你的遗嘱。我愿意做这件事，让他们对此已经所知甚少、只会偶尔想起的后辈铭记。我知道，我会带着这些记忆继续孤独下去；我知道，自己从中走来的那个过去充满了隐晦与含混不清，我也将和历史的谜团、死去的鬼魂一起慢慢老去。

法尔克瑙博物馆的馆长走过来与我攀谈。他十分和气，一口流利的德语，只是看来并不想回答我提出的问题。我问他为什么馆内的展览内容只到1945年春天，之后便戛然而止？与奥西希一样，这座博物馆也是城市中心的地标，可见这里的人们看重历史。博物馆位于公园内，是建于文艺复兴时期的一座宫殿，浅粉橙色外墙，带有四个圆角塔楼，显然被精心装修过。馆内展览上溯到尼安德特人，之后是中世纪早期和三十年战争，直到第二次世界大战。之后就结束了。法尔克瑙的历史在5月8日以德国投降画上了句号。

为什么？我问道。馆长看起来很和善。

他告诉我，博物馆的另一侧正在修整，那里会展出二十世纪的内容。但他不知道什么时候才能准备好。

您将如何展示驱逐德裔人口的那段历史呢？

是啊，该如何展示呢？

馆长避开了我的问题，给我讲起博物馆的发展史、这个地区的采矿业，以及附近的弗洛森堡集中营，还有博物馆筹划的特展。

您将如何处理驱逐德裔人口这个问题呢？

首先，是否应该称之为"驱逐"呢，就像你们德国人认为的那样？用"迁徙"一词是否更恰当些？这是我们捷克人对该事件的称谓。

那么您准备采用哪个说法呢?

是啊,我们该用哪个说法呢?

这位馆长花了很长时间陪我,还带我去了他的办公室,为我煮了咖啡。他说他会把一本有关某位建筑师的图书寄到我在柏林的地址,很棒的一本书,附有不少图片。可这本书和我的问题有什么关系呢?这位馆长不喜欢谈论德国人。

我们这里有很多烦心的事情。他告诉我。比如失业、企业倒闭、年轻人的外流,等等。我们忧心的是这些。

会面的最后,馆长把我介绍给了他的同事贝特,一个来自厄尔士山地区的德国姑娘。

馆长对她托付道:我已经和这位女士说过,德国人不再是我们的一个大问题,我们忧心的是别的事情。贝特从屏幕上抬起眼睛,看着我,害羞地笑了笑。馆长改口道:也不能这么说,德国人依旧是一个热门话题。

2月24日那天你们夜宿在卡尔斯巴德以东三十公里的拉多尼茨。这一地区现在成了军事禁区,面积比整个慕尼黑市还要大。战后这里被辟为军事训练区,整个城市连同周边的七十六个村庄全部被迁空。随着我逐渐接近军事禁区,村庄变得越来越安静,街上的行人也愈发稀少。拉多尼茨村中商店里的人们不晓得是否允许徒步穿越军事禁区,以前苏联军队驻扎的时候是可以的,他们会来这里练习射击,然后返回军营,当地人可以继续在这里采蘑菇。

可是,现在他们总是待在那里。

这里说的"他们",指的是美国人,以及北约的士兵。

大家建议我去问问警察。

拉多尼茨的派出所位于镇中心,一个聚合了市政厅、教堂和瘟疫灾难纪念碑的广场上。门是锁着的,里面空无一人,敲门也无人应答,不过在一扇带铁栏的门后面挂着一张便条,上面写着一个电话号码。我拨通后,电话那头的人让我等一下,他十五分钟后到。

我在正午的炎热中坐在纪念碑下等着。不多一会儿,一辆警车在鹅卵石路面上嘎吱作响地驶来。伴随着尖锐的刹车声,一个戴着墨镜、发型和《迈阿密风云》中的唐·约翰逊一样的肌肉男从车里跳了出来。

我们这里无权决定。他干脆地说道。你得去扎泰茨,去问那里的宪兵。我盘算了下,到那里大约三十公里,要走上一整天,而且还是和我计划路线相反的方向。

我看还是算了吧,唐·约翰逊说,反正他们不会给您通行证的。

我马上明白他说的没错。人家干吗允许一个女记者无缘无故地在军事禁区内游荡呢?我放弃了,坐上公交车和火车围着军事禁区转了一圈。我还看到士兵们正在为下一场战争操练、准备。为了战争。我在韦尔肖的韦利乔夫下了火车,那年2月底你们曾在此处住宿了一晚。这是你们逃难之旅的最后一周,每个人都筋疲力尽,牛蹄走得流血不止,马匹瘦骨嶙峋。我在阅读当时的记述和信件时发现,人们很少抱怨自己的痛苦,可提起那些牲口时却满是钦佩和同情,比如你们家那匹被称为"小狐狸"的小马,它竟然陪着你们一路走到了埃格尔。有些村民会在夜晚来到马厩，偎偎在马匹的身边，为牲口们遭的罪流下怜惜的泪水。

我追寻着你逃难的足迹，我的双腿知道这条路有多么漫长；亲身经历让我明白，谈论战争和1945年发生的事情依然不是一桩容易的事情，而且，即使有机会谈论也往往和事实相去甚远。今天，生活在你们逃亡之路沿线的人们，战争这条恶龙仍然掌控着他们的命运，只是力量稍有减弱而已。

有没有一场会终结所有战争的战争？我们决不重蹈覆辙，"二战"结束后人们曾经信誓旦旦地这样说。劫后余生的人们那时说出这句话是出于真心，那是1945年所有人的心声。战争如此残忍，它带来的恐怖如此巨大，人们应该会引以为鉴吧。决不重蹈覆辙。但希望却成为幻象。人类不会引以为鉴的，也许少数人是例外，比如你，以及曾和你一同走在逃难马车边上的那些人，也许还能算上我们，你的下一代，我们这些在童年的噩梦中梦到过战争的人。仅此而已，其他人会忘记这曾经的一切。战争的恐怖至多能影响两代人而已。

我们读着阿斯特丽德·林格伦或伊妮德·布莱顿写的书长大，充满祥和的儿童读物，那个看上去一切尽在掌控之中的世界中，所有问题都有解决的答案。而我们的孩子呢，他们的读物中总是充满了生与死的搏斗，关于哈利·波特与饥饿游戏，关于残酷竞争，书中的孩子们为了生存而互相争斗，干掉其他人的人将获得最后的胜利。这些用来满足对生死斗争渴望的书。

在当下这个时代中长大、老去成了一种奇异的经历。你们那一代早早就经历了惨痛。而对于我、我的孩子们而言，情况可能正好相反，我们把你们的生活顺序倒置了，我们经历的是祥和的七十年代、平淡无奇的八十年代、欢欣鼓舞的九十年代，而此时，正当我这一代人开始步入老年，却迎来了艰难的时代，我们将会成为坐在逃难马车上的老人。

我将自己想象为幼年的你，尾随着逃难的马车走在路上，冻僵了身体；我设想自己是那时的妈妈，赶着马车，上有老下有小，忍辱负重照顾家中的每个成员：孩子、老人、马匹。如果真有一天不得不再次走上逃难之路，那时的我已经是一个年迈的老妇人，一个需要年轻人照顾的老太婆。我会成为别人的负担，我已经太老了，什么忙也帮不上；我将满心忧虑地目送着下一代人走上战场。也许，我会在逃难途中被人送上一列火车，从此消失无踪。

四

传记从来都不是一件纯粹个人的事情。
——约瑟夫·博伊斯

可以这么认为,没有哪一代人能够对下一代人隐瞒其重要的心路历程。
——西格蒙德·弗洛伊德:《图腾与禁忌》

2015 年你刚八十岁。普京没有出席这一年在德国举行的七国集团峰会,因为在吞并克里米亚之后,俄罗斯被取消了成员国资格。同年,右翼民族主义势力在波兰重新上台执政。而你也从这年开始常常生病,染上了肺炎,尿道感染。

等夏天我们再去一次西里西亚吧。我说。

上次到访时,玫瑰谷老村民携家带口坐了满满一大巴,转眼那已是十年以前的事情了。这次我想带上孩子们一起去,由你领着她们转转村庄和农场,看看祖辈出生的地方。我在心中想象着这会对她们有何影响。

我第一次迈进这个村庄还是三十五年前,那年我十一岁。这一次我们再次选择了布雷斯劳的莫诺波尔酒店,就是三十五年前我们,包括你哥哥曼弗雷德,曾经住的那家酒店。当时酒店里除了碎肉冻一无所有,破败不堪,而如今它已经变成了一家五星级酒店。

我们转天一早开车前往玫瑰谷,日程安排和上次一样。只是这一次你心里有些担心,担心玫瑰谷会让所有人失望,孩子们,也包括你自己,面前出现的会不会是一个破败衰落、奄奄一息的村庄呢?你不希望孩子们看到村庄这副样子,你也不希望自己看到村庄的这一面,这将是你最后一次来到这里。呈现在眼前的玫瑰谷并不比十年前更荒凉,实际上恰恰相反,村庄惬意地沐浴在夏日的阳光下。女儿克拉拉后来告诉我,她觉得玫瑰谷很酷。来之前,她以为这里沉闷阴郁,可面前的情景并非如此,有儿童、鲜花,还有粉刷一新的房子。和上次到访时一样,我们把车停在黏土坑那里,沿着村路走到尽头,然后左转到墓地,再掉头回来,这条路线几乎成了一个固定的仪式。玛丽娜事后回忆此行时,对村庄的静谧尤其印象深刻。她很熟悉我们居住的位于勃兰登堡州的村庄,那里和玫瑰谷一样也有一条主街贯穿全村,也十分安静,可她说玫瑰谷是一种不一样的安静。

正是晌午,村子静得出奇,路上只有一两个行人。他们好奇地打量着我们。

我们走过村中的街道,两旁是住户的前花园。一家花园里盛开着玫瑰花,花园里有两个城里来的穿着热裤和吊带背心的年轻女孩。

看到我们，两人没有流露出任何不快，只是有些矜持，似乎对我们这些陌生人现身在村庄里有些困惑。

女儿后来说，她们能感觉到我对她们有所期待，期待她们能在此行中感受到一些东西。孩子们尤其意识到这次玫瑰谷之行对于我们意义非凡，尤其于我，更甚于你，这就是女儿们当时的感觉。她们感觉到了，她们到访这座村庄对于妈妈很重要。

你是要我们亲眼看看这座村庄。她们对我说。

孩子们说得对，我就是这么想的，我尤其希望她们能和你一起与这座村庄结识。剩下的时间不多了，什么时候这些姑娘才会主动地对此感兴趣，提问题，寻访上辈人生活的土地呢？事后回想起来，我当时是想在孩子们和你、玫瑰谷之间架起一座桥梁，超越我，超越我这一代人的桥梁，将故乡烙印在她们的心里，让她们永远不会忘记玫瑰谷。这座波兰的小村庄，我们祖祖辈辈生活过的地方，是我们仅存的和自己身世联系的一条窄窄的纽带。如今这里没有一个我们家族的人，哪怕一个远房亲戚都没有，这座村庄再也不会有姓霍夫曼的人家了。

你来到一座村庄，只是因为你的爷爷曾出生在这里而有了特别的意义，这或许会让孩子有一种特殊的感触吧。

扬已经在去年夏天离世，七十九岁，与你同龄。我们来到他家，雅德维加一见我们就哭了起来。她的双眼几乎失明，我的女儿们站在她面前，几乎要碰到她的鼻子，她才能看清她们。

好漂亮的姑娘啊！她惊讶地叫道，真好看。

我们抵达这里时，爷爷奶奶的农庄正在挂牌出售。尽管我们走过的房间散发着霉味，还空荡荡的，你悬着的心还是一下放松了下来。你对能将这样的玫瑰谷村留在记忆中心满意足，一个让人心旷神怡的小村子，四处栽满盛开着的鲜花，尽管有些房子涂刷的颜色过于俗艳了。

随后，我们开车沿着奥得河来到了科彭近旁的一个地方，这里过去是一个缆绳渡船的渡口。现在这里成了出租独木舟的地方，两个小伙子正在那里工作，音箱里播放着音乐。你给女孩们讲起了战后边界划分的故事，那个巨大的历史性失误。不幸的是，那并不是真的。我找来一根小木棍，在奥得河的细沙上画了一幅地图，让孩子们能了解边界划分的情况。

这并不公平啊。玛丽娜说。

我们可以指出这是一个失误啊。克拉拉说。

你笑了。那又能怎样呢？

我希望尽早将玫瑰谷村镌刻在孩子们的心中，也许逃离西里西亚的故事是唯一留存给我们的东西。逃亡途中发生的事情，你能够回忆起来的并不多，但你讲给了我的女儿们，那是我们能够坚守的为数不多的东西，是我们家族的遗产。

有人继承了农庄、房子、祖父创办的企业，或者祖辈栽下树木的土地；有人继承了带有家族首字母缩写的桌布和银质餐具，或者祖辈的私人藏书；有人在继承房屋的阁楼上发现了装有曾祖母的情书或婚纱的箱子。

而我们家什么都没有，没有代代相传几百年的老物件，甚至找不到一本相册，仅有的几幅照片还是来自你那位"二战"前远嫁弗兰肯地区的姨妈。家中没有任何东西让人联想到失去的故乡、霍夫曼家族几个世纪的历史，没有石榴石胸针，没有金戒指，没有装着玫瑰谷遗物的匣子，橱柜里更没有摆放着不可触碰的家族圣物，唯一在我们家的故事中掀起涟漪的东西就是你那件海军服上衣，而那也只存在于你的记忆中，只是一个失落的符号象征。我们继承的只有关于过去的记忆。

克拉拉无法理解为什么一定要把家和一个确定的所在联系起来。一个人干吗一定要和一个地方联结在一起？她说自己不需要这个来唤起身份认同，因为她有自己的家人；民族主义是一个已经完全过气了的概念。不过你逃亡的故事对她很重要，她是一个难民的后代，这是她身份认同的一部分。

我祖辈出生的地方现在无一位于德国境内。即使战争已经过去了七十年，那段逃亡经历一直是女儿们童年时期躲不开的话题，孩子们也会谈论它，包括在学校里面。

不少朋友告诉我，他们的家人都有着和爷爷奶奶类似的逃亡经历。

我的童年时代已经是战后三十年。回想当时，除了在奶奶的厨房餐桌边，我从未听人谈起过那段逃亡的往事。我的同学、朋友从未谈论过这个话题，我也不知道哪些同学、朋友来自难民家庭，直

233

到今天依然对此一无所知。

我从未听你和妈妈谈及祖籍一类的话题，不仅不谈自己的，也从未谈论过熟人的，甚至你们最亲近的朋友。类似"谁谁来自西里西亚，谁谁来自东普鲁士"之类的句子没在你们的谈话中出现过。祖籍、籍贯无关紧要，这是你们传达给我的信息，我也就这样接受了。可我总觉得有些不对劲，事情并非这么简单。这种闭口不谈本身就隐含着另一种信息。

你们逃亡的故事就这样脱离开我的生活、学校和朋友存在着。我曾经相信自己是唯一一个对奶奶厨房餐桌上谈论的关于失去的故乡感兴趣的人，可这怎么可能呢？我学校所在的石勒苏益格—荷尔斯泰因州，战后三分之一的人口是逃难到此的难民。不过当时我从未仔细想过这个问题。

后来我逐渐分辨出我的朋友中哪些是韦德尔的土著，比如那些在易北河边拥有住宅的，祖辈是水手、海员的人家；还有那些拥有大片家族墓地，其中不少逝者姓名后面都写着"Kap Hornier"[①]的人家；还知道了哪些同学、朋友是先前火车站大街上的工匠和店主的子女。我当时并没有刻意打听谁是这座城市土生土长老居民的想法，只是这些有意无意地蛰伏在我的潜意识中，我并不觉得自己在人前低人一头。而这就是你和妈妈想要传达给我们这些子女的：我们什么都不缺，活得一点不比别人差。我们拥有一切。

[①] Kap Hornier（英语写作 Cape-Horner，法语写作 Cap Hornier）是一个荣誉称号，指乘坐没有配备发动机货运帆船成功环绕气候、海况恶劣的合恩角的水手。

我不确定你用没用过"老户人家"这个词，你常说的是"韦德尔的老居民"。我觉得"老户人家"有些偏负面，指那些因循既往、静如死水的人们。我们家像是浮萍，而那些人家常年定居在此；我们是游牧草原的人，自由，无拘无束，我的徒步旅程就是明证。路上偶遇的那对母女，女孩就曾说过：妈妈，你看，她是一个自由自在的人呢！

我们家拥有的一切都出自我们的双手，没有一样源于祖辈的承袭。继承了一无所有，这让我们身心自由，尽管有一点惹人自叹自怜。我们家的人不看重财产，那些东西在你们的眼中不值分文，其中，一方面不乏宗教教义的影响，另一方面也和你们的难民经历密切相关。你们拒绝当地人根深蒂固的价值判断标准，告诫我们要鄙视那些视财如命的人。我们并不贫穷，我们有独栋的房子和花园；我们不得陇望蜀渴望拥有更多；满足于已有的一切让我们心安、自由。你们教导我们什么才是真正重要的东西：家庭，朋友，价值观，一个人的脾气秉性和取得的成就；不要辜负家人的期望；不要犯错；多替别人着想。有些人无须努力去获取什么，他们继承了父辈的农庄或家业，住在祖辈传承下来的大房子里。我的家人呢？我们必须为获得一丝安全感而努力。但我们并不执着于财产，我们知道，身外之物太容易飘忽而去，不仅在你撒手人寰之际，甚至可能在当下的每时每刻。

我没有料到死亡会降临得如此之快。你在人世的时间不会太久了，这一点我已经意识到了，至迟在你那次因为肺炎无法参加我五十岁生日聚会的时候。那时我已经在你的眼中看到了死亡的影子，它在过去的几年中慢慢成形。你看向我们的时候，目光仿佛穿过了我们，一直望向无尽的远方。我知道，你已经意识到自己将不久于人世了。

可一切为何来得这样快！你的身体本来恢复得很好，都出院回家了。你也许精力有些不济，但仍然什么事情都能做，而且总是里里外外忙个不停。你告诉我，你采摘了李子，清理了屋顶的排水沟，还骑着自行车去了教堂。只是从教堂回家的路上，妈妈会在最后一段路提前骑车回家，因为她实在忍受不了你蜗牛一般的速度。这一点，你自己当然也察觉到了。

妈妈托词说，她要提前回去开自行车棚的门。

8月的时候，你来到了我柏林的家，还曾去湖边散步。星期六，你摘苹果，晚上和妈妈去听了音乐会。我罗列这些，是因为我不明白你怎么会在转天的周日就因高烧被送进了医院。你已经多次住院，随后不久就会出院回家，这一次会有什么不同吗？我没有多想。只是这一次的确不同：周二，你身体出现剧烈的疼痛；周三，你完全没有食欲，而你一向喜欢美食并乐此不疲；周五，你被送进了危重病房。直到此时我依然没有意识到，你离去的时刻即将降临。我怎么就没有想到呢？

你习惯于在我们面前对自己的病情轻描淡写，总是让我不要为你担心。你从来如此：不抱怨，不要求，不期待。你不愿我因为你改变行程。我偶尔会反驳一下你的说辞，但反驳得很少，也许我当时表现得不够坚决吧。你的安慰总是让我心安理得。

我问你，真不需要我留下来吗？你说不需要。一如既往。真的啦，克里斯蒂安娜，没什么可担心的。

但是这次你有些太纵容我了，我差一点没能见上你最后一面。你们两个，你和妈妈，向别人提出要求时总是小心翼翼，一向如此。我有时沮丧地想，妈妈的强势什么时候是个头，而你什么时候能畅快地固执己见一次呢？你为什么不随口问我一句，你什么时候回来啊？我回来迟了，但还没有错过最后一面，我们在一起度过了最后的一天半时光。可这本可以是一星期啊！我还有什么要说、要问的吗？星期日那天你告诉了我不少问题的答案，突然间给我讲了那么多。

逃难的车队停了下来，在玫瑰谷以西五百五十公里远的地方。这一天是1945年3月2日。这里的原野像你们七周前逃离的奥得河边的家乡一样辽阔，目之所及是平缓的山丘、农田，还有一片片的小树林。这里的村庄格局也和玫瑰谷相似：宽敞的场院中建有谷仓以及前出的配房，不似你们刚刚走过的山村那样局促。

玫瑰谷的村民们被分配到了克林哈特以及周边村庄的农庄里。马匹已经累得脱了形，被送去了诺宁格伦、米尔格伦、弗劳恩鲁特和恩特斯霍森鲁特村庄的马厩里。由于一路逃难，人和牲口筋疲力尽，现在停下来，疾病就找上门来，不少马匹因过度劳累染上了马疫。安顿下来的村民开始了工作。他们到达埃格尔地区时正值春耕，当地村民太需要他们的帮助了，因为村里的男人都已经上了前线。奶奶也帮着去播种。你们得到了面包和牛奶，还不至于挨饿。

复活节后，你再次回到了学校。你们活了下来。

在一个和煦的夏日下午，我来到了克林哈特。这天是星期五，村里的酒吧刚刚开门纳客。酒桌还没来得及擦，第一批客人就已经坐在了遮阳伞下。人们穿着背心，第一杯啤酒或是烧酒下肚，几个家伙就讲起了黄段子，矛头当然是指向我。

两个身穿迷彩服的年轻人在德国境内工作，下班后会回到这里。此地与萨克森州的直线距离只有三公里，到巴伐利亚州也不过二十公里。对他们而言，德国不是过去，而是实实在在的现实。尽管在德国工作，两人并不喜欢德国人。他们也许有自己的理由吧。他们告诉我，他们从未听说过战后德国难民的事情，而且此地也没有能回忆起那个时代的德裔后人了。

我穿过村庄，来到十二世纪建造的圣凯瑟琳教堂。据传，骑士克林哈特在森林中迷路时，就是这座教堂给他指引了方向，该村的名字也因他而得名。

克林哈特村在我的童年记忆中也是一个神秘的所在，这里是你们逃难的终点。你对这个村子一无所知，记忆中没有留下任何印象。什么也没有，唯一例外的是村名，你总是能非常准确地说出这个名字，仿佛惊诧于自己竟然还到过这样一个地方。埃格尔地区，那是它当时的名字，你有时会补充道，那是你们逃难的最后一段旅途。

我漫步在村中的街道，村民们坐在自家花园里喝着咖啡。我隔着栅栏和他们搭话，问有没有人会说德语。他们让我去找村长，随后村长带我找到了玛丽亚。

玛丽亚住在离村子稍远的军人遗孀之家，一排破败的小房子，是专门为阵亡士兵的遗孀而建的。1945年夏天，捷克将战后留下的为数不多的德国人迁居到了此地，当时美国人已经叫停了驱逐德裔居民的做法。

满天晚霞之下，玛丽亚和朔尔施正坐在阳台上，脸上洋溢着知足常乐的人们特有的恬淡。这是两个内心充盈的人。

主人请我坐下。我们喝了一杯啤酒，还一起吃了晚饭。

那个我被问了无数次的问题在这里被问了最后一次：徒步吗？徒步。一个人？一个人。

玛丽亚1958年出生在这里。关于1945年早春时节西里西亚难民来到该村的事情，她从未听说过。她的母亲生于1927年，两个月前刚刚去世。我妈妈肯定会记得的，玛丽亚说，她去世时脑袋还很清楚。我来晚了一步。

1945年夏天玛丽亚的父母本已收拾好了家当准备离开，但最终却留在了这里。他们失去了自己的农场，改行开始在村里经营客栈，后来还为自己建了一所新房子，房子漂亮宽敞，就在距离军人遗孀之家稍远的地方。

朔尔施的胡须已全白，修剪得整整齐齐。他是一名老水手。世纪之交后从上普法尔茨来到埃格尔，见到了玛丽亚，两人一见钟情。如今他已经退休，每天六点他会起床煮上咖啡，然后两人坐在阳台上，望向广阔的田野。玛丽亚和朔尔施是我在徒步旅程中遇到的最幸福的人。他们从未抱怨过什么，对捷克人或是涌入欧洲的难民，对他们的邻居、欧盟或者所处的新时代，两人没有一句怨言。他们对政治不感兴趣，布拉格很遥远，柏林和慕尼黑也是。两人彼此讲德语，他们的孙子则说捷克语。他们喜结连理，后代继承了他们的房产。他们一家生活在没有国界的欧洲，一个克服了历史沉疴的欧洲，尽管这只是一个快乐而短暂的片段。

朝向德国萨克森州方向的山岗上，太阳正在徐徐落下，南边已经浮出了一轮满月，空气中弥漫着刚收割过的麦草味道。玛丽亚走进厨房，切了面包片，配上奶酪、火腿和沙拉。小黄瓜被切成了扇形，萝卜切成了花形，可见玛丽亚深得作为客栈老板的父亲的真传。她的外甥赫尔穆特正好来这里看望她，他来自德国的法兰克地区，从玛丽亚这里继承了军人遗孀之家中的一所房子，一年中的大部分时间都住在这里。按他的说法，村里人表面上对苏台德人的后代很友好，背地里其实磨刀霍霍。不过玛丽亚说她从未遇到过什么麻烦。

你一定要继续赶路吗？你也可以在这里过夜呢。

恭敬不如从命，我便在这里度过了我徒步之旅的最后一夜，在这个曾是你们逃难终点的地方。第二天起床时，早餐已经摆放停当，朔尔施坚持要在早餐后开车送我去火车站。我的餐盘旁边放着一只精致的老式怀表，瑞士制造，金属表盖上刻着一群野马，怀表背面还有小马驹，很可能它们是一家子，正在枞树下安详地吃草。

朔尔施告诉我，这是送我的分别礼物。

昨晚我们谈起马，讲到那些马拉着车，载着难民走了好几百公里。朔尔施做过残疾人相关的工作，也照料过马匹，他知道马能给人带来抚慰。他没有说送我怀表的原因。行程即将结束的时候得到这么一个护身符，并不需要过多解释。一份分别的礼物，如他所说。

仿佛我已经在这里停留了好长一段时间，仿佛我是他们的女儿，我这位不速之客的到访好像是他们得到的一份意料之外的礼物。

一路走来，我能感觉到我的寻根之旅让不少萍水相逢的人怦然心动，这种体验一再出现。我对祖辈事迹、伤痛的追寻，也唤醒了他们过去的记忆。对于竟然还有人对过去的事情这么感兴趣，他们心存感激，仿佛我重走这条父辈之路不仅是为了自己，为了父亲，为了我们的家族，也同样是为了许许多多的其他人。行程结束后的几个月里，这些人仍旧在和我联系：玛丽亚和朔尔施，保丽和西格，他们给我发来了照片、记事录；那位博物馆馆长彼得则给我寄来了书和一些文章。雅娜自然不会缺席，她经常给我写信，寄给我孩子们的照片。她父亲过世时，也给我发来了消息，后来还告诉我，先是斯塔西娅的一个儿子死于新冠，然后是斯塔西娅自己。在复活节时，就像我们的老辈人那样，我们会相互寄送礼物包裹。

战争结束的时候，你们仍在克林哈特。那段时间，你每天去村里的学校上学，没有写字用的石板，也没有书本。学生太多了，当地人的孩子加上难民的孩子，没有足够的桌椅，你只能坐在地上上课。村里隔三岔五会响起防空警报。4月19日那天晚上，你们远远地望见埃格尔遭到了空袭，城市燃烧着，一直到深夜仍火光熊熊。5月6日，美军的坦克开进了村庄，各个场院的窗户上飘扬着白旗。战争结束了。玫瑰谷村也自此不复存在。

直到终战之日，爷爷赫伯特一直在布雷斯劳要塞的炮兵部队中服役，驻扎在市动物园附近。他将会在此后的很多年里杳无音信。

你哥哥曼弗雷德在4月20日那天被从海军派遣到了陆军。他清楚地记得这一天，因为这天是希特勒的生日。他所在的位于基尔近郊穆尔维克的鱼雷学校被解散了，本来作为海军候选军官的他被派往一个装甲兵团担任上士。陆军士兵培训时间只有区区两天，便随即跟着所在部队登上了一列货物列车，向柏林进发。苏联红军对柏林的包围正在收紧，曼弗雷德部队的任务是解首都之围。部队行进到诺伊施特雷利茨附近时，士气高昂的俄国人已经先一步占领了那里，他们只好掉头奔回西方。在几天的强行军里，士兵们几乎没怎么睡觉，也没机会吃饭。他们是在逃离俄国人，逃离战争，逃离那条战争的恶龙，而后者嘴中喷出的气息已经让士兵们的后颈感到了丝丝凉意，同当初奶奶和你出奔逃难时的感觉一模一样。他们拖着武器，包括火箭筒和机枪弹箱，有的士兵由于不堪重负而瘫倒在地，可即便如此，直到最后一刻他们也没有放弃自己的随身武器。这群年轻人只军训了一年半，还从未上过前线，可对枪不离身的训令却如此执着。

5月9日那天晚上，曼弗雷德和一个伙伴一起向美军投降。他当时二十岁，成了战后我们所有家人中最走运的那一个。偏偏是他！曼弗雷德是家里所有人中唯一一个曾笃信过希特勒"最终胜利"说法的人。从小屁孩起直到成为海军候选军官，纳粹党徽在他的整个青少年时期形影相随。作为家中唯一一个全心全意信奉纳粹理念的人，他在战败前不久自告奋勇加入了武装党卫军，准备为元首和祖国献出自己的生命。此时此刻，战争结束了，而曼弗雷德还从未开

过一枪，也从未成为过别人的射击目标。

而他十七岁的弟弟，戈特哈德·霍夫曼，军事编号 Brieg 27/49/1/1[1]，战争结束后却身受重伤，躺在离德累斯顿不远的一家伤兵医院里。

你的祖母和叔叔沃尔特在战争结束后依然杳无音信，下落不明。

---

[1]该军事编码代表士兵出生于1927年，属布里格地区（Brieg）第49警区，军事记录在第1册第1张。——编者注

终战后不久，埃格尔地区的村庄中流言四起，疯传捷克人将接管这个地区，并将没收当地农民的农场以及难民们的马匹。6月初，玫瑰谷的村民们开始启程返乡，人们当时相信，自己不久就会回到故乡。

这一次，人们没有集体行动，而是自行成组，分批踏上归程。大部分村民选择了向北越过边界前往萨克森方向。村民们请当地人带路，在夜间越过了那条小河，而这条不起眼的小河不久之后将成为德国的界河。

科佐克家、舒尔茨家、韦劳赫家、于贝舍尔家以及其他几家一起结伴上路了，他们在某一天消失得无影无踪。没有人通知你们离开的事情，你和奶奶就这样留了下来。

玫瑰谷村民的返乡路线选择了主干道，这样就只能绕一个大弯，必须途经开姆尼茨、德累斯顿和格尔利茨。行程还算顺利，马匹有饲料，田野到处都长出了青草，可人却不得不忍饥挨饿。刚刚过去的时间里当地人已经分给了难民不少吃食，现在当地人自己也不充裕了。夜幕降临后，俄国士兵会闯入谷仓，强奸妇女；白天的时候，士兵会掠夺已经被几次三番抢劫过的马车，还会牵走村民的马匹。玫瑰谷村民曾途经德累斯顿，目睹了那里的满目疮痍。他们仍然坚信自己会回到玫瑰谷村，他们无法想象还会有什么其他可能的终点。对那些国际会议上做出的决定，村民们一无所知；即使听说了，他们也不会相信。德国四分之一国土上的民众将面临大迁徙，这超出了这群平民百姓的认知范畴。他们一直向东行进，直到在某个地方被迫停下自己的脚步,可能是尼斯河的某座桥上吧。1945 年 6 月 1 日,新组建的波兰军队的五个师被命令前往奥得河—尼斯河一线。军队封锁了奥得河和尼斯—乌日茨卡河上的全部桥梁,以阻止德国难民返回西里西亚和波美拉尼亚。

一天晚上,你和奶奶蹚过作为界河的小溪进入了萨克森州,这是你们的第一次尝试,结果被士兵抓到,在巴特布兰巴赫地区的军队拘留所里关了一夜。随后,你们两人被赶回了来时的方向。两天后的晚上,你们又尝试了第二次,这次成功了。一个女人带着自己的儿子,出发去寻找丈夫和在战争中失踪的两个儿子。马匹和马车被留在了克林哈特,两个人加上两件随身行李,这就是你们的全部家当了。

一切来得太快了。

三十年前,你的心脏植入了人工瓣膜。去世前的一年多,你染上了慢性肺炎,症状时轻时重,要依靠大剂量的可的松治疗;膀胱感染也频繁发作,几乎把抗生素用遍了。几周前又诊断出 CLL,一种所谓老年性白血病。医生建议采取增强白血球的疗法,需要每隔两周做一次输液治疗,总共三次。你曾告诉我,这个治疗没产生什么副作用。最后来的是血肿:从星期二开始,你的腰部出现剧烈的疼痛。周四,通过核磁共振成像诊断出,体内有大出血现象。我在周六下午与医生谈话时,他刚刚检查完血肿是否会极大影响泌尿系统、肠道和心脏。医生告诉我,血肿影响并不太大。至于治疗前景,他说如果你的身体能够自行化解血肿的话，下周一就可以转回普通病房。他的解释听起来没有让人警觉之处，我也没有追问什么。他还谈及血液储备和白血病的情况，提到你的肾脏指数不是很好。很可能我当时并没有仔细听医生讲的内容，我看重的是他的语气，他的谈话中也并无让人惊慌的言语。为什么会这样呢？也许对于一个常年在重症监护室工作的医生而言，你的状态并不严重？还是我内心不想听到病情加重的消息？不过我确信，当时没有任何征兆预示你会在第二天就撒手人寰。

下周初将转回普通病房的消息并未让你感到欣然。本希望这个消息能为你打气，却反而让你感到了不安。你觉得重症室才是自己应该待的地方，它让你有安全感。你知道自己的病到底有多严重。

我在你的病床边坐下来，握住你冰冷的手。我给你讲述孩子们的事情，她们现在住在勃兰登堡的湖边。你告诉我，你十分喜欢那里，还记得上次在湖中划船的情景：多么美好的时光啊，收起船桨，闭上双眼，让小船在湖中随风漂荡。

那一刻，我明白，你累了。

周六夜里，你出现了肾脏衰竭的症状。

夏天来了，战争结束了，可对你们而言，整个逃难旅程中最黑暗的几个月才刚刚开始。对这段时间内究竟发生了什么，我知之甚少，而你则讳莫如深，从未提及。

你们的目的地是哈茨山区的诺德豪森，村里的一些邻居已经先行投奔了那里的亲戚。奶奶根本没有做返回玫瑰谷的打算。个中原因，我们不得而知，也许她心心念念着要先找到几个儿子，也许她相信儿子戈特哈德就在离自己不远的地方。

在哈茨山区，奶奶不得不当上了强制劳工，在隧道里面做着不见天日的工作。你们在1945年夏天的时候曾有过一个通信地址：诺德豪森-萨尔察，7号。那个地方距离米特尔堡-多拉集中营只有几公里远。我记得你哥哥曼弗雷德说过，奶奶曾在集中营里待过。我当时很吃惊，这怎么可能呢？战争已经结束了啊。曼弗雷德提及此事时有些故意含糊其词，让人觉得仿佛我们家里也有人在集中营里遭过罪，我们同样是纳粹的受害者。奶奶是在战争结束后才来到米特尔堡-多拉的，美军在那年的4月11日解放了那个集中营。

这个集中营在终战前实际上是一个劳工营，而在此之前则是劳改营。从1943年开始，被囚禁在这里的人们一直在开凿通向孔斯坦的地下隧道。希特勒为了报复盟军，准备在那里装配V-1和V-2火箭，纳粹高层对它们寄予厚望，很多德国人直到战争的最后一刻都在期盼神器的成功。集中营中囚禁了六万人，其中三分之一没能躲过劫难，死在了战争结束前夕。这是通过劳动灭绝人口的一种方式。

你们是在6月底或者7月初来到这里的。7月1日，美国人将哈茨南部移交给苏联人。也许当时你们就住在集中营的营房里，睡在不久前囚犯们躺过的小床上；也许，上述那个通信地址处的人家收留了你们，那样的话，奶奶只需要按时去从事挖隧道的工作。

奶奶每天要进入黑暗的隧道，如同进入地狱，仿佛在为此地曾经发生的罪恶赎罪。而那时的你在哪里，又在做些什么呢？

各种重压一起袭来。饥饿，不见天日，繁重的工作，如今又获悉了德国做下的罪孽：此地在一年半的时间里有两万人被虐待致死，数量是玫瑰谷村民的三十多倍。苏联士兵曾对奶奶做过什么吗？不管怎样，奶奶再也没能从1945年的那个夏天中恢复过来，她从此成了一个苍老的妇人。而那时的你在哪里？在做什么，又听到过什么呢？1945年的那个夏天又如何改变了你的生活？

你的哥哥曼弗雷德于6月15日获释。他随即前往汉堡附近的韦德尔，那里住着塞利格一家，他要去找曾做过海员的保罗。这是曼弗雷德唯一能记起的奥得河以西的一处地址。保罗的女儿英格丽德在战争期间因为城市疏散的缘故到过玫瑰谷，曼弗雷德两年后娶她为妻。曼弗雷德是何时知道自己再无可能重返玫瑰谷的呢？

玫瑰谷已经回不去了，村民们当时并不知道。但是整个夏天，不祥的预感像乌云一样盘桓在他们头顶。只是人们已经被战争与逃亡折腾得精疲力竭、身心麻木，一心只想着返回家乡，他们不愿意承认盘绕在心头的不祥预感。

1945年夏末，玫瑰谷的村民像是一碗被人摇动并随后被泼撒出去的豆子，散落在各个地方：有少数村民回到了玫瑰谷，其他人因为无法渡过尼斯河而滞留在格尔利茨附近的莫伊瑟尔维茨。既然无法回家，他们就尽量试着留在离家乡近一些的地方，莫伊瑟尔维茨位于玫瑰谷村以西两百公里。在接下来的日子里，他们将全部迁移到勃兰登堡州的格罗斯提米格定居。而村里的男人们要么被关进了战俘营，要么失踪或者身负重伤。村民们将流离失所，失去自己的故乡，只是当时的他们对此还一无所知。

玫瑰谷村没了。长途逃难后，这个几世纪沉淀下来的村庄社区解体了。人们不甘心也不愿意失去联系的纽带，于是他们互相写信，彼此走动探望，希望借此将联系延续下去。人们讲述着谁谁谁还活着，住在哪里，或者谁谁运气不佳，没有躲过劫难，讲述着具体事件的来龙去脉。

9月初，你的弟弟戈特哈德被允许离开德累斯顿附近的军事医院。曼弗雷德保存的文件中有一份由德累斯顿市议会1945年8月31日签发的证书。证书使用了俄、英、德三种文字，有效期至1945年9月7日。上面写道：允许持此证件者完成从德累斯顿到爱尔福特的旅程，可免费乘坐火车、汽车或船舶，持有人为戈特哈德·霍夫曼，生于1927年8月18日。此外，在括号中分别用英语和俄语备注道：盲人。

眼睛失明、身心俱疲的戈特哈德去了爱尔福特，我家的远房亲戚弗里达姨妈收留了他。她照顾他，给他读夏末时节玫瑰谷村的亲戚、朋友寄去的信件，以及他在军事医院中结识的病友的来信。弗里达姨妈帮他代写回信，回复他的朋友；戈特哈德有时也会自己写，只是因为失明的缘故，信件字里行间写得歪歪扭扭。

太遗憾了，你失去了视力，甚至无法读信。他的朋友艾哈德·韦劳赫在9月的一封来信中写道。戈特哈德的女友格蕾特尔·于贝舍尔也给他寄来了信件：希望你不再那么难过，一定会慢慢好起来的。至少，也许会有一只眼睛可以重见光明。你才十八岁，在这样的年纪双目失明，这太可怕了。一辈子都这样吗？不会的，戈特哈德，不会那样的！

格蕾特尔的信中也带来了玫瑰谷村的消息。前景一片黯淡，她写道，我们的农庄都被波兰人占了。两户波兰人住进了我们家，可我们和他们之间没有任何交往。目前住在村里的人有：亨内克（他还在他的农场里），卡丽施和普鲁迪克，库格·伯恩哈特一家，弗伦·库尔特，霍艾泽尔·阿尔方斯，海因布鲁赫·阿尔弗雷德，弗兰克·马克斯，比洛·埃尔斯，带着孩子的伍奇克夫人，温德夫人，派斯克·霍斯特，威廉·舒尔茨和雅克什夫人……

格蕾特尔——罗列了村里的所有人家，在姓名后注明他们的遭遇、现状，仿佛发誓要如实记录下村庄中发生的事情，一笔笔依照时间顺序记下村民们遭受的磨难。

温德先生在温克勒的场院中被枪毙了；派斯克的祖母和姨妈死在了萨加维家里的粪肥坑里，派斯克·戈特利布被殴打致死，随后用钩子拖了出去；希尔伯的老婆被勒死了，库格太太可能也死了。此外，温克勒先生在1号那天在科彭被杀；格哈德叔叔、雅内茨基先生和瑞士人格哈德都在战争中受了伤；雅内茨基先生在耶拿市装了假肢；比勒·保罗在战争中阵亡；人们在科彭的阿茨勒家的牧场上发现了鲁迪的尸体，他随后被葬在了玫瑰谷村。韦曼·莱因霍尔德和韦劳赫·威利在复活节被抓获，随后被送往格莱维茨（自此以后再无音讯）。你现在能知道村里的大致情况了吧？另外，你家的农庄也被波兰人占了。

格蕾特尔给戈特哈德写了两封信,每封信中都暗示了两人过往的感情波折。这是两个十七岁青年男女的恋情,短暂又有些沉重。我猜测,这段感情在还没有开始就已结束,应该是由于一些误会、彼此伤心的缘故吧。

亲爱的戈特哈德,你还在把我想得那么坏吗?我不记恨你,而且我在很久以前就已经原谅你了。别再一直想着那些了。谁知道呢,也许我们能在美丽的玫瑰谷再次见面。

此时,住在哈茨山区的奶奶距离自己的儿子只有不到八十公里,最终还是没能找到彼此。

这时,德国境内铺天盖地的寻人活动也开始了:孩子寻找父母,父母寻找孩子;丈夫寻找妻子,妻子寻找丈夫;玫瑰谷的村民们也在互相打探彼此的下落。戈特哈德也在寻找自己的父母。我手头有一张由位于皮尔纳附近的比拉塔尔的"西里西亚寻人中心"发出的明信片,上面盖有1945年8月4日的邮戳,明信片上写着:收件人戈特哈德·霍夫曼先生,地址:德累斯顿-普劳恩康复医院27室,施莱马赫大街8号。还有一段文字:"我们已于1945年8月1日启动对赫伯特·霍夫曼和奥尔加·霍夫曼夫妇下落的调查。"

下面接着写道:现存档案中没有查到上述两人的相关记录。同时,我们请您通过汇款的方式支付一帝国马克/人的寻人费用,以及0.48帝国马克的邮费。

你的父亲赫伯特此时也许正在前往战俘营的路上，或者还被拘禁在布雷斯劳附近的军营里，或者正在一列长长的战俘队列中向东行进，或者是在一列战俘列车中。

他将前往一千五百公里之外的、一处位于基辅和哈尔科夫之间的劳动营。1946年春天，劳动营中的爷爷也开始寻找自己的家人。他使用的是一张明信片大小的俄语表格，纸张劣质，表格左上角是红十字会的标志，右上角印着红新月标志。这种供战俘使用的明信片同时印有俄文和法文，收件人、收件地址、战俘姓名以及邮政信箱预先印好供人手书填写。爷爷当时在苏联的收信地址是：红十字会邮政信箱62/451，莫斯科，苏联。卡片的背面可以手写一些内容。

爷爷的第一封寻人信件写于1946年4月12日，那时距离他们在布雷斯劳投降已经过去了几乎整整一年。

> 亲爱的家人们，向你们所有人问好！我目前在俄国的战俘营中，一切都好。我的身体不错，希望你们也是如此。但愿你们都已经回到了老家。盼望着我们大家能在不久的将来健健康康地重新聚在一起。曼弗雷德和戈特哈德也在战俘营里吗？别为我担心，爱你们的爸爸。

他的第二张寻人卡片写于4月28日。他说他上一次收到家里的消息还是上一年的4月20日，信件从克林哈特发出，距此已经一年有余。估计那封信应该是发往了爷爷当时的服役地点布雷斯劳。亲爱的小阿道夫在做什么呢？他提到的是你，阿道夫是你以前的名字。爸爸会回来的。同年6月8日，爷爷又寄出了一张寻人明信片，他一直在寻找西里西亚玫瑰谷的奥尔加，我的奶奶。这次他只写了两行字：我在值勤，我很好，一直在等你的消息。第四张寻人明信片的发出日期是8月20日，发给了柏林的"疏散人员搜寻办公室"。爷爷一直在寻找自己的妻子，寻找他的儿子。他也在寻找自己的母亲乔安娜和疯疯癫癫的兄弟沃尔特。他们是被火车拉走的，目的地不明，下落不明。

几个月后的1947年1月2日，爷爷又发出了一张明信片。他仍在寻找家人，可不再填任何写给家人的话语了。五张寻人卡，爷爷的话语依次减少，逐渐陷入了沉默，他的希望与心力在逐渐低落，像一束慢慢熄灭的火焰。

爷爷在森林的战俘营中挨过了漫长岁月。营地四周被栅栏和铁丝网包围着，战俘们住在地洞里，洞口用木材覆盖。冬季来临时，他们燃起松木屑供微弱的取暖和照明，这也损伤了他们的肺。

饥饿难耐的战俘们会吃下他们能找到的任何东西。爷爷有一次吃了毒蘑菇，险些丧命。

每天早上，他们进入森林砍伐树木，然后将它们装到铁路货车上。看守的鞭子抽打在战俘剃光的头上，dawaj, dawaj, bystrej, bystrej, 快些, 伙计, 快些！战俘和看守们形成了一个新的战斗前线，在这个曾遭德国入侵的国家。德军曾入侵了这个国家，摧毁了这里的村庄，杀死了这里的妇女妻儿。

营地弥漫着新砍伐的木材散发出的松香树脂的气味，无论冬夏。男人的胡茬里嵌入了锯末和松针，手上满是树脂留下的黏稠黑渍。

斧头砍进树木发出的闷响，人身上散发出的汗味，还有马匹的气息。后者让爷爷想起在布雷斯劳的岁月。对，马匹身上的味道。蛇一样的皮鞭游走在战俘和马匹的身上，噼啪作响。他们用铁链将原木捆扎起来，沿着林中道路拖到火车站的站台上。战俘们要不停地劳作；马匹也是一样，它们和那些驱赶它们、虐待它们的人类一样瘦削，马皮紧贴在肋骨上，如同瘦骨嶙峋、忍饥挨饿的战俘们的胸膛。马不会反抗，它们精疲力竭时会黯然倒下。

战俘们也会一声不响地死在他们的小床上。

与之相反，被伐的树木却会在死亡降临时发出轰然巨响。这些树在生前承受了一切，但在死亡之际，它们突然变得响亮。将倒未倒之际，它们已经开始咆哮，木材先是爆裂，随后在断裂之际发出啸叫，伴随着周遭战俘们警告的呼喊声，树木倒下，搅动气流，空气也在呼啸，树木加速砸向地面，然后轰然一声倒地，大地随之震颤。而此刻树木的残枝落叶再一次悚然沙沙作响，如同一个垂死之人吐出最后一口气。短暂的寂静后，伐木斧的砍伐声再次响起。

爷爷当时已经年届五十，是战俘营里最年长的人之一。他性格坚忍，头脑清晰，知道自己在这里可以找到用武之地。他是木匠，还会做农活，照料马匹。他天生的脾气秉性也帮了他。爷爷善交际，幽默风趣，无论是德国人还是俄国人都喜欢他。不知何故，能在战俘营幸存下来的，往往是那些远方有亲人在等待的人，那些尽最大努力保持了自己品性的人。

爷爷挺过了三个夏天和两个冬天，可随后这股力量就离他而去。

1945年10月8日，住在柏林黑姆斯多夫区的艾玛·奥西格，你们都称她为艾玛姨妈，收到了你们发自诺德豪森的信件。艾玛姨妈知道戈特哈德在爱尔福特，于是立即写了两封简短的信件，一封发往爱尔福特，一封寄到诺德豪森，告知了母子双方对方的地址，以便你们取得联系。

亲爱的奥尔加！你儿子戈特哈德9月从德累斯顿的军事医院出院了，他渴望见到你们……

亲爱的戈特哈德，现在我终于可以带来一个好消息了。昨天我收到了你妈妈的来信……

而此刻，戈特哈德已不在人世。我们一直没找到他真正的死因。10月8日，戈特哈德的一个朋友维尔纳从德累斯顿的医院给他写信，感谢戈特哈德9月24日寄送的明信片。在他的回信中可以推知，此时戈特哈德已经再一次住进了医院。可是，当时发生了什么，让他再次住院呢？

戈特哈德是在9月底或10月初去世的。死因肯定不是战伤，更可能是当时肆虐的斑疹伤寒，或者是拖延了治疗的阑尾炎。或者，像家人猜的那样，他死于一种罕见的癌症。又或许，一个十八岁的年轻人在1945年秋天离开了这个世界，只因为他经历了战争，丧失了视力，家人生死未卜，他失去了继续活下去的勇气。

10月9日，戈特哈德在德累斯顿医院的病友马克斯给弗里达姨

255

妈发来吊唁信。信中写道，戈特哈德在入院时已经有呕吐的症状，但医生对此没太当回事，也没有意识到可能的危险。戈特哈德和我们在一起吃饭时总是食欲很好，他从不怨天尤人，他的去世令人难以接受。

11月20日，绍恩一家给奥尔加寄来了慰问信。信中说：戈特哈德是个可爱的小伙子，他每次来我们家，我们总是其乐融融。他在八月和我们一起庆祝了他的十八岁生日，可惜这是他的最后一个生日聚会。夏天的时候，他还和我们家的孩子一起去游泳呢。尽管他在战争中受了重伤，却总是朝气蓬勃的。

在你去世前一周，医院打电话给你的社区医生。医院觉得这个病人有些神秘，他们想更多地了解下你的相关情况。病人外表给人的感觉和诊断结论相去甚远，医生们搞不懂，患者明明身染重疾为何却看起来怡然自得。这有些像戈特哈德，他在去世前几周也是如此。

医生们不知道该倾向于哪一个判断，是相信自己的专业知识，确信这位病人已经病入膏肓、命悬一线，还是相信他们亲眼所见的病人的状态？这是一位性格活泼的老先生，有着健康的晒成棕色的皮肤，开朗健谈，常与护士们开玩笑，毫无饱受病痛折磨的样子。医生难以理解，他体内明明有一个会导致剧痛的血肿，却很少抱怨。

你去世后我看到了你的病历，医生称之为"超常状态"，即精神状态明显与身体器官状态不吻合。你的意志力一直占据了上风，直到你生命的终点也一直如此。医生所不知道的是，你的一生就是这么过来的,你凭此渡过了生活的劫难。随遇而安的品性拯救了你,即使在内心惊涛骇浪的时刻。这种努力耗尽了你的心力,可随遇而安也给了你巨大的安慰。一切都会好起来的。苦难越沉重,越要心随境迁、随遇而安。

至暗时刻降临了:奶奶正在米特尔堡-多拉的隧道中做苦工时,收到了儿子的死讯。现在能让奶奶活下去的理由只有她身边的你,她的第三个儿子了。她当初怀上你的时候还曾后悔过。

10月底,红十字会的寻亲服务机构通知你们,你的哥哥曼弗雷德还活着,他落脚在了韦德尔的塞利格家,每夜睡在人家的沙发上,让你们去那里找他。于是在11月中旬,你们母子二人再次踏上了逃难的旅途,方向韦德尔,需要越过苏联占领区的边界跑到英国占领区。同上次一样,在第一次的尝试中,你们被抓住了;第二次,你们才成功。

你们住进了塞利格家的阁楼,奶奶开始在一家名为"米勒光学仪器"的工厂上班,负责清洗刚刚打磨过的镜片。这份工作紧张劳累,而且对人体有害,同时这也标志着她社会身份的坠落。奶奶成了一个精疲力竭、疲惫憔悴的女人,她失去了生活中的一切——房子、农场、朋友、亲戚,她心爱的儿子,而且在漫长的一段时期内不知道丈夫是否依然活在世上。而你,一个饱受各种心理创伤、在无数个夜晚吃不饱饭的九岁男孩,成为支撑奶奶活下去的支柱。我手上有一张你1947年的照片,上面的你消瘦、严肃,目光中已经有了阴霾，俨然一个早熟的孩子。你们在韦德尔的新地址是玫瑰园8a号，倒是和你们玫瑰谷的故乡遥相呼应。

我没料到，你离我们而去的路已启程了这么久，走了这么远。现在只有一步之遥，那一步迈出后将是咫尺天涯，天人两隔。妈妈对自己的决定没有丝毫的怀疑。是的，我承认这是正确的抉择，可尽管如此……

那个星期天我摘掉了手套。院方关于口罩和防护服的规定我可以理解，可我知道，最后的时刻即将到来，我没有必要再戴上手套保护你免受细菌的侵袭了。

我到病房时，神父已经站在了那里。一位女医生把我带到一边。她对我解释道，你继续存活的可能性近乎为零，我明白医生是想确保我不会质疑你已经做出的决定。我当然不会，至少当时没有那么做。

你讲话已经很困难了，要鼓起所有的力气，将每个句子一个字一个字地说出来。你的嘴唇很干。你向每个人告别，妈妈、我们这些孩子、孙一辈的孩子；你请所有人原谅自己，如果他过去曾让谁感到失望了。人们随后离去，我和母亲并排坐在你的床前，身后是玻璃窗，凭窗望去是一望无垠白云袅袅的天空。病房入口处推拉门上方的墙上有一个挂钟，显示着你最后的时刻。

我唯一的愿望是这个过程不要过于漫长。

开始时房间里还有些忙乱，护士们来来去去，打破了房里的安静，让我担心接下来自己该如何度过这个困难的时段。后来不知什么时候，那位女医生过来关闭了监测身体参数的仪器。之前，它总是会发出各种警报提示音，你现在已经走在逝去的路上，不再需要这些。医生离开后，显示屏只剩下一丝幽暗的亮光。不知什么仪器偶尔发出哔哔的声响，这时母亲和我都会耸然一惊，皱皱眉。可你一直在平静地呼吸，那些哔哔声不会再传到你那里了，你已经在离开的路上，平静而安详。

你在逃难后更改了自己的名字。在韦德尔申请新证件时，你把以前的中间名登记为新名字。从此，你不再是阿道夫，而是沃尔特。当初起名阿道夫并非因袭纳粹元首的名字，而是以奶奶的兄弟阿道夫叔叔的名字命名的。在韦德尔政府部门的登记表格上可以看到，姓名处先是写上了"阿道夫"，但随后被划掉，所以也可能是当时的工作人员给了你建议。[1]

事实也是如此：那个玫瑰谷村庄里的男孩阿道夫消失了，不存在了。这肯定也是你心中所愿，因为你已记不起逃难结束前的任何事情。我很早就察觉到，当你谈起玫瑰谷，谈起那次逃亡时，感觉不到任何实质的情感，没有恐惧和悲伤，也没有绝望和愤怒。宛如截肢手术，你童年前半部分的记忆如同一条残肢一样被切掉了。

相反，你所有生动的回忆都始于韦德尔。你谈起韦德尔时声情并茂、忘我陶醉，回忆里满是温馨。也许1945年的逃亡之旅抹去

---

[1] 西方人的姓名组成为"名 + 中间名 + 姓"，只是中间名的使用频度很低。阿道夫（Adolf）曾经是一个在德语区常见的男性名，只是因为纳粹德国元首的名字是阿道夫·希特勒，所以战后德语区的人们都回避、改掉了这个名字。现在德国人叫这个名字的概率极低。

了你对玫瑰谷村的记忆。只是我在心中确信,你之所以忘记玫瑰谷,是因为你不愿意那个地方再在你心中占有一席之地。你来到了韦德尔,你想在这里好好生活下去;你不需要玫瑰谷,相反,玫瑰谷是你的一个障碍,一个负担,是它让你成为一个难民,而且也许它就是导致母亲悲伤、哥哥不时暴跳如雷的原因。干吗要去记起呢?玫瑰谷割断了你和曾在易北河河滩上一起踢球的男孩们的联系。你不想成为别人眼中的难民孩子,你想融进其他孩子的生活。那个西里西亚村庄里的小阿道夫,和这个与母亲一同在韦德尔开创新生活的小沃尔特之间,已经产生了深深的撕裂。

你在韦德尔交上的第一个朋友是哈特维格,一位教师的儿子。即使在七十多年后的今天,他依然记得第一次见到你的情景。

战后不久,我那时正上三年级。有一天,一个女人领着一个男孩站到了教室里。

这个女人就是你的母亲。在哈特维格看来,这个女人看上去如此苍老,仿佛是男孩的祖母一辈。

但我马上就喜欢上了沃尔特,觉得他肯定能和我们玩到一起。

当时的学校在韦德尔教堂附近的老校舍里,班上有六十多个学生,已经人满为患。带班老师就是哈特维格的父亲。他曾用仿佛不经意间弄掉了自己的铅笔来测试你。一个老把戏。

沃尔特迅速弯下腰,灵活得像个鼬鼠,将铅笔捡起来还给了我父亲。

放学后,父亲把我叫到一边说:多照顾下这个新来的孩子,他刚刚逃难到这里。

教师纯属多虑了。两个孩子迅速建立了友谊，而且这段友谊贯穿了两人的一生，即使后来哈特维格远赴南美洲生活后也是如此。

每次我们重新相见，只消几分钟就能找到从前的感觉，从无生疏感。

你们谈论过他逃难的经历吗？

没有，从来没有过。

1947年复活节后，你转到了韦德尔的普通中学，哈特维格则去了十公里外于特森的文理中学①。

沃尔特是个出色的学生，很有天赋，理解东西特别快。

为什么我爸爸没去读文理中学呢？

那件事可说来话长了，有些心酸。

我曾问过你没有读文理中学的原因。你的解释是，韦德尔和于特森的距离有十公里，每天往来太远了，很麻烦。而当初你哥哥就读于皮亚斯特的文理中学时，每天往返于玫瑰谷和布热格之间，距离远超十公里。而且，在夏天，十公里的往返骑自行车不成问题，冬天则可以乘公交车。

---

①德国的小学生毕业后会进行分流，有几类中学可供选择。学习好、同时想进大学读书的学生会进入文理中学，毕业考试（Abitur）通过就可以进大学。而进入其他类别中学的学生，绝大部分会在毕业后开始职业生活。当然，任何中学的学生或者社会上的任何人，只要通过文理中学的毕业考试，都可以获得上大学的资格。数据表明，虽然现在已经有所变化，但德国大学生中较大比例来自家境较好的家庭，尤以知识分子、科技人员家庭居多。

当时韦德尔普通中学的校长是柯尼希先生，人们戏称他为国王奥托。他知道你来自难民家庭，和母亲相依为命，一贫如洗。可他最钟爱的学生偏偏就是这个来自难民家庭的孩子：你比那些当地孩子更有天赋，更勤奋，更聪明。那些孩子中不少是当地苗圃老板或果农的子女，他们中的大部分即使费尽力气也无法考进文理中学。国王奥托希望你能留在韦德尔的普通中学念书。

他找到了你的母亲，向她承诺，如果你不去于特森的文理中学念书，他会在经济上支持你们，钱，也许还承诺了食品供给票。奶奶同意了。怎能拒绝呢？一个难民，一个西里西亚农民的妻子，独自一人带着儿子寄人篱下住在陌生人家的阁楼上，丈夫又下落不明，孩子在忍饥挨饿；没有关系，没有人脉，没有一块可以谋生的土地，只要能将日子过下去，不管做什么，她都会乐于去做。尽管孩子的学习成绩优异，可人家校长屈尊来家里拜访，建议不要让孩子去文理中学念书，她还能说什么呢？

哈特维格告诉我，沃尔特本可以去读文理中学的，也肯定能以优异的成绩拿下毕业考试。他一直想上大学。即使现在回想起来，我还想杀了国王奥托那个家伙呢。

可当时没有人站出来支持你，那位小学班主任、妈妈，甚至曼弗雷德，没人帮你说话。也包括你自己。当时曼弗雷德刚刚拿到了文理中学毕业证书，正准备进大学念书。

沃尔特毫无怨言地接受了这一决定。曼弗雷德后来在他的回忆录中如此写道。他后来尽己所能几乎做到了极致。沃尔特是一个再好不过的例子，即只要一个人心怀目标、努力尽自己的本分，就可以走得很远，取得出色的成就。

毫无怨言，这个词精准地描绘了你，不管是那时的你还是后来的你。你总是很快妥协的那一方，节俭，不索求也不要求，不给人添麻烦。想想你以这样的活法度过这许多年，也不是件容易事吧，喜耶？悲耶？你对"不给人添麻烦"的定义是：尽快中学毕业，尽快工作挣钱，经济独立，不再向家里要钱。你多想继续念书啊。法语、英语、历史，你喜欢这些，但你决然地放弃了。随遇而安，在任何情况下随遇而安，这点你做到了。社会学家赫尔穆特·谢尔斯基称你们这一代为"沉默的一代"。你践行着自己的人生信条，甚至在你人生的最后一站医院里，也是如此。"不给人添麻烦"，这一信条对于在医院里的你就意味着：决心死去。你哥哥曼弗雷德上了大学，学了牙医，他用政府对你们家在玫瑰谷村农庄的补偿款开了自己的诊所。工作后，他挣的钱要数倍于你，也相应展示了对弟弟的慷慨：当他买了自己的第一辆宝马车后，将他那辆旧甲壳虫送给了你；买了彩色电视后，将家中的黑白电视送给了你。

1947年春天，爷爷赫伯特在乌克兰森林中的战俘营里收到了你们的消息。在过去的两年中，他不知道你们是否还活着，而现在手中却拿着一张你们寄来的明信片！

他在回信中写道：亲爱的家人们！明信片收到了，高兴！我很好。我为死去的戈特哈德祈祷。奶奶呢？还有沃尔特？希望能尽快回到家里。爱你们的爸爸。

那年夏天,赫伯特的右手中指受了伤,然后染上了败血症。人们砍掉了受伤手指的前端,如同爷爷伐木时砍断树木,刽子手斩掉人的脑袋。巧的是,爷爷受伤的那根手指,和你被除草机弄伤的是同一根。人们这样做,是为了让赫伯特能活下来。可他的病情并未好转。当他病弱的身体无法再让他工作下去时,他被送进了医务室等死。可另一个倒霉的家伙死得更快些,提前咽了气,所以爷爷阴差阳错顶替他坐上了西去德国的返乡列车。

1947年底的一个晚上,你的父亲突然出现在韦德尔市塞利格家的门廊前。曼弗雷德先是听到了熟悉的口音,接着看到面前站着一个男人,一个形销骨立、面部浮肿、虚弱得几乎无法站立的男人。他把父亲抱进了阁楼上。

爷爷不愿谈起战俘营中的遭遇。我没法说。他说。

他回家后转天就被送进了疗养院。在那里待了几个月后,他才逐渐恢复了些气力。讲起在战俘营的遭遇,他只挑那些他能够承受的故事,那些让他活下来的故事。比如,因为唱歌动听,他有时能额外得到一碗汤;还有那个把自己的面包分给他的俄国看守,尽管看守自己也在忍饥挨饿。那是个好心的俄国人啊。而我母亲的舅舅则未能从法国人的战俘营活着回来,他饿死在了那里。爷爷则活了下来。在战俘营里,他在夜晚的篝火边唱歌,唱给那个俄国看守,唱给其他的战俘,也唱给自己。他会唱起那首《拘禁在纳布科的人们》:啊!家乡,我何时才能再次见到你?

奶奶恐惧不已的俄国人最终还是追上了她,"俄国人"附体在了丈夫的身上。当丈夫从战俘营归家时,俄国人的魂魄也被一同带回了家中。

人们很照顾爷爷,安排他重新做起了木匠活,去普伦附近的庄园里修复木器家具。幸运的是,他从前不仅是一个农民,还学过木匠手艺。而他的母亲和哥哥沃尔特仍然下落不明,是否战争这条恶龙已经吞噬了他们?没人知道他们的下落,也没人知道他们是如何失踪的,恶龙再未把他们交还回来。

让爷爷饱受煎熬的是儿子戈特哈德之死。他那么像爷爷,天性乐观,里里外外一把干农活的好手,爷爷本寄希望于他接管农庄的。可现在农庄、儿子都没了。

后来,随着时间的推移,生命的活力和快乐的天性又回到了爷爷的身上。他适应了环境,很少抱怨,又成了那个乐天的赫伯特。在小城韦德尔,几乎每个人都认识他,他也会停下脚步和人们聊上几句。和在玫瑰谷村一样,人们喜欢他,喜欢他那有些软绵绵的西里西亚口音。大家会邀请他参加庆祝聚会,他无须喝酒就能兴奋起来,开始为大家唱歌。可他婉拒了加入男声合唱团的邀请,如同当初回绝姐姐的丈夫邀他加入纳粹党一样。他现在的说辞和那时一模一样:那种地方不适合他这种人。

他在为自己唱歌。他最拿手的曲子是那首《下班了》。

"收工了,收工了,一天的劳作结束了,所有人各回各家,夜晚潜入每个村庄。"

这是一首战前流行于厄尔士山区的民谣，本是一首葬礼歌曲，因为歌词的最后一段是关于永恒归宿的。

在一次游行中，街边一排结满果子的苹果树引起了爷爷的注意。他随后去了市政厅，询问是否有人采摘那些苹果。他是个农民，挨过饿，见不得任由苹果在树上腐烂。他租下了那些果树，据韦德尔市的人讲，是以"一个苹果顶一个鸡蛋"的价格。我们自己把果树所在的地方称为"苹果大街"，其实不过是一条千疮百孔的柏油路边上的几株果树而已。那些苹果树树龄很老，树干开始腐烂，树枝大概几十年没人修剪过了，收成好的年份枝条会在果实的重压下折断。结下的苹果有黄红色的格拉文施泰因，稍甜一些的是博斯科普（Boskop），还有一种奇怪的梨形黄绿色品种，叫作黄冠，成熟后很快就会变得口感绵软。还有一种小苹果，是红色的，我们从不吃它，而是把它悬挂在圣诞树上作为装饰。其他人家陆续开始用金属丝和亮光球装扮圣诞树了，爷爷却认定一定要用真正的苹果，就像他在玫瑰谷的家里那样。

他就这样生活了将近二十年，不和人争吵，修剪、嫁接果树，给孙一辈的孩子们讲玫瑰谷的事情，满心期待着推着婴儿车带着即将出生的我去散步。每到周六，他会去集市上，和那里卖苹果、土豆的农民聊上半天。10月的一个周六，他死在了赶集后回家的路上，距我出生只有几个月。

对爷爷的去世奶奶始终难以释怀。从未想过要成为农民的奶奶，此时却在怀念家乡的村庄和农场。她没能从那次逃亡中解脱出来，一直在这个陌生的城市中格格不入。她没有结识新的朋友，从未在小城韦德尔扎下根。她极少出门远行，例外的两次中，一次是陪爷爷去巴特奥尔布疗养，一次是去弗兰肯地区参加侄子的婚礼。爷爷去世后，你有时会在夏天带奶奶去波罗的海上的特拉沃明德度假。

奶奶奥尔加钟爱她的孙子们，但是和儿媳，曼弗雷德的妻子，相处得并不融洽。奶奶忍受着儿子曼弗雷德的专横和粗暴脾气，曼弗雷德则不理解奶奶为什么总是那么悲悲戚戚的。被自己抑止的情感其他人也不应该有，那个时代就是这样。

奶奶和爷爷之间的关系也未能回到从前。那几年分离的孤独岁月里，奶奶甚至不知道爷爷是否还活在世上，生活的沉重压抑着她。爷爷从不谈战俘营中的事情，这一点让她饱受煎熬。爷爷的态度从未改变：那些事不能讲。那段历史是家里的禁忌，像一个夭折的孩子横亘在二人之间。在奶奶的内心深处爷爷成了一个陌生人，这也延续到了两人的婚姻中，让两人心生隔阂。

他们经常在夜晚下下国际象棋。两人的棋艺都不错，有时爷爷赢，有时奶奶赢。相敬如宾的他们，是别人眼中的完美伉俪。不过，即使其他人都说爷爷又回到了以前的样子，性格开朗，和蔼可亲，可只有奶奶心里最清楚，她坚持认为爷爷已经变成了另一个人。变成了谁呢？只有一个答案，变成了一个俄国人。俄国人已经附上了爷爷的身体，奶奶无法接受这一点，心里再没有爷爷的位置。

你适应得很快，韦德尔成了你的家乡。你改掉了自己的西里西亚口音，而且在短时间内，你不仅能听懂低地德语①，还能讲。在你到达韦德尔后的岁月里，每个季度你都会去参加该市特有的"op Platt"教会活动。那是你入乡随俗、归属这里的证明。归属感太重要了。

在中学里，你很快就得到了班里男生的拥戴，你可不是主流圈以外的那种人。你有很多朋友，很可能是你开朗、爱开玩笑的性格所致吧。你不是那种靠噱头、耍宝引人发笑的人，在娱乐他人方面很有天分。光鲜的另一面是，你的家境很糟糕，甚至要忍饥挨饿，有时奶奶不得不开口向你哥哥曼弗雷德要些东西给你吃。尽管如此，你在人前总是一副无忧无虑的样子。你所经历的那些可怕的事情俨然已经消失无踪、了无痕迹。实际上，那段经历的分量在几十年后才会显现。玫瑰谷已经消逝，你绝不允许自己对它有所缅怀。我也一直认为，你从未怀念过故乡。可事实果真如此吗？我无从知晓。为了活下去，你必须忘记。

爷爷讲起玫瑰谷时会眉飞色舞，他在那一刻几乎可以说是快乐的。他在生动的讲述中又回到了玫瑰谷，回到了他的家乡。他带着孙子们去散步，会就着看到的每一朵花讲起家乡的故事；他为孩子们用榛树枝编成小鞭子，告诉他们自己如何在复活节那天在村里走门串户，以及家里的圣诞树是在什么地方砍的。而奶奶从不会谈起玫瑰谷的事情。谈论玫瑰谷最多的要数曼弗雷德，关于玫瑰谷，关

---

① 低地德语（Plattdeutsch）是德国北部地区的一种方言，与高地德语（Hochdeutsch，被确立为官方认可的标准发音，地位类似于我国的普通话）的发音有明显区别。

于西里西亚。他的讲述高声、激烈、愤怒，宛如授课的老师。在孩子们的记忆中，那些年里他每天都会谈起这些，直到孩子们听得反胃。"他时而咒骂，时而怀念，在那里自说自话。"

你是个例外，你不怀念。那九个年头的童年时光已经被抹去了，你人生的起源之处陷入了一片混沌，而你则消失在自己筑起的铁幕之后。玫瑰谷消失了，你却没有失去什么。不怀念，就没有失去；没有失去，就不需要追悔。没有回忆，自然也就无所想念。这和家财无关，那实际上并不是此处所指的失去，是家，是家乡，是和家乡有关的、为人熟知的一切细节：气味、颜色、景色；赤脚走过院里鹅卵石路的感觉；知道哪里长着最好吃的李子，哪里的山坡最陡峭、最适合滑雪橇；谷仓门开关时吱吱扭扭的声响；最喜欢的母鸡的咯咯声；下午时分光影在院子里的移动；奥得河沼泽地上的白鹤；望向原野时一望无际的田园。你感觉不到痛苦，至多能感觉到别人的痛苦。一个孩子还能怎样保护自己呢，除了让自己对一切无感、无动于衷？

你们失去了一切，但你不想成为人们眼中的可怜的受害者。你在逃亡中幸存下来。那几个月里，你们无依无靠、任人驱赶。你希望自己无欲无求。快乐需要的东西不多，这是你最喜欢的一句话，别人都说这句话对你再合适不过了。你时刻准备好心满意足，准备好满足于最少的东西。而做到不索取只有两种途径：已经拥有了足够多，或者，你的要求很少。

你能讲英语，也知道一些法语词汇。只要有机会，你就会试着用上它们，因为语言最重要的功能莫过于沟通理解。任何人都能引起你的好奇心，萍水相逢带给你喜悦，你想与任何遇到的人建立起联系，不管是在公交站、酒吧，还是剧院的存衣处。

你总是希望与周围的人建立联系，你要归属其中。你总是试着和身边人搭讪，比如餐厅的服务员、银行职员，甚至重症病房的护士。你与人们的这种沟通一直到你生命的最后，病床上的你和每位家人告了别，即使几乎已经说不出话来的时候，还是和周围忙碌的护士们开了一个玩笑。

你的确有这方面的天赋，总是能赢得身边的人们，这让你免于孤立，免于成为落落寡合的局外人。事实也的确如此，我从未察觉到有任何一个人会不喜欢你，这也是一种本事哩。当初前往波兰通过东德边界的时候，你甚至试着在东德边防警察面前施展自己的魅力，随行的妈妈都快将心提到了嗓子眼。

你感觉敏锐，富于同情心，奶奶则忧伤沉郁，什么也逃不过你的眼睛，你把让奶奶高兴起来当成自己的职责，也因此你躲过了那一劫。每当你进入一个房间，能立即感觉到房间中的气氛。你会用一个小玩笑、用你的爽朗化解掉麻烦。你从不用尖酸的冷幽默，而是依靠自己快活的天性。你一向如此：不深陷其中，保持距离，然后用话语让事情变得温和、明亮起来。杞人忧天有什么用呢？

你们那一辈懂得什么是渴望、沉默、愤怒，唯一不知道的是悲伤。奶奶将她的悲伤化作了忙碌。一家人围坐在餐桌旁时，奶奶不停地忙碌着：倒掉烟灰缸里的烟头，从冰箱里再拿出一瓶啤酒，擦拭掉到菜板上的面包屑,或者又去切来一盘肉肠,尽管桌边每个人已经申明不想再吃了。她把所有的心思、温柔都融进了烹饪中。奶奶做的饭很好吃,她也总是逼着我们吃个没完。

如果说你的童年记忆深处有什么让你心心念念的话,那一定是故乡西里西亚的吃食。这从你对发面包子、樱桃汤的终生喜爱中可见一斑,当然还有罂粟籽点心! 1948 年,他们终于有钱在许劳附近租下一片地的时候,奶奶做的第一件事就是种上了罂粟,这样就可以烤制她拿手的罂粟籽点心了。点心的确好吃,可是和玫瑰谷时的总是两个味道。为什么呢?也许是许劳那里雨水太多吧,要不就是北德的土壤不同。抑或是黄油的缘故?或者是烤箱的问题?总之感觉还差点什么。

奶奶去世后,为了让你高兴,妈妈一直在尝试烤制罂粟籽蛋糕。可是,和奶奶相比,妈妈的手艺看来还有着不小的差距:有时太干了不够黏,有时不够甜,有时罂粟籽放少了,有时面发得不够。你热情地夸奖妈妈,当然啦,也向妈妈表示了感谢。这是一场不公平的竞争:妈妈的点心如何和你心中那个理想化的蛋糕竞争呢?没什么奇怪的,和你记忆深处的西里西亚罂粟籽蛋糕的味道相比,妈妈再努力也从未接近过那个味道。你过世几个月后,妈妈和我吃掉了最后一个罂粟籽蛋糕。那时妈妈烤制后放进了冰箱的冷冻室里,现在我们两人将它解冻后吃掉了。

爷爷去世后,奶奶越来越沉浸于忧郁之中。她觉得自己被人追迫、被人威胁。她自此生活在逃亡中,恐惧于战争恶龙,也恐惧于莫名的敌人、人群或者邻居。她怀疑邻居们在楼梯间偷听、伺机潜伏，怀疑楼上在故意制造噪音。奶奶开始了战斗，而扫帚成了她的武器。她抓住扫帚头，用扫帚把的顶部戳打天花板。她总是很愤怒，戳打天花板的力量很大，以至于经常被击打的地方留下了明显的痕迹。

关于那次逃亡和玫瑰谷，奶奶闭口不谈。闲暇时，她会坐在扶手椅里做填字游戏。她每周会购买《星》周刊，直到有一次该杂志的封面登载了那幅著名的越战照片《战火中的女孩》：赤身露体的小女孩在尖叫、奔跑着，背景是凝固汽油弹燃烧后黑烟滚滚的天际和几个手持机关枪的美军士兵。看到这张照片时，奶奶哭了。这是我仅见的一次，看到她为战争、逃亡，为自己的一生以及在战争中死去的儿子而哭泣。她的情绪变得十分激动，无法让自己平静下来。随后，悲伤变成了愤怒，她怒斥杂志社，怎么能用这样的照片做封面，并发誓今后再也不会购买这本杂志。

她开始怀疑每个人都在骗她。超市里，她会仔细核对找回的零钱，即使分文不差，她也会觉得人家骗了她。她一直在被欺骗，她的一生，从童年开始，就是一个骗局。作为家里的老大，母亲早亡，她被父亲支使着在农场忙里忙外，还将四个弟弟妹妹拉扯大。随后，她嫁给的爷爷本应单门立户做一个木匠，遂她的愿生活在城里，可偏偏最后一刻被叫回家去继承农庄。最后，在她垂老之际，本应乐享经年辛劳后的最后时光，坐在场院前的长椅上含饴弄孙；她本应不再操劳，只是偶尔去烤制罂粟籽点心或者做些发面包子或者是土豆包子。可现实如何呢？自家的农庄如今属于一个姓雅德维加的人家，而她只能孤独地寄居在一个陌生、阴沉的单元楼里。

奶奶心绪不佳，坏脾气，但她是我心爱的奶奶。她用那颗历尽风霜的心爱着我，照顾着我。她做的饭很好吃，还能从我的只言片语中读出我的心思。对我，她总有耐心，也从未有过不耐烦。

那年夏天，在我入读小学之前，奶奶在逃避邻居追迫的虚妄幻想中摔倒在了楼梯上，脚骨折了。自此她只能坐在扶手椅中，再也无法做饭，成了一个"老没用的"，这是奶奶那一辈用来描述老人的词。她只能整天坐在那里，无处可逃，也没有了逃跑的气力。某一天，也许奶奶心中的黑暗过于强大了，你在那一天发现她倒在扶手椅里，前面的小桌上放着填字游戏和一瓶空的安眠药药瓶。

我童年时代的家位于一条 U 形街道的边上，那条大街叫杜南大街（Dunantstrasse），里面也有一个字母 U。我家所在的街道都是以一些名人来命名的，比如贝尔塔·冯·苏特纳、卡尔·冯·奥西茨基和亨利·杜南[①]。

那些在杜南大街上来来往往的车辆都来自住在那条街上的人家，因为那是一条 U 形街道，外来的车无法穿行。我们这些孩子因而可以在街上放心地玩布伦球啦，闪避球啦，还有跳房子。得益于这条街的形状，我们玩耍时可以心无旁骛无须担心，因为无论你怎么走最终都会回到家里。街区的周遭是树林和草地，原属于一个果农，后来在七十年代改建为居民区，新建的住宅中大都住着有两个

[①] 卡尔·冯·奥西茨基（Carl von Ossietzky），魏玛和纳粹时期的作家，杰出的政治记者和政论家，著名的反法西斯战士，1935 年获得诺贝尔和平奖；亨利·杜南（Henry Dunant），瑞士人，首届诺贝尔和平奖得主，1863 年创立了红十字会。

孩子的中产家庭。妈妈说，像我们家这样有三个孩子的已经属于多子女家庭了。这些房子大都带有花园、草坪、秋千和供孩子玩耍的沙坑，主妇们彼此都是朋友：典型的西德时期无忧无虑的童年场景，看上去找不到任何让我能够对自己童年的恐惧自圆其说的理由。

然而，恐惧却一直伴我左右。对于那些能够看到恐惧的人来说，看似完美的世界充满了恐怖的蛛丝马迹。比如妈妈，她总是觉得身上发冷。她说，除了生我那一天，她一辈子从未感觉到暖和。每周六中午十二点，韦德尔城里会拉响警报做防空演习，那几分钟里，她会像被施了法术似的僵立在那里。妈妈经常在夜里因脚部抽筋而惊醒，一次又一次，就像外婆在那次 1945 年 3 月的逃亡中染上抽筋的毛病一样。外婆试遍了各种方法也无法根治，它折磨了她五十年，直到生命的终点。还有妈妈持续的浑身疼，膝盖、肩膀、牙齿、手，医生使出浑身解数也查不到原因。才四十岁，母亲已经几乎不能行走，战争已经侵入了她的骨髓，我是在很多年后才明白这一点的。治疗过程极其痛苦，妈妈只能忍受着，随着年事渐长疼痛才有所减弱。天性活泼、自信的妈妈后来买了一个水族箱，她会在水族箱前一连坐上几个小时，据说这能平复她的神经系统。这个水族箱是一个明确的信号，我反应过来，肯定哪里不对头。

就这样，在我貌似光鲜的童年表象下，到处潜伏着黑暗。我能感觉到它，可无法弄明白，也没有机会去探究。因为即使你们，唯一能搞清楚的人，也没能理解战争和逃亡已经对你们做下了什么。你们回避它们，精心隐藏它们，可是它们却无所不在。它们植入了你们的身体，潜入了我的身体，也嵌入了这条 U 形街道旁的家里，这个看似舒适宜人、光鲜亮丽的家里。一些可怕的东西，诅咒，肯定被砌进了家中的四壁。

甚至你的孙女，我的女儿克拉拉，也感觉到了这一点。她年幼的时候，总是对这所明亮宜人的房子感到恐惧，如同二十多年前的我一样。

奶奶的死因是一个黑暗的谜团，这个谜团也是我身体羸弱的原因。我自小多病，曾在九岁的时候被送到哈茨山区休养了五周，以增强免疫力，增加体重。那个休养所专门面向在家里吃不饱饭的孩子。

我在那里吃得很好，却没有胖起来，仿佛你童年的饥饿已经永驻在了我的身体里。在那里，人们像填鸭一样让我吃东西，甚至会强迫我们。回家时，我的肚子吃得圆滚滚的，可依然瘦得皮包骨头，而且右手中指得了甲沟炎，和爷爷在战俘营里被砍掉的是同一根手指。

你开朗、幽默，其他孩子都羡慕我有这样一位爸爸，你会在孩子的生日聚会上组织最疯狂的寻宝游戏，说着最逗人开心的笑话，却同样五十出头就得了重病。

心脏病。

手术后，你从医院三层的窗户跳了下去。那一天晴空万里。

我小的时候，你有时会在黑暗中依偎在客厅的沙发里听贝多芬。这是让我畏惧的时刻，也是少数于我而言你触不可及的时刻。大部分时候，你始终是一位和蔼可亲的父亲，不像我的那些女友，她们的爸爸要么很少着家，要么因工作压力回到家里也没个好脸色，女儿们只敢在家里蹑手蹑脚的。你总是会找时间陪伴我们，和我们在花园里玩耍。对你而言，没有什么比家更重要。

可是，一旦你听贝多芬，我就不能打开客厅的灯。如果我一定要赖在房间里，就必须保证绝对的安静，尽管贝多芬的音乐是那么响亮。这些少有的时刻让我意识到，你心中也有黑暗的影子。这阴影的来处，我要在很久以后才能明白。

你活过了那次逃亡，可身体中一些生气勃勃的东西也自此消失了。是否要孩子，对你而言曾是个艰难的决定，仿佛你不希望将身上某些让人恐惧的基因遗传下去似的。你和妈妈都喜欢孩子，却在结婚六年后才生下我。随后你们又收养了两个，而且坚定地一视同仁。你们收养孩子是为了证明出身没有意义，你们一直这么说，是为了证明人随时可以开启新的生活。这两个收养的孩子的身体里没有你们对逃亡的恐惧。

年事渐长，你开朗、乐观的背后的悲观主义愈发浓重与彻底。你总是温和地评判他人，却从根本上持怀疑的态度。你从不心存幻想，你的思考中总隐伏着那个最坏的变数。你总是看到事情积极的一面，却提防着最糟糕情形的发生。当然，即使考虑到最糟糕的变数，你依旧泰然自若。你明白，最糟糕的事情随时都可能发生，因为你已经亲身经历过这样的变故了。

你的开朗源于天性而非强装。但事情还有它的另一面，它深深地隐藏着，如同一只裹挟在浅色琥珀中的黑蜘蛛。这一面，必须非常仔细才能发现。我只在你的生命中看到过一次——那是在你的心脏手术后，黑蜘蛛脱颖而出，从琥珀的监牢中跑了出来，就像戈特赫尔夫书中的瘟疫一样。它的猝然降临让我们措手不及，刚刚你还在采摘苹果，却突然失去了活下去的意志。

仅此一次。除此之外，一切尽在你的掌控之中，做到这些对你而言不费吹灰之力。你的生活井井有条。没必要的，女儿，别为我担心。如今我才理解，你对我的宽慰其实和我完全无关，并不是一定要我轻松自在你才能轻松自在。一切都要有条不紊、秩序井然。这是第一重要的事情，一直到你生命的终点。你向我解释我的疑虑是多么无根无据，一句"一切都很好啊，一切安排妥当，一切都井井有条"。你推翻我隐藏的担忧。

可你们的记忆已经潜入了我的体内，仿佛我也曾在致命的危险中逃亡过，在一夜间丧失了所有，仿佛我也曾失去了自己的哥哥。我学会了在恐惧之中生活，我从未能对恐惧寻根究底，因为这恐惧无迹可寻。我只记得自己童年时是一个胆怯的孩子，而且为此感到羞惭。

你们没能帮我克服掉这种恐惧。你们不知道，恐惧是我从你们身上继承的；当然，你们也不明白我为何体弱多病，免疫力低下。你们当时相信，把我送去一个可以大吃大喝的疗养院对我大有好处。

你们认为，生活第一要务是过中规中矩的生活。你们的心中有一道无形的绳索，扯拽着你们，不让你们飘离地面；它如同一个刹车装置，让你们在新鲜的事物前戛然而止。对你们而言，成功的一生意味着没有冲击，没有中断，无须重起炉灶；成功的一生意味着稳妥、有保障的生活，带花园的房子、孩子、汽车，每年的海边或山中度假，意味着社区生活、身边陪伴的朋友、围着篝火唱歌、与人讨论上帝和世界，意味着为家庭未雨绸缪制订计划，以及全家人的心情愉悦。你要让我们，你的孩子，免遭你童年的恐怖，我们应该拥有你没有的东西：一个快乐的童年。

你逃难后几十年的生活、家庭、与几个好友终生的友谊、上帝、公务员的身份，所有这些都是你筑造的对抗生存危机感的堡垒。盖起这所房子后你就一直住在里面，从未搬过家。你曾被许诺，如果去波恩或布鲁塞尔工作，会得到多得多的收入和更好的升迁机会，但你拒绝了，你不会搬家到异地。你留了下来，在同一所房子里生活了五十年，你一直留在这个逃难后落脚、栖息的地方。

可你心里明白，这些转瞬即逝、消失殆尽，你不会被幻象蒙蔽。哪里有什么绝对的安全、保障与安逸？你因此能轻易地跨过疾病的一个又一个门槛，你对它们并不陌生，毕竟你已经死过一次了。

人如何能抛弃过去呢？你选择了遗忘，却把被你遗忘的恐惧传给了我。这非你所愿，你想保护我，让我免遭往昔的袭扰，所以你才将过去忘得干干净净，却无意中将重担放在了我的肩上，如同我身上这个随着夜幕降临变得益发沉重的背包。

你逃难后定居在了韦德尔，但我依然没有故乡。这个撕裂从未弥合，反而一直伴随着我。你说这里是新的故乡，是安全、安逸之所在，我无法认同。我的家在韦德尔，可这个小城却从来不是我的故乡。每当你说"这里是我们的家乡啊"的时候，总是带有一丝犹疑；妈妈说，家乡不是一个地方，也不是一座属于你的房子，而是那里的人。

你不认为自己流离失所，失去了故乡，这让我有些惊愕。中学毕业后，我马上离开了这座城市，并在接下来的三十多年里从未在某处生活过五年以上。曾经被你拒绝的东西，我承继了下来：我重走你们的逃难之路；你们当时无法向玫瑰谷告别，我代你们做了；我深陷在你从未有过的乡愁之中。

对于我提出的玫瑰谷的问题，你总是乐于回答，却总是难以令我满意。你从未禁止我询问，但这是一个微妙的禁忌：我们谈论它，却从来都顾左右而言他。欧东这个家族起源地成为我要终生面对的课题，它驱使着我一次又一次回到玫瑰谷，在这个陌生的国家里寻找自己的根。我自幼就沉湎其中，沉湎在对战争和那次逃亡的故事中。我阅读书籍，观看纪录片，向别人提问，一再追问。几十年来，我如同一个战俘被困在里面，我一次又一次被驱使着重温逃亡、战争，一次又一次地走过你们跋涉过的荒野。

难民问题始终是我们家中的一个焦点。某个下午，一家五口坐在了我们的客厅里。一个母亲带着她的四个孩子，都穿着五颜六色的长袍，头上罩着面纱。她们来自摩鹿加，巴布亚新几内亚附近的一个岛屿，和印尼的岛屿同名。这些难民大都是通过教会或者"人民之地基金会"来到我家的。她们的故乡在似幻似真的岛屿上，有着棕榈树和白色的沙滩，现在却不得不在德国北部我家的客厅里消磨沉闷的秋日夜晚。我们语言不通，连一个单词也搞不懂，但我们能感受到她们的悲伤。我们这些有家的人，收留那些逃亡在外失去家的人们，我们一起玩耍，画画，很快成了朋友。他们在我家住了几天，也许是几周，我已经记不清了。对你来说，收留他们是理所当然的事情，就像后来你去帮助非洲难民、为赈济所开车，或者成为一名智障男孩的监护人一样。

你帮助来自波斯尼亚和科索沃的难民家庭同繁文缛节的德国政府部门打交道；妈妈至今仍然每周去三次学校，教难民儿童德语。她和那些孩子一起读我小时候读过的书，帮助他们完成初中的毕业考试，或者更进一步升入文理中学。这些孩子来自阿富汗、叙利亚、印度和北马其顿。你们没有将这些和自己的逃难经历联系起来，至少从未有意识地这样做过。你们不愿回忆自己作为难民儿童的童年，只是将自己的遭遇转化成了对别人的帮助。做这些事情，你们认为理所当然。

可我很早就看出了其中的联系。我后来成了一名驻莫斯科记者，曾到过饱受战争蹂躏的地方，去过塔吉克斯坦、车臣，后来又跑去了阿富汗和伊拉克。我渴望去前线，渴望看到士兵，我会和他们在山里待上几天。我想试一下射击，他们给了我一把马卡洛夫手枪和一把带锯齿枪管的卡拉什尼科夫，并教我使用方法。开枪时的后坐力几乎使我跌倒，那几个家伙笑弯了腰。我在寻找苦难。我见过的人中，有的全家被埋在了轰炸后的废墟中，有的被战争夺去了理智，濒临精神崩溃，如同当年你的沃尔特叔叔。我意识到，你们过去的遭遇有着一种暗黑的吸引力。我去采访位于伊朗和阿富汗之间无人区的难民营，那里的沙尘能将人的眼睛粘在一起，让舌头浮肿发胀，每个夜里都会有孩子冻死。我和那里的女人们交谈，拍下儿童以及儿童坟墓的照片。2001年11月，我正做有关阿富汗难民营的专题报道时，却收到了远在汉堡的外婆去世的消息。她在1945年带着两个年幼的孩子从哥腾哈芬乘船渡过了波罗的海。她的葬礼将过去和现在、东普鲁士和阿富汗、他们和我们连在了一起。我当时已经三十多岁，有了自己的小孩。在那之前，我一直以为只有我在孤独地苦苦求索着故乡玫瑰谷。而此时我明白了，那次大逃亡是整个德国的命运。我们家并不孤独，它曾将无数人裹胁其中。不过，理解这一点并未给我带来宽慰。

从西里西亚逃出来的难民们会举办聚会，你却从未出席过。亲戚们，包括你的几个舅舅，每年会驾车前往西里西亚，你和他们没有联系。有人在试图重新解释、修正历史，但这些于你而言，无论在理性还是情感上，格格不入。你不想重新拿回什么，你不认为那是苦涩、不堪的历史，也不认为自己是受害者。德国开启了祸端，挑起了战争，那就不该抱怨，无论战争导致了怎样的后果。你那时年纪尚小，本不应有什么负疚感，但事实是这种负疚感一直在你的心中；对你而言，毫无疑问，负罪感将永远伴随着每个德国人。你们被驱逐的遭遇与彼时德国人做下的恶行，是一个硬币的两面，你从未将它们分离看待。因果，有因必有果。你的确是这样想的，甚至从未指责过当初德裔被驱逐致背井离乡是不公正之举。你始终支持东方政策①，从未认为那是对你们这些被驱逐难民的背叛，而是迟来的和解。

罪孽是永恒的，而罪孽与驱逐总是如影随形。《圣经》中，驱逐每每与惩罚相关，比如亚当与夏娃因为偷吃禁果被逐出伊甸园。德国人作恶，你们被驱逐而流离失所，代表全体作恶的德国人付出代价，而且你们付出的代价比其他德国人更多。当初犹太人遭到迫害，人们对街上的犹太布商被送往集中营熟视无睹，觉得那些人肯定是恶有恶报。这个逻辑同样用到了你们身上：总要有人为德国做下的罪孽付出代价，而德国人作恶的地方在欧东，那里是集中营所在，所以欧东的德裔就替德国人遭到了报应。由此，来自那里的难民便成为陌生人、不洁之人、罪人。

负疚感是一个无法回避掉的话题。谈起玫瑰谷，就不能对奥斯维辛集中营避而不谈，两地相距只有一百八十公里。罪责不是一个简单明了的话题，人们总是在心中对它加加减减、以罪抵罪。有人会觉得，欧东被驱逐的德裔应该为德国的恶行付出代价，他们也的确付出了代价，两相抵消，欠债偿清。于是，他们默默和自己做了一个约定，一个有关沉默不言的约定：我们也不对曾遭到的不公说

---

① 东方政策是"二战"后西德于 20 世纪 60 年代后期开始推行的外交政策。该政策由时任外交部部长勃兰特（随后当选为德国总理）发起，旨在缓和与苏联和华约的双边关系。其具体内容包括承认东德政府，扩大与苏联的商业关系。1970 年，西德与苏联缔结和平条约，并与波兰签订条约，承诺不对 1945 年失去的奥得河—尼斯河线以东地区提出领土要求。随后当选的施密特总理在任内继续推行该政策。该政策一直受到国内对苏、对俄强硬人士的批评。俄乌战争爆发后，该政策在主流政界、媒体中被认为寿终正寝。

三道四，而作为回报，我们也不必将德国人的恶行挂在嘴边；我们不必羞愧，我们已经付出了代价，一报还一报，这难道还不够吗？

幼时的我无法和爷爷奶奶谈论这方面的事情，等到了能够谈论这些事情的年纪，他们却已不在人世。曾有一次，我试着和外公外婆谈及，结果一无所获，他们拒绝触及这方面的话题，我没有得到任何回答。离开时我听到他们对妈妈说，这哪像个基督教家庭里长大的孩子。

"这哪像个基督教家庭里长大的孩子"，这句话几十年来留在我的脑海中，至今言犹在耳。外公、外婆分别来自医生和牧师家庭，两家都是生活在东普鲁士的虔诚新教徒。他们曾将选票投给德国工人党，是忠诚的纳粹党信徒。而只因我问起他们当时的想法与做过的事情，他们便以基督教道德的名义来约束我。我那时很小，至多十五岁，心中充满疑问，希望了解事情的本末，他们不仅决绝地拒绝了我，还要求我，他们的外孙女，放过他们、谅解他们。可究竟要原谅什么呢，如果我连问都不能问的话？

即使战争已经过去了几十年，两位老人晚上依旧睡不好。外婆每晚会因为腿抽筋不得不醒来；而外公则会经常在睡梦中嘶喊。一起外出旅行的夜晚，我们会听到外公的惊叫声，战争又一次进入了他的梦中。我们都知道他在南斯拉夫被俘时留下的小腿伤，伤口至今仍隐隐作痛；夏天，他在公共露天游泳池脱下上衣露出腹部时，皮肤上的伤疤让我们感到惊恐。我们惊骇地瞪着他肌肤上的深坑，那里至今还残留着炮弹的残片。

外公写过回忆录，关于他的青年时代、战争和被俘的遭遇，但他在有生之年从未给我看过。他去世二十五年后的今天,我终于读到了那本回忆录。它写在四十页薄薄的包装纸上,好像他写的时候就希望这些内容能随着劣质纸张的腐朽很快消失掉。这些纸张没有装订,散放在一个学生用的蓝色文件夹里。两相比较,曼弗雷德的回忆录有整整三卷,装订工整并加了硬面书皮,并且复印了多份。密密麻麻的四十页纸,竟一次也没有出现"犹太人"一词!他曾在东部前线服役三年,却对"犹太"只字未提。不过,其中一个章节的标题赫然写着:我是一名纳粹。

> 是的,我曾经是一名纳粹,而且是一名虔诚的纳粹。

我的外公出生于 1911 年,读大学的时候就加入了大学生冲锋队和纳粹党。他兴趣盎然地参加冲锋队的各种活动:游行阅兵、唱歌、操练等。他在回忆录中记述了曾参加过的大型集会,希特勒和戈培尔曾在某些集会上发表过的演说,以及冲锋队中欢快的气氛和融洽的战友情谊。即使在 1944 年夏天,那时外公已经在东部前线驻防了很长时间,他对第三帝国依旧赤胆忠心。部分国防军将领谋杀希特勒的行动失败后,他曾在家信中写道:感谢上帝,保佑着我们的元首。

在这一章的末尾,外公在寥寥数语中提及纳粹干下的"可怕行径"。他接着写道:"我作为一个士兵从未目睹,也从未参与过这样的行动。"没见过,没参与。不过他并没有说,他那时对此一无所知。

回忆录的末尾是"一罪顶一罪"的"换算":失去故乡让我心

痛不已。不过，我将其视为减轻我们德国人的罪责——也包含我的罪责——的一种方式。

你哥哥曼弗雷德八岁那年纳粹开始掌权，十四岁时战争爆发，二十岁时战争结束。他的整个青年时代都浸淫在纳粹的宣传中，像村里其他男孩一样虔诚地参与纳粹组织的各种活动。也只是在近些年，他才看清了自己当时被误导、被利用的事实。他承认那时就听说过集中营的事情，知道从布雷斯劳通往南方的高速公路是由劳动营的强制劳工修建而成，也从村里人的言谈中获知了村中的犹太裁缝和犹太医生突然失踪的事情。可是，在他的回忆录中从未出现过"罪行"一词。

他不想指责自己的父辈，他们不过是没有什么政治概念的普通农民，每天黎明即起一直忙碌到深夜，也从未读过希特勒的《我的奋斗》。曼弗雷德也在算计，可这种算计无关罪行：他犯下的罪行已经清偿，他不想有丝毫的负疚感。他的算计是以罪行对比罪行：德国人犯下的罪行与斯大林以及盟军犯下的罪行，如他在回忆录中所说，后者对整个德裔族群的驱逐，以及其间发生的侮辱与杀戮，诸如此类。即使已经过去了几十年，曼弗雷德仍然对战争和随后发生的人口驱逐念念不忘。他是我们这个大家庭动力的源泉，大量的能量，积极的或者负面的，从他身上喷薄而出。

他为人慷慨，看顾家庭。他浓浓的家族意识将我们聚拢在一起，而且也是因他的缘故，有关家族过去的话题才未成为家中的禁忌。对他的火爆脾气我并不介意，你有时压根儿不知道他因何而大发雷霆。我喜欢他宽壮的身材和深具农民特征的宽大的头颅。我爱他，崇拜他，尽管我了解他不少底细，比如他参加过希特勒青年团、冲锋队，他对待妻子的方式谈不上友善，也没有给他儿子应有的尊重。我身不由己，甚至有样学样像他一样抽起了烟斗。我年轻时曾一度追随罗莎·卢森堡，并几乎成了一名社会主义者，但这些并没有减少我们之间的亲切感。我在莫斯科结婚时，曼弗雷德飞到这个他心目中的邪恶之都，参加我的婚礼，不过彼时资本主义已经在俄罗斯占据了上风。

曼弗雷德是我们家族中唯一一个能坦然接受过去的人，你甚至可以称他是一个伟大的现实主义者。他接受、承受了一切，是我们家中唯一一个对骇人听闻的事情坦然处之的人。因癌症去世的前几天，我们一起在他心爱的花园里散步。他告诉我，他留在世上的日子屈指可数，他说这话时思维清晰、冷静，语气中没有悲怆。

罪行、战争与逃亡的诅咒会在一个家庭持续几代。它首先会附在儿女的身上，在第三代的孙儿辈身上渐渐减轻，直到七八十年后，这个诅咒才会慢慢失去其魔法的力量。

你躺在床上，棕色的手放在雪白的床单上，右臂上有埋下的针头，必要时可以通过它注射吗啡。你现在很平静，几乎可以说是轻松，只是偶尔睁开眼睛望向我们。

我在心中祈祷这个过程不要过于艰难。

周遭十分安静，走廊里偶然会响起脚步声，那是橡胶鞋底接触地板时发出的声音，还有钟表的分针每隔一分钟向前跳跃的声音。

时间过得真慢啊，甚至五分钟都仿佛是一个永恒。起初的喧嚣、忙碌结束了，现在已经没有任何事情要做，只是等待死亡的降临，可此刻时间却仿佛静止了下来。医生告诉我们，这个过程可能是两小时，也可能是两天。没有一个大概的经验值，因为每个人死去的方式都不尽一致。

有两次，你突然感到剧烈的疼痛，我们迅速找来医生给你注射了吗啡。护士建议我们可以给你朗诵书籍或者清唱歌曲。你拒绝了，你不想在死亡之路上有所分心。你一直那么在意别人，临终时终于固执己见了一次。妈妈和我再也没有需要做的事情，只是坐在那里，和你一起。我此刻明白了人们为什么会在临终人的病床前唱歌，做喃喃的祈祷。我现在也在做着这些，只在我的心里，没有出声，仿佛在轻轻地摇摆着身体。你的灵魂正在安详地离开躯体。

你离去得很安详，没有一丝恐惧。假使有，那也会是深埋在你记忆深处的玫瑰谷和那次逃亡所致吧。可二者从未浮出水面显露出来。据说人在死去时，过去的一生会像电影一样在脑海里回放，还说人老的时候会更多地记起童年的事情，生活在过去的岁月里。这些都没有发生在你的身上。在你垂死之际，玫瑰谷依然无踪无迹，如同它从未再次回到你的生活中一样；你也没有忆起自己的童年，你对玫瑰谷无所思念。

你去世半年后，我再一次来到医院，同以往完全相同的路线：在火车站坐上快轨，之后换乘短途火车，然后在列车行进方向的右侧下车。与以往一样，站台上熙熙攘攘，手拿购物袋的人们络绎不绝。我走过有着前花园的住宅区，园中栽着丁香；我看到通向医院内部的车道，以及门口的长椅，我们曾在那里坐过，哭泣过。

你离开这个世界时没有在家中，而是在汉堡的一家医院里。这个地方对你而言只是个随机的意外，没有任何意义，并非你刻意为之。人们说，所有人都想死在自己的家乡，病重的人也希望能再次回到家里。你却认为这无关紧要。尽管小城韦德尔成了你逃难后的家乡，你却一直在路上。

那位女医生在当初道别时曾告诉我，如果有任何问题，可以随时和她联系，她随时愿意与我们交谈。在重症监护室工作的医生大概都熟悉那些心中难以释怀的病人家属吧，他们心中往往有太多疑惑了：治疗方法正确吗？难道没有什么其他更好的办法吗？

你为什么拒绝做透析呢？那样的话，肾脏本可以重新工作，从而减少血肿，还会减轻心脏的负担。人工心脏已经在你的体内工作了几十年，医生们难以具体了解它的运行情况。他们的依据只有那长长的诊断书。

时隔半年后，坐在我面前的克斯滕博士向我出示了这份诊断报告，标题下加了下划线：死亡原因分析。报告一共列出了十条死因：1.低心排综合征；2.急性低血容量/急性失血性贫血；3.口服抗凝剂下的自发性腹膜后血肿；4.存在机械主动脉瓣；5.肾前性急性肾衰；6.冠状动脉疾病；7.代偿性心力衰竭；8.慢性房颤；9.慢性白血病；10.疑似脾脏边缘细胞癌。其中心脏、肾脏是主因。

可你当时看起来很不错，而且心情愉快。家里的车库中还有八箱苹果，正散发着香味，等待你去做苹果酱呢。我与死神讨价还价，好像如果我说得有理有据你就可以重新充满活力似的，好像我能说服死神，告诉他："你错了，不应该这样做。"如同家里的人们指摘当初斯大林画错了奥得河—尼斯河的边界一样。嘿，死神，这是个错误！可是我并没办到。

克斯滕博士解释道，这是一种螺旋式的加速恶化过程。最终要了你性命的是血肿，一个巨大的左腹膜后血肿，从左腹股沟延伸到横膈膜的圆顶，心脏瓣膜的血液稀释剂是病情的起因。可稀释剂你已经用了三十多年啊，从未出现过内出血，为什么偏偏在医院卧床的时候发生呢？

很多情况可以导致血肿，克斯滕博士解释道，比如某次没站稳，或是撞到了什么东西，抑或是一个很小的伤口。

小伤口，又是一个听起来完全无害的名词。

谁能想到呢？即使逃难那样的厄运都未能将你击垮，你却在七十年后死于一个小伤口。

我关心的并非你的死因，而是你做出那个决定的前前后后。接到我的电话时，克斯滕博士立刻想起了你。

"在重症监护室工作的二十年里，我很少碰到你父亲这样的人。我是说，他始终意识清晰、明确。大部分临终的人在迷离之际已经意识模糊，无法交谈；少数保持清醒的，会要求继续治疗，用上一切设备、手段。我从医二十年，至今所接触的病人中，像你父亲这样选择这种方式离开的，不超过十个。"

克斯滕博士清楚地记起与你谈话的情形。他再一次讲述了对你的病情诊断,将诊断书上的十条症状一一解释给你,随后介绍了治疗方案:人工呼吸、透析、服用促进血液循环的药物。博士清楚记得你接下来的回答。"小伙子,"你说道,尽管克斯滕博士早已过了对应这个称呼的年龄,"小伙子,这个治疗方案和您的医术让我钦佩。可我不想要这个治疗方案。"

我翻阅着病历记录。在一页标题为"与患者的最终商谈"上写着如下内容:为延续患者的生命(医院对此不做保证),需要对患者最大限度地采取重症治疗措施——此处特指对患者进行器官移植——对上述治疗方案,患者持强烈反对的态度,此处请参见患者的声明。患者妻子同意并认可了该声明。

就这样,你拒绝了救治的机会,义无反顾。我明白,你做这个决定是为了绝不再次陷入无助,绝不再次陷入依赖,即使付出生命的代价。你不再想为了活下去而奋斗了。做出决定的这一刻,死亡与自杀、不得不走与准备离开已经界限模糊。八十出头的你已经老了,但还称不上高龄,你希望继续活下去,但不能以这种方式。

> 病人不希望延续目前的重症监护治疗,他明确拒绝在治疗中采取心肺复苏、透析、插管和人工呼吸。在此基础上,对该病人的治疗目的改变为缓解病痛以及 AND。

AND 的意思是 Allow Natural Death,"允许自然死亡"。

所以我们放弃了治疗。克斯滕博士说。

博士打开他的电脑，屏幕上的图表显示了你生命的最后几个小时。下午1点刚过，曲线出现了一个急促的下落，随之所有的曲线都变成了一条直线。

"他在这个时刻离开了我们。"

14点32分和15点27分，因为疼痛发作，为你输了两剂吗啡，每次2毫克，很小的剂量。你并没有要求医生为你注射吗啡。读遍你的诊疗记录，没有任何内容表明你除了希望离开这个世界之外还有什么别的欲求。没有挣扎。你从未尝试努力地活下去。我知道，这是正确的选择，甚至觉得这种选择是勇敢的、伟大的，但我的内心却无法接受。你的坦然与对生命的绝对顺从让我绝望。

允许自然死亡。

人要学会放手啊，包括我们，克斯滕博士说，您的父亲是在神志清醒的状态下放弃治疗的。

> 更改治疗目标后，霍夫曼先生在2018年9月23日17时37分在亲属的陪伴中去世。

尾声一

你过世两年后,我的两个女儿,你的孙女,和两位女友结伴开车游历了波兰。四个女孩,一辆车,车厢内装着炊具和帐篷。波兰的自然景色、城市和人让她们兴奋不已,她们说这是有生以来最令人心驰神往的一次旅行。姑娘们在维斯瓦河里游泳,驱车前往格但斯克以及位于海滨郊区的赫布德,后者是我们家中一位曾祖父长大的地方。为了了解历史,她们参观了斯图托夫集中营和狼穴[①]。几个女孩在马祖里亚湖上划独木舟,还开车前往了华沙和弗罗茨瓦夫,在施奈克普山区徒步旅行。夜晚,她们和波兰年轻人一起围着篝火喝啤酒。孩子们沿路受到了当地人的热情款待,还给我讲述了她们截至目前遭遇到的"最温和的指责":她们曾在马祖里亚森林的某

---

①狼穴,"二战"时希特勒一个军事指挥部的代号,因希特勒喜用狼的绰号而得名;位于当时德国东普鲁士的拉斯滕堡,即如今波兰的肯琴东部十五公里处的密林中,当时号称首都柏林之外的第二首都。

个湖畔搭起帐篷野营。翌日清晨，一个森林管理员叫醒了她们，用他仅会的三个英语单词说道：Welcome to Poland。那个家伙一脸歉意，对于不得不赶走她们非常内疚和不安，一再说，你们可以慢慢地收拾打包，不用急不用急。最后又是那句话：Welcome to Poland。

南下波兰时，姑娘们选择了A4高速公路。在弗罗茨瓦夫东南方向五十公里处，她们径直开过了前往布里格的出口，那是前往玫瑰谷村的必经出口。孩子们就这么开了过去，甚至压根儿没怎么思考。这个与她们身世有关的西里西亚村庄对她们没有什么吸引力。对我的女儿们而言，玫瑰谷不是"失去的故乡"，它既不是天堂也不是什么诅咒之地。她们不再需要玫瑰谷了。

尾声二

2021年6月，名为《逃亡、驱逐与和解》的展览在柏林开幕。十五年来，德国一直对这些议题争论不休：我们德国人应不应该缅怀"二战"结束后一千四百万德国难民的命运？如果应该，又该以怎样的方式缅怀？一千四百万，这个数字是当时德国人口的五分之一。长久以来，这段历史一直沉寂在隐蔽的角落。展览举办地是菩提树下大街的德国历史博物馆，展品与展览空间极其有限，只有一个展柜：一辆当时难民常用的两侧带护栏的马车，一个手提箱；几张照片；一些波茨坦会议决议的摘录和三段不长的解说词。

尽管姗姗来迟，这段历史终究还是被提上了台面。一切都中规中矩：展览地点位于柏林市中心，内容选择明显是深思熟虑后的结果，历史观无懈可击，布展可谓完美。展览展示了人类古往今来逃亡的历史，有亚美尼亚人，也有缅甸人。对于"二战"后德国人被驱逐历史的布展十分讨巧：先是几个展室展示罪恶、纳粹的统治以及随后的战争，剩下的几个展室展示苦难。文字描述不偏不倚，无可挑剔。默克尔总理在展览开幕式上致辞说："我们应铭记过去的苦难。"

过去的苦难。我在展室里浏览着，点击屏幕上的图表，打开页面链接，飞快地阅读着解说词。我的步伐越来越快，也越来越失去耐心。我在寻找着什么，展览好像缺少了什么东西。什么呢？我有些失望，甚至有一丝悲伤，可我究竟在期待什么？对那段历史我已经足够了解，也知道很多信息。哦，突然之间我明白了，我一直在寻找的，是安慰，是直抵人心的东西。我希望从展览中得到一丝慰藉。

可这只是一个实物文献展。展览内容刻意保持着距离，冷静，就事论事，观点中立，不偏不倚。能感觉到，展览无意做感性的流露，它躲进了理性之中，仿佛理性是接近苦难最好的方式。布展人在策展时已经确定了主旨：这是一段过去了的苦难。逃亡，驱逐，这是一个满是禁忌的话题，展陈既中规中矩又小心翼翼，没有任何出格的内容。策展人担心触动人们的心灵。滥情是危险的，所以要禁止心灵的碰撞。逃亡，驱逐，这是成千上万人共有的命运，没有哪个是特别的，这样的劫难不过是人类历史中一再发生的常态。而这些信息的背后是那个老套而熟识的声音：不要大惊小怪。

是我的期望值太高了。一个展览又如何能给人以慰藉呢？我还是讲述我知道的故事吧。

致谢

　　这本书是众多家人、好友共同努力的结晶,许多人为此书的出版贡献良多,我在此一并致谢。

　　感谢生活在玫瑰谷村的村民们,尤其是接纳、招待了我的雅娜一家,她的母亲以及爷爷奶奶扬和雅德维加。还有斯塔西娅和伊娃、玛格达和帕维乌、卡齐克和所有其他人。一些玫瑰谷的老村民记录了村庄的历史,有的与我交谈,使我从中受益匪浅,他们是:玛格丽特·科佐克、威廉·舒尔茨、伊丽莎白·韦劳赫、贝托尔德·亨内克、鲁迪·派克特、卡伦、哈特穆特·罗斯克。

　　徒步旅程中我有幸结识了不少朋友。许多人与我进行了或短或长的交谈,提供了建议。我们一起喝啤酒、杜松子酒,一起吸烟;有的还邀请我到家中做客,坐在他们的厨房或客厅中聊天,比如耶西乌的玛利亚,拉多尼采的格蒂,谢谢他们请我喝茶、吃蛋糕,与我分享他们的故事与政治观点。我想在此特别感谢小布雷兹诺的保丽和西格弗里德·卢夫特，以及克日佐瓦特卡的玛丽亚和朔尔施。

感谢格蕾塔别墅的主人克日什托夫·罗兹彭多夫斯基，斯切林的酒店老板以及弗伦城堡的主人鲁克·范豪瓦特。感谢那些从专业角度与我分享观点的人们，他们是赖兴巴赫博物馆的彼得·吉拉森吉，乌斯季博物馆的彼得·库拉，索科洛夫博物馆的米夏埃尔·伦德，齐陶的哈特穆特·米勒，慕尼黑大学的威塞尔教授。

感谢我的波兰语老师乌尔苏拉·帕克，没有她就不会有这本书的诞生。她传授给我的关于波兰的知识要远远多于波兰语。

感谢我的经纪人卡琳·格拉夫和弗兰齐斯卡·金特，以及出版社的编辑塞巴斯蒂安·乌尔里希，他们给予我的不仅仅是专业细致的帮助。

感谢汉堡施奈尔森的阿尔贝蒂宁医院重症监护室的医生和护士，尤其是我父亲住院时的负责人约尔格·克斯滕博士，谢谢他在我父亲去世后抽时间与我交谈。

本书最要感谢的人已经不在人世：我的父亲沃尔特·霍夫曼和我的叔叔曼弗雷德·霍夫曼博士，后者在我的请求、鼓励下于上世纪九十年代完成了他的回忆录。我外公赫伯特·巴克的回忆录和我的外婆伊尔格德，都为充实本书内容做出了贡献。

感谢我的家人，首先是我的母亲，这本书中的内容对她而言并不轻松。她在无数次谈话中描述了自己作为难民儿童的经历，与我分享了她对我父亲和公婆的记忆，为那些熟悉的老故事增添了宝贵的细节。

感谢所有帮助我回溯往事的人们，尤其是爸爸年轻时的同学哈特维格·蒂姆。谢谢我的表妹汉娜·布雷默和阿尔穆特·安妮斯对我爷爷奶奶童年时代的回忆。

感谢朋友们对我写作持续不断的关心,尼古拉·布鲁克给我以艺术史知识上的支持,感谢胖企鹅们的友情以及那个设在桑拿房中的书桌。

感谢我的女儿克拉拉和玛丽娜,她们曾和我一起驾车到波兰。她们不时有些很机灵的想法,还有她们年轻人特有的青春智慧。谢谢我的丈夫蒂姆·古尔迪曼,他对我的家族历史一直有着浓厚的兴趣,考虑到他是一个对德国战后历史不甚了了的瑞士人,这份兴趣并不是那么理所当然。他多次阅读我的书稿,激励我,对老故事始终抱有浓浓的兴趣。当然,要感谢他的还有许多许多。

地名双语对照表

A

阿尔泰	Altai
阿穆尔河	Amur
埃尔宾（埃尔布隆格的旧称）	Elbing
埃格尔地区	Egerland
埃格尔河	Eger
艾斯莱本	Eisleben
爱尔福特	Erfurt
安特卫普	Antwerpen
奥本多夫（后更名为格诺伊纳）	Olbendorf / Gnojna
奥波莱	Opole
奥得河	Oder
奥珀伦（奥波莱的旧称）	Oppeln
奥西希（后更名为乌斯季）	Aussig

B

巴尔瑙尔	Barnaul
巴特奥尔布	Bad Orb
巴特奥佩尔斯多夫	Bad Oppelsdorf
巴特布兰巴赫	Bad Brambach

贝希特斯加登	Berchtesgaden
比尔森	Pilsen
比肯韦德	Birkenwerder
比拉塔尔	Bielatal
比利纳	Bílina
比什凯克	Bischkek
比亚沃戈拉	Białogóra
博伯－卡茨巴赫山脉	Bober-Katzbach-Gebirge
博尔库夫	Bolków
博根多夫	Bögendorf
博加蒂尼亚	Bogatynia
不伦瑞克	Braunschweig
布雷斯劳	Breslau
布雷兹诺	Březno
布里格（布热格的旧称）	Brieg
布吕恩（布尔诺的旧称）	Brünn
布热格	Brzeg

D

但泽（格但斯克的旧称）	Danzig
德累斯顿	Dresden

E

厄尔士山	Erzgebirge
恩特斯霍森鲁特	Unterschossenreuth

F

法尔克瑙	Falkenau

弗兰肯	Franken
弗劳恩鲁特	Frauenreuth
弗里德斯多夫	Friedersdorf
弗伦	Wleń
弗罗茨瓦夫	Wrocław
弗罗瑙	Frohnau / Wronów
伏尔加河	Wolga

G

哥腾哈芬	Gotenhafen
格尔利茨	Görlitz
格拉	Gera
格拉策尼斯河	Glatzer Neisse
格莱维茨	Gleiwitz
格莱维茨	Pirna
格赖芬贝格（后更名为格雷富夫）	Greiffenberg / Gryfów
格雷富夫	Gryfów
格利策尼斯河	Görlitzer Neiße
格罗德库夫	Grodków
格罗斯提米格	Großthiemig
格罗特考	Grottkau
格诺伊纳（旧称奥本多夫）	Gnojna / Olbendorf

H

哈巴罗夫斯克（伯力）	Chabarowsk
哈茨山	Harz
哈尔科夫	Charkow
汉堡	Hamburg

汉诺威	Hannover
赫布德	Heubude
霍穆托夫	Chomutov

J

基尔	Kiel
基希贝格	Kirchberg
杰波尔托维采	Děpoltovice
杰尔若纽夫	Dzierżoniów
杰钦	Tetschen

K

卡尔斯巴德	Karlsbad
卡卢加	Kaluga
卡敏布鲁得	Kamieniobród
卡托维兹	Katowice
开姆尼茨	Chemnitz
凯尔采	Kielce
柯尼斯堡（加里宁格勒的旧称）	Königsberg
柯尼希格雷茨 （赫拉德茨－克拉洛韦的旧称）	Königgrätz
科帕尼	Kopanie
科彭	Koppen
科特布斯	Cottbus
克拉科夫	Krakau
克莱塞维茨	Kreisewitz
克莱因赫姆	Klein-Helmsdorf
克雷绍	kreisau
克里米亚	Krim

克林哈特	Klinghart
克热米兹	Křemýž
克日佐瓦特卡（旧称克林哈特）	křižovatka / Klinghart
克维萨河	Kwisa
孔德拉托维采	Kondratowice
孔斯坦	Kohnstein
库尔特维茨 （后更名为孔德拉托维采）	Kurtwitz / Kondratowice
库罗帕特尼克	Kuropatnik

L

拉多尼采	Radonice
拉多尼茨	Radonitz
拉姆森	Pramsen
莱茵兰	Rheinland
赖谢瑙（博加蒂尼亚的旧称）	Reichenau / Bogatynia
赖兴巴赫（后更名为杰尔若纽夫）	Reichenbach / Dzierżoniów
劳西茨	Lausitzer
里加	Riga
利韦夫	Lwiw
卢博米尔兹（旧称利本塔尔）	Lubomierz / Liebenthal
伦贝格（利沃夫的旧称）	Lemberg
罗日纳	Różyna
洛森	Lossen / Łosiów
洛伊滕	Leuthen

M

玫瑰谷（后更名为罗日纳）	Rosenthal / Różyna

米尔格伦	Mühlgrün
米特尔堡-多拉	Mittelbau Dora
米歇劳	Michelau
明斯克	Minsk
莫伊瑟尔维茨	Meuselwitz
穆尔维克	Mürwik

N

尼斯河	Neiße
尼斯—乌尔茨卡河	Lausitzer Neiße
诺德豪森	Nordhausen
诺宁格伦	Nonnengrün
诺伊施塔特	Neustadt
诺伊施特雷利茨	Neustrelitz

P

帕尔杜比采	Pardubitz / Pardubice
派斯克多夫	Peiskersdorf
佩斯维采	Pesvice
皮尔纳	Pirna
皮亚斯特	Piasten
普伦	Plön
普洛兹湖	Plötzensee

Q

七山村	sieben Bergen
齐陶	Zittau

S

山边的诺伊施塔特	Neustadt an der Tafelfichte
上萨尔茨堡	Obersalzberg
舍瑙	Schönau
施奈克普山区	Schneekoppe
施特雷伦（后更名为斯切林）	Strehlen / Strzelin
施瓦诺维茨（后更名为伊万诺维采）	Schwanowitz / Zwanowice
施韦德尼茨	Schweidnitz
斯切林	Strzelin
斯托尼卡	Stopnica
索科洛夫	Sokolov

T

塔尔图	Tartu
塔林	Tallinn
塔彭多夫	Töppendorf
特拉沃明德	Travemünde
特伦茨	Trunz

W

威斯巴登	Wiesbaden
威图斯索	Witoszów
韦德尔	Wedel
韦尔肖	Welchau
韦利乔夫	Velichov
韦斯特普拉特	Westerplatte
魏克瑟尔河（维斯瓦河的旧称）	Weichsel

沃里尼亚　　　　　　　　　　Wolhynien
乌德利采　　　　　　　　　　Údlice
乌拉尔　　　　　　　　　　　Ural

X

西里西亚　　　　　　　　　　Schlesien
希尔施贝格　　　　　　　　　Hirschberg
希隆斯克地区格雷富夫　　　　Gryfów Śląski
希维博济采　　　　　　　　　Świebodzice
希维德尼察　　　　　　　　　Świdnica
小布雷兹诺　　　　　　　　　Malé Březno
小普里森　　　　　　　　　　Klein Priesen
许劳　　　　　　　　　　　　Schulau

Y

亚肖纳　　　　　　　　　　　Jasiona
耶根多夫　　　　　　　　　　Jägerndorf
耶申　　　　　　　　　　　　Jeschen
耶西乌　　　　　　　　　　　Jesiów
伊尔库茨克　　　　　　　　　Irkutsk
伊格劳　　　　　　　　　　　Iglau
伊塞山脉　　　　　　　　　　Isergebirges
伊万诺维采　　　　　　　　　Zwanowice
于特森　　　　　　　　　　　Uetersen

Z

扎泰茨　　　　　　　　　　　Žatec
扎托卡屈腾　　　　　　　　　Zatok Kwerten